Wolfgang Hohlbein

THOR GARSON

Der Kristall des Todes

UEBERREUTER

ISBN 978-3-8000-5383-4

Umschlaggestaltung von Init, Büro für Gestaltung, Bielefeld,
unter Verwendung von Fotos von Getty Images, München,
und Corbis, Düsseldorf

Druck: Druckerei Theiss GmbH, St. Stefan i. L.
1 3 5 7 6 4 2

Ueberreuter im Internet: www.ueberreuter.at
Wolfgang Hohlbein im Internet: www.hohlbein.com

DIE INSEL DER GÖTTER

MITTE DES VORIGEN JAHRHUNDERTS

Noch vor zehn Minuten hätte er es nicht geglaubt, nicht um alles in der Welt; und wenn es ihm der Konstrukteur dieses Flugzeugs, der Chefingenieur und noch dazu die Gebrüder Wright und Otto Lilienthal zusammen in die Hand und beim Augenlicht ihrer Kinder versprochen hätten. Es war einfach *unmöglich.* Kein Flugzeug konnte diesen Absturz überstehen, von den Passagieren gar nicht zu reden.

Tressler hatte zwar in einem Augenblick der Verwirrung das Wort »Notlandung« benutzt, aber es *war* ein Absturz gewesen, ein Bilderbuch-Absturz sogar. Jonas hatte nach der siebten oder achten Rolle aufgehört zu zählen, wie oft sich das Flugzeug überschlug. Außerdem brauchte er seine ganze Kraft, sich irgendwo festzuklammern, um nicht wie der unglückselige Meyers quer durch die Maschine geschleudert zu werden und sich den Schädel einzuschlagen. Dabei sah er dann noch, dass in dem schwarzen Toben des Sturmes vor den Fenstern Metall schimmerte; und zumindest eines dieser davonwirbelnden Trümmerstücke hatte eine verdächtige Ähnlichkeit mit der rechten Hälfte des Leitwerks, die sich eigentlich zusammen mit der linken Hälfte am Ende des Flugzeugs hätte befinden sollen. Nein – sie *konnten* diesen Absturz gar nicht überstehen.

Aber genau das hatten sie.

Das Flugzeug hockte groß und fett im seichten Wasser der Lagune. Ein bisschen zerrupft und einer entschieden größeren Zahl von Teilen beraubt als nur des halben Leitwerks, aber trotzdem in einem Stück, und bis auf den unglückseligen Meyers und Seider, der sich das rechte Bein gebrochen hatte, waren sie alle mit Schrammen und Kratzern und Prellungen davongekommen; davon hatten sie allerdings reichlich abbekommen. Es gab keine Stelle an seinem Körper, die nicht wehtat, brannte oder sich taub anfühlte.

Das unregelmäßige Geräusch schwerer Schritte ließ Jonas aufsehen. Er wusste, dass Bell hinter ihm aufgetaucht war, noch ehe er sich herumgedreht und in das Gesicht des weißhaarigen Alten geblickt hatte. Der Engländer zog das rechte Bein nach, aber das verdankte er nicht dem Absturz, sondern einem Granatsplitter, den er sich während seiner Zeit als Sanitätsoffizier im Ersten Weltkrieg eingefangen hatte. Während der letzten Tage, die sie zusammen in dem schmuddeligen Hotel auf Pau-Pau verbracht und auf das Postflugzeug gewartet hatten, war Bell ihm mit seinen Kriegsgeschichten dermaßen auf den Nerv gefallen, dass Jonas ein paarmal kurz davor gewesen war, seine gute Erziehung zu vergessen und grob zu werden. Jetzt war er sehr froh, dass sie ihn dabeihatten. Er erwiderte Bells Kopfnicken mit einem Lächeln und machte gleichzeitig eine einladende Geste, sich neben ihn zu setzen.

»Wie geht es Seider?«, fragte er, als der Engländer sich neben ihn ins Gras sinken ließ und umständlich das steife Bein zurechtrückte.

»Er behauptet das Gegenteil, aber ich weiß, dass er ziemliche Schmerzen hat«, antwortete Bell besorgt. »Wenn er Fieber bekommt, dann weiß ich nicht, ob ich etwas für ihn tun kann.«

Jonas verzog besorgt das Gesicht. Er mochte den jungen Australier und er hatte dessen Bein gesehen. Es war kein glatter Bruch. Wenn es Komplikationen gab, dann würden sie ihn verlieren, denn ihr Erste-Hilfe-Kasten lag zusammen mit einem Teil des Flugzeugs und dem allergrößten Teil ihres Gepäcks hundert Meilen entfernt auf dem Meeresgrund. Sie hatten nicht einmal etwas, um seine Schmerzen zu lindern, geschweige denn eine Entzündung zu bekämpfen. Er war auf einmal fast sicher, dass sie Seider verlieren würden.

Trotzdem: zwei von zwölf. Seider würde das anders sehen, aber es war kein schlechter Schnitt. Sie hätten es wahrhaftig schlimmer treffen können.

»Und wie geht es Miss Sandstein?«, fragte er.

»Fräulein Sandstein«, korrigierte ihn Bell. Er lächelte flüchtig. Wie alle Engländer hatte er Schwierigkeiten mit dem deutschen »ä«, sodass es bei ihm wie »Fraulein« klang. »Sie wissen doch, wie eigen sie da ist. Es geht ihr gut. Ich glaube, ihr Arm ist nur verstaucht, nicht ausgerenkt. Sie ist eine tapfere kleine Person, unser deutsches Fräulein.«

»Die Deutschen sind überhaupt ziemlich tapfer, nicht wahr?«, sagte Jonas. Er sah Bell bei diesen Worten verstohlen von der Seite an, aber alles, was er auf dessen Gesicht entdeckte, war ein erschöpftes Lächeln.

»Ja. Sie bauen auch verdammt gute Flugzeuge.« Bell wies mit einer Kopfbewegung auf die zerbeulte Junkers im Wasser. »Gott sei Dank. Sonst wären wir jetzt alle tot.«

»Vielleicht sind wir das ja schon«, flüsterte Jonas.

Bell sah überrascht auf. »Nanu?«, fragte er. »Das sind ja ganz neue Töne, und das von Ihnen. Ich dachte immer, Sie wären von Berufs wegen Optimist.«

»Ich habe soeben gekündigt«, knurrte Jonas. Er nahm eine Handvoll Sand auf und warf sie den Abhang hinunter, aber der Wind packte sie und verwandelte sie in eine auseinandertreibende, rasch verblassende Wolke, ehe sie den Boden berührte. »Es sieht nicht besonders gut für uns aus, Mister Bell«, fügte er in etwas sanfterem Ton hinzu.

»Wir leben, oder?«

»Das ist aber auch schon alles«, antwortete Jonas. Er deutete nach Westen. Das Meer erstreckte sich blau und makellos wie ein gewaltiger geriffelter Spiegel, so weit das Auge reichte; und wie er wusste, lagen hinter dem Horizont auch noch etliche tausend Meilen. »Ist Ihnen eigentlich klar, wo wir sind?«

»Sicher«, antwortete Bell.

»So? Dann wissen Sie mehr als ich.« Jonas lächelte, aber es lag nicht viel echter Humor in diesem Lächeln. »Ich bin ziemlich sicher, dass diese Insel auf den meisten Karten nicht einmal zu sehen ist, Bell. Vermutlich sind wir überhaupt die ersten Menschen, die sie betreten haben. Wir sind bestimmt hundert Meilen von allen Schifffahrts- und Fluglinien entfernt. Unser Funkgerät liegt zusammen mit dem größten Teil unserer Ausrüstung auf dem Meeresgrund. Wir haben nichts zu essen, keine Medikamente, praktisch nichts anzuziehen und unser Navigator hat sich den Hals gebrochen; aber ansonsten haben wir wirklich richtiges Glück gehabt.«

»Zu essen gibt es auf dieser Insel sicher genug«, antwortete Bell. Er klang irgendwie eingeschüchtert. »Und bisher ist noch nicht bewiesen, dass die Insel unbewohnt ist. Sie ist ziemlich groß.«

»Stimmt«, antwortete Jonas trocken. »Vielleicht gibt es hier ja Kannibalen.«

Bell wurde ein bisschen blass um die Nase. »Sie haben eine reizende Art, Ihre Mitmenschen aufzumuntern; hat Ihnen das schon jemand gesagt?«

»Mehrmals«, antwortete Jonas, stand auf, nickte Bell noch einmal flüchtig zu und begann vorsichtig die steile Böschung hinunterzubalancieren. Er hatte das Gefühl, dass er mit Bell in Streit geraten würde, wenn er bliebe, und das wollte er nicht, denn Bell konnte schließlich nichts dafür. Niemand konnte etwas dafür. Der Sturm war ohne jede Vorwarnung losgebrochen.

Sie hätten auch in einem weitaus größeren Flugzeug keine Chance gehabt. Niemand konnte etwas dafür.

Trotzdem – wenn sie hier nicht wieder wegkamen und wenn sie hier nicht *bald* wegkamen, dann waren mehr als drei Jahre Arbeit umsonst gewesen. Es war zum Verzweifeln! Alles hatte er geschafft. Eine perfekte Tarnung aufgebaut. Feindliche Agenten gleich zu Dutzenden getäuscht. Alle nur vorstellbaren (und ein paar eigentlich unvorstellbare) Sicherheitsvorkehrungen durchschaut und überwunden – und dann kam so ein verdammter Sturm und machte alles zunichte!

Er verscheuchte den Gedanken und ging mit weit ausgreifenden Schritten über den feinen weißen Sandstrand auf das Flugzeug zu. Es war ein wirklich prachtvoller Strand, dachte Jonas sarkastisch, schneeweiß, unberührt und gut anderthalb Meilen breit. Das Wasser war so klar, dass man noch fünfzig Meter vom Ufer entfernt den Meeresboden sehen konnte. Ein perfekter Ort, um Urlaub zu machen. Aber das konnten sie jetzt ja, wenn sie Pech hatten, die nächsten fünfzig Jahre.

Aus dem Flugzeug drang ein helles, unrhythmisches Klopfen und Hämmern, und als Jonas durch das knietiefe Wasser auf die Tür zuging, erschien ein Paar ölverschmierter, kräftiger Hände über dem Rand der offen stehenden Motorhaube, gefolgt von zwei kaum weniger öligen Armen und Schultern und einem nur unwesentlich weniger schmutzigen Gesicht, das Jonas im Grunde nur an dem rot-weiß gemusterten Halstuch erkannte – so etwas wie Tresslers Markenzeichen.

»Hallo, Jonas!«, begrüßte ihn der Pilot und fuhr sich mit der Hand durch die Haare. Eine wellenförmige Bewegung lief über die schwarze Schmiere auf seinem Gesicht. Jonas nahm an, dass es ein Lächeln war. »Wie sieht es aus?«

»Dasselbe wollte ich Sie auch gerade fragen«, gab Jonas zurück, beantwortete Tresslers Frage aber trotzdem: »Perkins und ein paar von den anderen sind vor einer Stunde losgezogen, um die nähere Umgebung zu erkunden. Sie sind aber noch nicht zurück. Ist das ein gutes Zeichen? Sie sind schließlich der Spezialist für die Inselwelt hier, nicht ich.«

»Danke, zu viel der Ehre.« Tressler zog eine Grimasse und schwang sich ächzend aus den mechanischen Eingeweiden des Flugzeugs heraus. Jonas wich automatisch einen Schritt zurück, als er platschend im Wasser landete und dort in die Hocke ging. Tresslers Versuche, sich mit nichts anderem als Salzwasser die Schicht aus Maschinenöl und Schmiere von der Haut zu waschen, sahen irgendwie nicht sonderlich vielversprechend aus, fand Jonas.

»Die meisten dieser Inseln sind unbewohnt«, fuhr Tressler nach einer Weile fort. »Und selbst wenn nicht, brauchen wir uns wahrscheinlich keine Sorgen zu machen. Die Polynesier sind ein sehr freundliches Volk. Jedenfalls waren sie das einmal, bevor sie von den Weißen entdeckt und *zivilisiert* wurden.« Er rieb heftig die Hände unter Wasser. Dunkle Schlieren begannen sich wie Rauch in dem glasklaren Salzwasser zu verteilen, bis er in einer schwarzen Wolke saß, als hätte er auf einen Tintenfisch getreten. Seine Hände waren allerdings kein bisschen sauberer, als er sich schließlich wieder aufrichtete.

»Ich würde es mit Sand versuchen«, schlug Jonas vor.

Tressler schien einen Moment lang ernsthaft über diesen Vorschlag nachzudenken, aber dann schüttelte er den Kopf. »Das lohnt sich nicht«, sagte er. »Ich werde noch eine ganze Weile an dem Ding herumbasteln müssen. Das gibt noch oft schmutzige Hände.«

Jonas betrachtete nachdenklich die verbeulte Junkers.

Der Anblick dieser plumpen Maschine hatte ihm schon kein Vertrauen eingeflößt, als sie noch völlig in Ordnung gewesen war. Auf die Idee, ein Flugzeug aus *Wellblech* zu bauen, konnten auch wirklich nur *deutsche* Ingenieure kommen!

»Kriegen Sie sie wieder hin?«, fragte er.

»Der Motor ist in Ordnung«, antwortete Tressler. Jonas sah ihn zweifelnd an und der Pilot fügte hastig hinzu: »Jedenfalls ist nichts kaputt, was ich nicht in ein paar Stunden selbst reparieren könnte. Das abgerissene Leitwerk macht mir Sorgen.«

»Kommen wir hier nun wieder weg oder nicht?«, fragte Jonas.

Seine Stimme klang schärfer, als er beabsichtigt hatte. Tressler blinzelte verstört. Aber er ging nicht auf Jonas' unangemessen rüden Ton ein, sondern zuckte nur mit den Schultern.

»Ich weiß es nicht«, antwortete er. »Ich verstehe zwar ein bisschen was von Motoren, aber ich bin Pilot, kein Mechaniker. Perkins ist Ingenieur und will mir helfen irgendetwas zusammenzubasteln, aber ob es hält und ob wir damit hochkommen und auch oben *bleiben,* das wissen die Götter.«

Plötzlich lachte er, trat auf Jonas zu und legte ihm die Hand auf die Schulter. »Kopf hoch. Ich bin schon in schlimmeren Situationen gewesen und bisher immer mit heiler Haut davongekommen. Und wenn alle Stricke reißen, haben wir immer noch einen Trost.«

»So?«, fragte Jonas ärgerlich. Er musste sich beherrschen, um Tresslers Hand nicht grob abzustreifen. »Und welchen?«

Tressler grinste. »Nun, dies ist doch ein paradiesisches Fleckchen Erde«, sagte er. »Wir können hier jahrelang überleben, wenn es sein muss. Es gibt auf diesen Inseln Nahrung im Überfluss, frisches Wasser und kaum wilde Tiere und das Wetter ist fast immer gut. Und wir haben noch einen gewaltigen Vorteil.« Er grinste. »Ich habe mindestens fünf Mal ›Robinson Crusoe‹ gelesen. Sie nicht?«

Drei Tage später begann sich Jonas zu wünschen, es wenigstens *ein Mal* gelesen zu haben. Sie hatten die Insel erforscht, soweit ihnen dies möglich gewesen war, und Tressler hatte zusammen mit Perkins das Flugzeug repariert – ebenfalls, soweit es ihnen möglich gewesen war. Das Ergebnis ihrer Bemühungen sah ungefähr so aus wie ihre Zukunftsaussichten: abenteuerlich, aber nicht besonders vertrauenerweckend. Jonas jedenfalls war nicht wohl bei dem Gedanken, sich an Bord eines Flugzeugs begeben zu müssen, dessen Heck aus Draht, behelfsmäßig zugeschnittenen Wellblechstücken und allen möglichen anderen zusammenimprovisierten Ersatzteilen bestand.

Vielleicht würde er das aber gar nicht müssen. Tressler war in den letzten beiden Tagen jedes Mal wortkarger geworden, wenn Jonas ihn auf den Fortschritt seiner Arbeit angesprochen hatte.

Aber sie konnten auch nicht auf der Insel bleiben.

Jedenfalls nicht annähernd so lange, wie Tressler (und im Grunde auch Jonas) anfangs geglaubt hatte. Ihre Lage sah nicht sehr rosig aus. Seider war am Morgen gestorben, und die Insel war weder so groß noch so fruchtbar, wie sie gehofft hatten. Der Dschungel, der hier gleich hinter ihrem Lagerplatz begann, zog sich wie ein schier undurchdringlicher Wall am Strand entlang, aber er war nicht einmal eine Meile tief und endete vor einer Felswand, die die gesamte Insel zu teilen schien. Sie wussten nicht, was auf der anderen Seite lag, denn die Wand war mindestens dreißig Meter hoch und so glatt, dass an ein Überklettern ohne entsprechende Ausrüstung gar nicht zu denken war.

Jonas nahm einen tiefen, genießerischen Zug aus seiner

letzten Zigarette, schnippte den Stummel ins Feuer und warf einen Blick in die Runde. Mit Ausnahme von Tressler und Perkins, die wie üblich unten am Strand waren und am Flugzeug herumbastelten, saßen sie alle zusammen, seit einer guten Stunde schon. Kaum jemand hatte bisher ein Wort gesprochen. Seiders Tod hatte sie alle tief getroffen. Nicht, weil er ein besonders guter Freund gewesen wäre. Im Grunde waren sie allesamt Fremde, die nur durch eine Laune des Schicksals hier zusammengewürfelt worden waren, und trotz einer Situation wie der ihren hatten drei Tage nicht ausgereicht, um so etwas wie ein Zusammengehörigkeitsgefühl aufkommen zu lassen. Sein Tod hatte ihnen gezeigt, wie verwundbar sie waren. Ihre Umgebung sah auf den ersten Blick aus wie ein Paradies. Aber ein gebrochenes Bein bedeutete hier den Tod.

Jonas saß direkt neben Adele Sandstein, der kleinen deutschen Lady, die er vielleicht als Einzige in den letzten drei Tagen ein wenig ins Herz geschlossen hatte; daneben Bell, Stotheim, ein holländischer Kaufmann, der seit ihrer Notlandung fast kein Wort gesprochen hatte (vorher übrigens auch nicht), Anthony und Steve van Lees, zwei australische Brüder, Zwillinge sogar, die sich so unähnlich waren, wie es zwei Männer nur sein konnten, und sich praktisch ununterbrochen stritten; und schließlich waren da Stan Barlowe und seine mindestens zwanzig Jahre jüngere Frau, ein dummes Huhn, dessen gesamtes Vokabular aus nur zwei Lauten zu bestehen schien: hysterischem Gekreisch und albernem Kichern. Eine feine Truppe, um auf einer unbewohnten Insel am Rande der Welt ein neues Bollwerk der Zivilisation zu gründen, dachte Jonas sarkastisch.

Vielleicht war es doch ungefährlicher, sich Tresslers zusammengepflastertem Flugzeug anzuvertrauen …

Er schob den Gedanken beiseite und wandte sich an die

beiden Australier. »Wie weit sind Sie dem Bach gefolgt?«, fragte er.

Sie hatten am Vormittag ein Rinnsal entdeckt, das kaum den Namen Bach verdiente. Aber immerhin würde es sie mit Trinkwasser versorgen. Die beiden ungleichen Brüder hatten sich angeboten, seinem Lauf zu folgen; vielleicht entdeckten sie ja einen See oder einen Platz, an dem sie sich auf Dauer einrichten konnten. So malerisch es hier war, wenn man genau hinsah, erkannte man die Spuren, die Stürme und Springfluten im Laufe der Jahre im Dschungel hinterlassen hatten. Ein guter Platz für ein paar Tage, aber nicht für Wochen oder gar Monate.

Die Antwort der beiden Männer bestand nur aus einem Nicken des einen und einem Kopfschütteln des anderen: Ja, sie waren dem Bach gefolgt, und nein, sie hatten nichts gefunden, was ihnen irgendwie weiterhalf.

Es war Bell, der schließlich aussprach, was sie wohl alle dachten: »Wir sollten jemanden über die Felswand schicken. Vielleicht sieht es auf der anderen Seite besser aus.«

»Vielleicht lebt dort ja jemand«, sagte Barlowe.

»Ja«, sagte Jonas sarkastisch. »Vielleicht haben wir ja El Dorado wiedergefunden und es nur noch nicht gemerkt.«

»Seien Sie nicht so zynisch, junger Mann.«

Junger Mann? Jonas sah Adele Sandstein einen Moment lang verwirrt an. Wenn er in einem Monat noch lebte, würde er seinen fünfzigsten Geburtstag feiern. Aber wer erst einmal ein Alter wie Adele Sandstein erreicht hatte, durfte wohl mit Fug und Recht *jeden* einen jungen Mann nennen, der noch ein bisschen jünger als Methusalem war. »Schon gut«, knurrte er. »Es war nicht so gemeint. Wir sind alle ein bisschen nervös.«

»Das mag stimmen«, sagte Adele Sandstein streng. »Aber das ist kein Grund, seine gute Erziehung zu vergessen, Herr

Jonas. Oder grob zu werden. Ich glaube nämlich, dass Herr Barlowe recht hat.«

»Und wie kommen Sie auf diesen Gedanken, wenn ich fragen darf?« Jonas war nicht der Einzige, der sie anblickte und sich dabei bemühte, nicht allzu spöttisch auszusehen. Und Fräulein Sandstein schien dies keineswegs zu entgehen, denn für einen ganz kurzen Moment blitzte es verärgert in ihren Augen auf. Aber sie hatte sich wie immer perfekt in der Gewalt.

»Ich meine«, fuhr Jonas mit einer Geste in die Runde fort, »niemand von uns hat bisher auch nur den geringsten Anhaltspunkt dafür gefunden, dass es auf dieser Insel menschliches Leben gibt. Sie vielleicht?«

»Das habe ich in der Tat«, antwortete Adele Sandstein ruhig.

Hätte sie plötzlich eine Handgranate unter ihrem Kleid hervorgezogen und ins Feuer geworfen – der Schock hätte kaum größer sein können. Alle starrten sie an. Es wurde so still, dass man beinahe die berühmte Stecknadel fallen hören konnte.

»Wie bitte?«, fragte Jonas schließlich. Er versuchte zu lachen, aber es wollte ihm einfach nicht gelingen. »Sie haben … Spuren gefunden, Miss … *Fräulein* Sandstein?«

»Wann war das?«, fragte der ältere der beiden Australier.

»Und wo?«, fügte der jüngere hinzu.

Jonas hob hastig die Hand und brachte sie zum Schweigen.

Dann wiederholte er wörtlich die Fragen der beiden Brüder, was ihm einen verärgerten Blick der beiden Australier und einen eher amüsierten von Fräulein Sandstein einbrachte. Sie antwortete trotzdem.

»Heute Morgen, als ich unten am Strand war. Sie alle haben noch geschlafen, aber ich war bereits wach. In meinem Alter braucht man nicht mehr so viel Schlaf, müssen Sie wissen. Ich wollte niemanden stören, deshalb ging ich hinunter zum Strand. Und dort habe ich die Spuren gesehen.«

»Menschliche Spuren?«, fragte Jonas überflüssigerweise.

»Wie viele waren es?«, fügte Bell hinzu.

»Zwei«, antwortete Adele Sandstein nach kurzem Überlegen. »Jedenfalls … glaube ich das. Es können auch mehr gewesen sein. Aber zwei ganz bestimmt.«

»Aber warum haben Sie nichts davon gesagt?« Jonas gab sich keine besondere Mühe, seinen zunehmenden Ärger zu verhehlen. Zumindest redete er sich selbst ein, dass das unbehagliche Gefühl, das sich immer mehr in ihm ausbreitete, Ärger war und nicht Furcht.

»Ich … hielt es nicht für so wichtig«, gestand Fräulein Sandstein verlegen.

»Nicht wichtig!« Jonas riss ungläubig die Augen auf. »Sie hätten –«

»Und ich hatte Angst, dass Sie mir nicht glauben würden«, fuhr sie etwas lauter fort. »Die Flut löschte die Spuren aus und … und da war noch etwas.«

»Noch etwas?« Jonas legte den Kopf schräg und sah die weißhaarige alte Dame neben sich aufmerksam an. »Was?«

Es war ihr anzumerken, wie schwer ihr die Antwort fiel. Sie wich seinem Blick aus. »Die Spuren führten nur in eine Richtung«, sagte sie schließlich.

»Wie meinen Sie das?«, fragte Barlowe.

»Sie führten nur ins Wasser hinein«, antwortete Adele Sandstein. »Nicht wieder heraus.«

»Sie werden ein Boot gehabt haben«, sagte Barlowes Frau. Nicht nur Jonas sah die schlanke Wasserstoffblondine überrascht an. Die Erklärung war so naheliegend und einfach, dass er sich beinahe ärgerte, nicht längst selbst darauf gekommen zu sein.

Aber Adele Sandstein schüttelte den Kopf. »Nein«, sagte

sie leise. Sie sah niemanden an, als sie weitersprach, sondern blickte aus beinahe starren Augen ins Feuer. »Das dachte ich auch, im ersten Moment. Aber dann … habe ich ihn gesehen.«

»Wen?«, fragte Jonas.

»Den Riesen«, antwortete Adele Sandstein.

Tressler und Perkins kamen eine halbe Stunde später vom Strand hoch. Als Perkins von Sandsteins angeblicher Beobachtung erfuhr, reagierte er genauso, wie Jonas es erwartet hatte: Er schüttelte nur den Kopf, tippte sich bezeichnend an die Stirn, als er sicher war, dass sie nicht in seine Richtung blickte, und setzte sich dann wortlos ans Feuer. Tressler schien nicht ganz so amüsiert. Im Gegenteil: Auf seinem Gesicht erschien ein beinahe besorgter Ausdruck.

»Riesen?«, vergewisserte er sich.

»Ich sagte nicht Riesen«, verbesserte ihn Sandstein. »Ich sprach von *einem* Riesen, Herr Tressler.«

Der Pilot sah eine Weile ernst auf sie hinab und dann blickte er noch länger und irgendwie … erschrocken in die Richtung, wo der Dschungel die Felswand verbarg. Aber er sagte nichts, sondern setzte sich schließlich nur wortlos zu den anderen ans Feuer.

Perkins war seine Reaktion allerdings nicht verborgen geblieben. »Was ist los mit dir?«, fragte er grinsend. »Du glaubst den Unsinn doch nicht etwa?«

»Ich … habe übrigens auch etwas gesehen«, antwortete Tressler zögernd. »Während der Landung.«

»Einen Riesen?« Perkins' Grinsen wurde noch breiter. »Oder war es vielleicht ein Drache oder eine siebenköpfige Seeschlange?«

Jonas brachte ihn mit einem eisigen Blick zum Verstummen. »*Was* haben Sie gesehen, Mister Tressler?«, fragte er.

»Ich … bin nicht sicher«, antwortete der Pilot ausweichend. »Irgendetwas im Wasser. Es ging alles so schnell, und ich hatte alle Hände voll zu tun, uns heil hinunterzubringen, deshalb habe ich kaum darauf geachtet, wie Sie sich vielleicht vorstellen können. Aber ich weiß noch, dass ich ziemlich erschrocken war.« Er sah auf. »Ich glaube, Meyers hat es deutlicher gesehen. Er schrie irgendetwas wie: *Das darf doch nicht wahr sein!* oder so ähnlich, bevor –«

»– er sich das Genick gebrochen hat«, fiel ihm Perkins ins Wort. »Wie praktisch: Der einzige Zeuge ist tot!«

Tressler wandte sich ihm mit einem zornigen Ruck zu. Seine Hände zuckten und seine Lippen wurden zu einem dünnen, blutleeren Strich. Er sagte kein Wort, aber Jonas sah, dass es in seinen Augen zornig aufblitzte. Meyers und er waren Freunde gewesen.

»Was macht das Flugzeug?«, fragte er rasch, ehe Perkins weiterreden und womöglich noch mehr Schaden anrichten konnte.

Tresslers Hände sanken langsam wieder in seinen Schoß. Er entspannte sich sichtbar, und als er sich zu Jonas umwandte, glaubte der fast so etwas wie Dankbarkeit in seinem Blick zu erkennen. »Wir sind fertig«, sagte er.

»Fertig?« Bell richtete sich kerzengerade auf und auch die anderen sahen den Piloten verblüfft an.

»So weit wir sie reparieren konnten«, sagte Tressler hastig. »Das bedeutet nicht, dass sie in Ordnung ist. Aber für alles andere bräuchte ich Ersatzteile und eine richtige Werkstatt.«

»Aber sie fliegt?«, vergewisserte sich Barlowe.

Tressler schwieg einen Moment. Schließlich zuckte er mit den Schultern, nickte aber absurderweise gleichzeitig. »Ich glaube schon«, sagte er. »Ich müsste sie hochbekommen. Aber es ist gefährlich. Ich weiß nicht, wie lange die Verspannungen halten, die Perkins und ich gebaut haben. Ein kräftiger Windstoß und …« Er machte eine Handbewegung, als würde etwas auseinanderplatzen, und ließ den Rest des Satzes offen.

»Was heißt das?«, fragte einer der beiden Australier. »Kommen wir hier nun weg oder nicht?«

Tressler wollte auffahren, aber Jonas brachte ihn mit einer raschen Handbewegung zum Schweigen und drehte sich betont langsam zu den beiden Brüdern um. »Natürlich können Sie *hier weg*«, sagte er freundlich. »Nur kann Ihnen niemand garantieren, wo Sie landen werden, mein Freund. Auf Pau-Pau oder auf dem Meeresgrund.«

Der Australier wurde sichtlich blass, aber er sagte nichts mehr und Jonas wandte sich wieder an Tressler. »Sie glauben also, dass Sie aufsteigen könnten?«

Der Pilot nickte zögernd. Er sah nicht sehr begeistert aus. Aber vielleicht war er auch nur müde. Während der letzten drei Tage hatte er kaum geschlafen, sondern fast ununterbrochen an seinem Flugzeug gearbeitet.

»Und wie schätzen Sie Ihre Chance ein?«, fragte Jonas. Tressler überlegte einen Moment. »Wenn das Leitwerk hält und ich nicht in einen Sturm gerate … nicht einmal so schlecht. Der Treibstoff reicht noch für gut dreihundert Meilen.«

»Dann riskieren wir es!«, sagte Barlowe aufgeregt. »Was haben wir denn noch zu verlieren?«

»Zum Beispiel unser Leben, Mister Barlowe«, sagte Tressler ruhig. »Sie haben nicht richtig zugehört. Ich sagte: *wenn.* Und ich weiß noch nicht einmal, ob ich die Kiste überhaupt hochbekomme.« Er machte eine Geste in die Richtung, aus der das Rauschen der Brandung in der Dunkelheit herüberdröhnte. »Dort draußen herrscht ein ziemlicher Seegang und es gibt ein paar tückische Riffe. Ich habe weniger als eine Meile, um den Vogel aus dem Wasser zu bekommen.

Unter normalen Umständen wäre das wahrscheinlich kein Problem. Aber im Moment stehen die Chancen fünfzig zu fünfzig, dass die Maschine auseinanderbricht, sobald ich sie aus dem Wasser hebe.«

Barlowe starrte ihn an. »Und was … bedeutet das?«, fragte er stockend.

»Dass *wir* hierbleiben werden«, sagte Jonas an Tresslers Stelle.

»Wie bitte?« Barlowe klang fast feindselig.

»Sie haben doch gehört, was er gesagt hat, oder?«, fragte Jonas.

Er sah Barlowe an, aber er war sich auch der Blicke bewusst, mit denen die anderen ihn maßen. Im Moment waren sie einfach viel zu verblüfft über das, was er gesagt hatte. Doch das würde nicht lange so bleiben. »Abgesehen von dem Risiko, das der Flug darstellt, ist nicht einmal gesagt, dass der Start gelingt, Barlowe. Jedes Pfund Gewicht mehr, das er mitnimmt, kann schon zu viel sein. Tressler fliegt und Perkins hilft ihm, falls er dazu bereit ist, als Navigator und wo sonst nötig. Und wir bleiben hier.«

»Sie … Sie müssen den Verstand verloren haben!«, sagte Barlowe stockend. »Wir haben ein Flugzeug und eine gute Chance, von hier wegzukommen, und Sie erwarten allen Ernstes, dass ich hierbleibe und in aller Ruhe zusehe, wie es abfliegt?«

Jonas antwortete nicht gleich. Er spürte, wie viel von den nächsten Worten abhing, die er sagte. Sie alle hatten gehört, wie Tressler ihre Chancen einschätzte, aber Menschen in verzweifelten Situationen neigen dazu, Risiken zu unter- und ihr Glück zu überschätzen.

»Was haben wir schon zu verlieren, Barlowe?«, fragte er so ruhig wie möglich. »Wenn Tressler und Perkins es schaffen, dann ist in spätestens zwei Tagen ein Schiff oder ein anderes

Flugzeug hier, das uns abholt. Und wenn nicht, dann leben wir wenigstens noch.« Er warf Tressler einen raschen Blick zu, um sich für diese Worte zu entschuldigen, aber der Pilot nickte nur. Er hatte verstanden. Perkins hatte glücklicherweise gar nicht zugehört.

»Zwei Tage, Barlowe«, sagte Jonas noch einmal. »Wollen Sie wirklich Ihr Leben und das Ihrer Frau riskieren, nur um zwei Tage früher wieder in diesem verwanzten Hotel auf Pau-Pau zu sein?«

Barlowe antwortete noch immer nicht. In seinem Gesicht arbeitete es. Doch im selben Moment bekam Jonas von unerwarteter Seite Hilfe.

»Herr Jonas hat völlig recht, Herr Barlowe«, sagte Adele Sandstein. »Es wäre sehr unvernünftig, ein solches Risiko einzugehen. Und noch dazu unverantwortlich. Uns allen gegenüber. Sie schmälern unsere Chancen, hier wegzukommen, wenn Sie das Gewicht des Flugzeugs erhöhen. Das ist doch so, oder?«

Sie sah Tressler fragend an und der Pilot nickte. »Ja. Jedes Pfund Gewicht kann schon zu viel sein.«

Und das war die Entscheidung. Barlowe protestierte weiter, aber nicht nur Jonas spürte, dass er es im Grunde nur noch tat, um sein Gesicht zu wahren und sich nicht kampflos geschlagen zu geben. Auch die anderen fügten sich – widerwillig – Jonas' und Tresslers Argumenten. Schließlich schlug Jonas vor, die Diskussion zu beenden und schlafen zu gehen.

Sie würden am nächsten Morgen früh herausmüssen, denn Perkins hatte vorgeschlagen, das Flugzeug vollkommen leer zu räumen, um jedes Gramm überflüssiges Gewicht zu sparen.

Tressler brauchte für seinen Flug jede Minute Tageslicht, die er bekommen konnte.

Obwohl es sein eigener Vorschlag war, fand Jonas keinen

Schlaf. Er lag länger als eine Stunde mit geschlossenen Augen da und wartete, dass Erschöpfung und Müdigkeit ihren Dienst taten, aber seine Gedanken waren zu sehr in Aufruhr. Schließlich resignierte er, öffnete die Augen und setzte sich behutsam wieder auf; sehr leise, um keinen der anderen zu wecken.

Das Feuer war zu einem dunkelroten Gluthaufen heruntergebrannt, der kaum Wärme und noch weniger Licht spendete, doch es war trotzdem nicht völlig dunkel, denn am Himmel stand keine einzige Wolke. Und in zwei Nächten würde Vollmond sein, sodass der Dschungel in einen silberblauen, unwirklichen Schimmer getaucht dalag. Der Anblick war bizarr, fremdartig – und beunruhigend.

Es war nicht das erste Mal, seit sie hier gestrandet waren, dass Jonas dieses Gefühl überkam. Bisher hatte er es einfach auf die äußeren Umstände geschoben und ein wenig auch auf die Tatsache, dass er innerlich keineswegs so ruhig und gelassen war, wie er tat, sondern genauso viel Angst hatte wie alle anderen.

Aber vielleicht war das nicht der einzige Grund. Fräulein Sandsteins Worte – und vor allem das, was Tressler dazu gesagt hatte – hatten ihn mehr beunruhigt, als er zugeben wollte. Natürlich glaubte er nicht wirklich an Riesen oder dergleichen Unsinn. Aber irgendetwas … *stimmte hier einfach nicht.* Er hatte es vom allerersten Moment an gespürt und er war plötzlich fast sicher, dass es den anderen genauso erging und dass *das* der wahre Grund für die gereizte Stimmung war, die seit drei Tagen hier herrschte.

Hinter ihm knackte etwas, wie ein Zweig, der unter einem Schuh zerbricht. Jonas fuhr zusammen, drehte sich erschrocken um und schrak ein zweites Mal und noch heftiger zusammen, als er einen schwarzen Schatten am Waldrand gewahrte.

Aber noch ehe er etwas sagen konnte, hob die Gestalt in einer eindeutigen Geste einen Finger an den Mund, und in derselben Sekunde erkannte Jonas auch, um wen es sich bei dem Schatten handelte. Offenbar war er nicht der Einzige, der in dieser Nacht keinen Schlaf gefunden hatte.

So leise, wie es ihm möglich war, stand er auf und ging zu Tressler hinüber. Der Pilot bedeutete ihm erneut, still zu sein, und Jonas folgte ihm bereitwillig schweigend ein gutes Dutzend Schritte in den Dschungel hinein, bis sie sicher waren, keinen der anderen zu wecken.

»Tressler!«, flüsterte er überrascht. »Was tun Sie hier? Sie brauchen morgen einen klaren Kopf!«

»Ich konnte nicht schlafen«, antwortete der Pilot. »Genauso wenig wie Sie.«

»Ich muss morgen früh aber kein Flugzeug starten, das mit Kaugummi und Blumendraht zusammengeflickt worden ist.«

Er war in der fast vollkommenen Dunkelheit hier im Dschungel nicht sicher, aber er glaubte zumindest, ein Lächeln über Tresslers Gesicht huschen zu sehen. »Ich bin das gewohnt, keine Sorge«, antwortete der Pilot. »Ich schlafe manchmal nur eine Nacht pro Woche richtig.« Er wurde übergangslos wieder ernst. »Kommen Sie mit, Jonas. Ich muss Ihnen etwas zeigen.«

Der Ton, in dem er den letzten Satz hervorstieß, gefiel Jonas nicht. Aber er verzichtete darauf, eine Gegenfrage zu stellen.

Wenn Tressler nur ihn allein hatte holen wollen, dann gab es dafür bestimmt gute Gründe. Und Jonas hatte das ungute Gefühl, dass ihm diese Gründe nicht gefallen würden.

Er sollte recht behalten.

Tressler führte ihn in weitem Bogen um das Lager herum

und dann wieder zurück zum Strand; allerdings nicht dorthin, wo das Flugzeug lag, wie Jonas erwartet hatte. Stattdessen näherten sie sich einer Stelle, die eine gute Meile davon entfernt hinter der Biegung der Lagune lag, sodass sie sie von ihrem Lagerplatz aus nicht direkt einsehen konnten.

Das war wahrscheinlich auch der Grund, aus dem das halbe Dutzend Gestalten diesen Platz ausgesucht hatte, um sich zu versammeln, und nicht den Strand weiter westlich, wo Sandstein in der vergangenen Nacht die Spuren aufgefallen waren …

Tressler und er standen sicher fünf Minuten reglos da und blickten die schwarzen Gestalten am Strand aus der Deckung des Unterholzes heraus an. Sie bewegten sich unruhig und Jonas hörte erregte Stimmen in einer unverständlichen fremden Sprache. Manchmal gestikulierte eine der Gestalten aufgeregt; und immer in die Richtung, in der das Flugzeug lag. Und das Lager.

Schließlich wich Jonas einen Schritt weiter in den Dschungel zurück und ließ sich in die Hocke sinken. Die Dunkelheit, die sie einhüllte, schien mit einem Mal keinen Schutz mehr zu bieten, sondern zu etwas Feindseligem, Bösem zu werden.

»Also hat sie sich nicht getäuscht«, murmelte er, als Tressler ihm folgte und sich neben ihm auf ein Knie herabsinken ließ.

»Nein«, antwortete der Pilot. »In keiner Beziehung.«

Jonas fragte sich, was er wohl genau damit meinen mochte, verfolgte den Gedanken aber nicht weiter. »Vielleicht«, sagte er zögernd, »sollten wir doch versuchen von hier wegzukommen. Die Burschen gefallen mir nicht.«

»Sie sind harmlos«, antwortete Tressler. Er schien Jonas' zweifelnden Gesichtsausdruck trotz der Finsternis zu sehen, denn er fuhr nach einer Sekunde hastig fort: »Jedenfalls glaube ich das. Wenn sie uns hätten angreifen wollen, dann hätten sie es längst getan. Gelegenheit dazu hatten sie genug.«

Seine Worte klangen allerdings eher nach einem frommen Wunsch als nach wirklicher Überzeugung, und Jonas sprach das auch aus. »Ja. Oder sie beobachten uns und warten auf den passenden Moment, um zuzuschlagen.«

Diesmal verging eine geraume Weile, bis Tressler antwortete. Seine Stimme war sehr viel leiser als zuvor und sie klang eindeutig besorgt. »Hören Sie zu, Jonas. Ich ... ich habe vorhin nicht ganz die Wahrheit gesagt, als wir über das Flugzeug gesprochen haben.«

»Inwiefern?«

»Wenn ich ganz ehrlich sein soll – ich glaube kaum, dass ich die Mühle noch einmal in die Luft kriege«, gestand Tressler. »Und unsere Aussichten, weiter als zehn Meilen damit zu kommen, sind erbärmlich. Ich *kann* niemanden mehr mitnehmen. Selbst wenn wir jede überflüssige Schraube aus der Maschine drehen und ich noch den Pilotensitz rausschmeiße, um Gewicht zu sparen, brauche ich ein ganzes Bataillon Schutzengel, wenn ich es über die Riffe schaffen will.«

»Warum versuchen Sie es dann überhaupt?«, fragte Jonas. »Keinem hier ist damit gedient, wenn Sie sich umbringen.«

»Weil es unsere einzige Chance ist«, antwortete Tressler. »Haben Sie Lust, die nächsten fünfzig Jahre hierzubleiben? Diese Insel ist noch nie von Weißen betreten worden. Wahrscheinlich weiß man nicht einmal, dass es sie gibt! Es kann noch hundert Jahre dauern, bis hier ein Schiff vorbeikommt! «

»Unsinn!«, widersprach Jonas heftig. »Woher wollen Sie das wissen? Es gibt Tausende von Inseln hier.«

Tressler lachte leise. »Glauben Sie mir. Ich wüsste bestimmt, wenn man diese Insel bereits entdeckt hätte. Und Sie wüssten es sicher auch.«

»Wie meinen Sie das?«

Tresslers Stimme klang überrascht. »Sie haben sie nicht gesehen?«

»Wen, zum Teufel? Die Eingeborenen?«

Der Pilot erhob sich wieder und machte eine Geste, die Jonas in der Dunkelheit viel mehr spürte als sah. Offensichtlich sollte er ihm folgen. Sie gingen zurück zum Waldrand und Tressler deutete zum Strand hinunter. Die Eingeborenen standen noch immer da und redeten und gestikulierten heftig.

»Rechts von ihnen«, flüsterte Tressler. »Direkt neben den Felsen, im Wasser. Sehen Sie sie?«

Jonas' Blick folgte Tresslers ausgestreckter Hand. Im allerersten Moment sah er nichts außer Schatten und Felsen in schwarzem Wasser, auf dem sich das Mondlicht spiegelte, doch dann …

»O mein Gott!«, flüsterte er.

WASHINGTON, D. C.
ACHT MONATE SPÄTER

»Nein!«, sagte Hensley. »Nur über meine Leiche!« Er ballte die Faust und ließ sie wuchtig auf die Schreibtischplatte krachen, um seinen Worten gehörigen Nachdruck zu verleihen.

Vielleicht hätte er das besser nicht tun sollen, denn gleich darauf verzog er schmerzhaft das Gesicht, und einer der beiden Regierungsbeamten machte eine Miene, als denke er ernsthaft darüber nach, Hensleys Vorschlag wörtlich zu nehmen. Der andere lächelte unverändert weiter, so wie er es die ganze Zeit getan hatte. Er hatte Thor mit diesem Lächeln begrüßt, und es hatte sich nicht um einen Deut geändert, obwohl Thor jetzt bereits seit fast einer halben Stunde dasaß und ihn beobachtete.

Er war mittlerweile fast sicher, dass der Beamte mit diesem dämlichen Grinsen auf dem Gesicht geboren worden war und dass es sein größtes und womöglich einziges Kapital darstellte.

Hensley jedenfalls schien es langsam, aber sicher in den Wahnsinn zu treiben. Er tat Thor beinahe leid. Es gab wohl kaum etwas Schlimmeres, als sich mit jemandem streiten zu müssen, der unentwegt lächelte, ganz egal was man ihm an den Kopf warf. Vor allem wenn dieser Jemand in einer Position war, wo er sich dieses überhebliche Lächeln *leisten konnte.*

Und das waren die beiden Regierungsbeamten. Thor hätte nicht einmal ihre Ausweise sehen müssen, um das zu wissen. Im Laufe der Jahre hatte er für so etwas ein feines und beinahe untrügliches Gespür entwickelt.

»Mister Garson, bitte sagen Sie doch auch einmal etwas!« Hensley begann fast verzweifelt die Hände zu ringen. »Ich flehe Sie an, seien *Sie* wenigstens vernünftig!«

Thor genoss den Moment wie einen Schluck kostbaren Wein. Es kam sehr selten vor, dass Hensley ihn um etwas *bat.*

Und im Moment *bettelte* er regelrecht. Deshalb zögerte er seine Antwort auch so lange hinaus, wie es gerade noch möglich war.

»Vernünftig bin ich schon, Mister Hensley«, sagte er. »Aber was soll ich machen, wenn das Vaterland mich ruft? Immerhin hat man meine Eltern und mich nach der Emigration aus Deutschland hier in Amerika überaus freundlich aufgenommen und als guter Patriot kann ich meine Hilfe kaum verweigern.«

Hensleys Gesicht verlor auch noch das letzte bisschen Farbe, und Thor schenkte ihm nicht nur sein herzlichstes Lächeln, sondern gönnte sich auch noch weitere zehn Sekunden, in denen Hensley sich in ungesunder Nähe eines Schlaganfalls bewegte, ehe er, an die beiden Regierungsbeamten gewandt, fortfuhr: »Andererseits müssen Sie Mister Hensley verstehen, meine Herren. Immerhin hat er eine erfolgreiche Zeitschrift herauszubringen, und meine Artikel, vor allem die umfangreichen Reisereportagen, erfreuen sich bei den Lesern von *Living Past* nun einmal großer Beliebtheit. Zum Glück, wie ich sagen muss. Leider bin ich mit einigen Artikeln schon weit im Rückstand, weil ich einfach nicht zum Schreiben gekommen bin, doch ich habe sie bis Ende nächster Woche fest zugesagt. Und ich breche nur ungern mein Wort.«

Hensley war für einen Moment völlig perplex. Ganz offensichtlich hatte er mit allem gerechnet, nur nicht damit, dass Thor Garson sich auf seine Seite schlug.

Was Thor auch nicht wirklich getan hatte.

Hensley war ihm herzlich egal. Er mochte ihn menschlich nicht sonderlich, musste jedoch zugeben, dass er seinen

Job hervorragend beherrschte. *Living Past* war eine ausgezeichnete Zeitschrift, nicht umsonst der Marktführer im Bereich Geografie und Geschichte. Hensley schaffte es, genau die richtige Mischung aus wissenschaftlichen Erkenntnissen, reinen Spekulationen, Reiseberichten und Abenteuergeschichten zu bringen (am besten alles in einer einzigen Reportage), die die Leser ansprach. Thor war stolz darauf, regelmäßig in seinem Blatt vertreten zu sein und trotz seiner Jugend zu den beliebtesten Autoren zu gehören.

Wenn er wollte, dass das so blieb, musste er allerdings auch gelegentlich Nachschub liefern. Es nutzte ihm herzlich wenig, wenn er ständig unterwegs war, aber nicht dazu kam, seine Erlebnisse auch tatsächlich niederzuschreiben – sofern sie nicht entweder schlichtweg zu fantastisch waren, als dass er sie als Tatsachenberichte präsentieren konnte, oder politisch oder militärisch so brisant, dass sie der Geheimhaltung unterlagen und er sie aus diesem Grund nicht an die Öffentlichkeit bringen durfte. Gerade Letzteres war ihm nun schon mehrfach passiert, und er hatte schlicht und einfach keine Lust, schon wieder zu irgendeinem vergessenen Winkel der Welt zu reisen, um für die Regierung oder sonst wen die Kastanien aus dem Feuer zu holen, ohne wenigstens darüber schreiben zu dürfen.

»Sie haben Mister Garson gehört, meine Herren.« Hensley hatte nicht nur seine Überraschung überwunden, sondern bekam bereits wieder Oberwasser. »Wir können Ihnen nicht helfen. Es tut mir leid.«

Zeit für einen kleinen Dämpfer, dachte Thor, lächelte Hensley zu und sagte: »Das habe ich nicht gesagt, Mister Hensley.« An die beiden Regierungsbeamten gewandt fuhr er fort: »Natürlich verweigere ich der Regierung der Vereinigten Staaten von Amerika nie meine Hilfe. Ich fürchte nur, dass ich Ihnen im konkreten Fall nicht helfen kann.«

»Sie wissen ja noch gar nicht, worum es geht«, antwortete einer der beiden; der mit dem lächelnden Gesicht.

»Ich weiß genug, um zu wissen, dass ich nicht genug weiß«, antwortete Thor. Das Lächeln seines Gegenübers wirkte plötzlich leicht verkrampft, und auch dessen Kollege und Hensley hatten sichtlich Schwierigkeiten, den Satz nachzuvollziehen. Aber das war schließlich der Sinn der Sache gewesen.

»Sehen Sie, Mister …?«, setzte Thor nach einigen Sekunden neu an.

»Franklin«, antwortete der ewig lächelnde Beamte. Er deutete auf seinen Kollegen. »Das ist Mister Delano.«

Und wenn ihr noch einen dritten dabeihättet, hieße er Roosevelt, darauf wette ich, dachte Thor spöttisch. Äußerlich jedoch unbewegt fuhr er fort: »Sehen Sie, Mister Franklin, ich bin nicht unbedingt der große Spezialist für Polynesien. Um ehrlich zu sein: Ich habe mich bisher kaum mit diesem Gebiet –«

»Das ist uns bekannt, Mister Garson«, unterbrach ihn Franklin. »Aber ich nehme doch an, dass Sie schon einmal etwas von der Osterinsel gehört haben.«

Thor tauschte einen schnellen, überraschten Blick mit Hensley. Der grauhaarige Verleger wirkte ebenso überrascht wie er. Allerdings jetzt auch interessiert. Bei dem endlosen Kleinkrieg, den Thor und Hensley nun schon seit Monaten miteinander führten, vergaß Thor manchmal beinahe, dass Hensley nicht nur ein Ekel und ein sturer Paragrafenreiter war, sondern auch Archäologe. Und nicht unbedingt der schlechteste. Die Osterinsel? Nun, wer hätte nicht davon gehört und von den riesigen, manchmal bis zu zehn Meter hohen Statuen, die an ihren Stränden standen und über das Meer blickten? Es war –

Thor begriff im allerletzten Augenblick, dass er kurz davor stand, den Köder zu schlucken, den ihm Franklin hingeworfen hatte. In Gedanken rief er sich zur Ordnung. Er musste aufpassen. Franklin war kein Dummkopf. Sein penetrantes Grinsen ließ ihn harmloser aussehen, als er war.

»Natürlich habe ich das«, antwortete Thor. »Aber ich muss Sie leider abermals enttäuschen. Ich habe lediglich ein paar Aufsätze darüber gelesen. Interessant, aber nicht mein Gebiet. Es gibt andere, die sehr viel mehr darüber wissen als ich.«

»Niemand weiß *viel* über die Osterinsel, Mister Garson«, antwortete Franklin. »Es gab bisher nur eine einzige wissenschaftliche Expedition dorthin, und die hat sehr viel mehr Fragen als Antworten mitgebracht. Wir brauchen kein *Wissen,* Mister Garson, wir brauchen *Sie.*«

»Wozu?«, fragte Hensley.

Delano blickte ihn an, als nähme er seine Anwesenheit erst jetzt richtig wahr; und er schien nicht unbedingt erfreut. Aber Thor sah auch den raschen beredten Blick, den Franklin seinem Kollegen zuwarf, und plötzlich änderte sich etwas in Delanos Gesichtsausdruck.

»Lassen Sie es mich so formulieren, Mister Hensley«, begann er umständlich. »Diese sonderbaren Statuen auf der Osterinsel stellen eine der größten wissenschaftlichen Herausforderungen dar, die wir kennen. Die Regierung der Vereinigten Staaten ist entschlossen diese Herausforderung anzunehmen. Wir planen eine Expedition und wir hätten gerne Mister Garson dabei.«

»Eine Expedition?« Hensley wurde hellhörig. »Zur Osterinsel?«

»Mit voller Unterstützung der Regierung der Vereinigten Staaten«, bestätigte Franklin. »Wir haben ein Schiff, wir haben die nötige Ausrüstung und einige gute Männer. Was uns noch fehlt, ist ein fähiger Expeditionsleiter.«

»Und wieso kommen Sie da ausgerechnet auf mich?«,

fragte Thor. »Ich kenne ein Dutzend Kollegen, die ihren rechten Arm dafür geben würden – und, so ganz nebenbei, besser dafür geeignet wären.«

»Genau das bezweifle ich, Mister Garson«, antwortete Franklin lächelnd. »Die Osterinsel ist praktisch unerforschtes Gebiet. Niemand weiß, worauf wir wirklich stoßen werden. Es könnte gefährlich werden, zumindest aber strapaziös. Wissenschaftliche Kapazitäten, noch dazu solche, die über Ihre … äh, speziellen Fähigkeiten verfügen, Mister Garson, sind dünn gesät. Und Sie haben in der Vergangenheit mehr als einmal bewiesen, dass Sie extremen Herausforderungen hervorragend gewachsen sind.«

»Trotzdem –«, begann Thor, wurde aber wieder unterbrochen, diesmal von Hensley.

»Eine Expedition im Auftrag der Regierung?«, fragte er aufgeregt. »Aber warum haben Sie das denn nicht gleich gesagt? Selbstverständlich wird unsere Zeitschrift alles in ihrer Macht Stehende tun, um Sie zu unterstützen. Vorausgesetzt –«

»Natürlich werden Sie und Ihr Blatt die Ersten sein, die die Ergebnisse der Expedition auswerten dürfen«, sagte Franklin. »Wir garantieren Ihnen sogar strengste Diskretion, Mister Hensley. Uns ist nicht daran gelegen, dieses Unternehmen an die große Glocke zu hängen und uns einer Armee von Abenteurern und Schatzsuchern gegenüberzusehen, die uns mit Klappspaten zuvorzukommen versuchen.«

Hensley strahlte.

Thor starrte ihn fassungslos an. Franklins Geschichte war so dünn, dass ein achtjähriges Kind sie durchschauen konnte. Hensley konnte doch unmöglich darauf hereinfallen!

Aber er tat es.

»Mister Garson wird Ihnen mit großem Vergnügen zur Verfügung stehen, Mister Franklin«, sagte er.

Thor ächzte. »Aber Hensley. Sie –«

»Und ich auch«, fügte Hensley hinzu.

»Okay«, sagte Thor später, als er mit Franklin allein war. »Worum geht es wirklich? Sie brauchen mich bestimmt nicht, um das Geheimnis irgendwelcher Götterstatuen auf einer menschenleeren Insel zu lösen!«

Sie hatten die Universität unmittelbar nach ihrem Gespräch verlassen, und wenn es noch eines weiteren Beweises dafür bedurft hätte, dass Franklins Geschichte zum Himmel stank, dann wäre es die Eile gewesen, zu der die beiden Regierungsbeamten plötzlich drängten. Franklin hatte Thor höchstpersönlich nach Hause gefahren, damit er ein paar Sachen für die Reise packen konnte, und Delano hatte das Gleiche mit Hensley getan. Jetzt standen sie in Thors Schlafzimmer vor einem aufgeklappten Koffer. Thor machte jedoch keine Anstalten, den zu füllen, sondern sah sein Gegenüber nur herausfordernd an.

»Wieso?«, fragte Franklin. »Interessiert es Sie etwa nicht, Mister Garson?«

»Doch!«, antwortete Thor. »Aber *Sie* interessiert es nicht die Bohne, Franklin. Und Ihren Kollegen noch viel weniger, darauf verwette ich ein Jahresgehalt. Ich bin sicher, dass Sie vor zwei Tagen nicht einmal wussten, wo die Osterinsel liegt!«

»Wenn ich ganz ehrlich sein soll – so genau weiß ich es auch jetzt noch nicht«, antwortete Franklin mit unverblümter Offenheit. »Das muss ich allerdings auch nicht wissen. Meine und Delanos Aufgabe besteht nicht darin, etwas zu wissen, sondern Leute aufzutreiben, die dieses Wissen haben.« Er deutete auf den offen stehenden Koffer. »Bitte, Mister Garson, beeilen Sie sich ein wenig. Das Flugzeug wartet.«

»Sie haben es verdammt eilig, finde ich«, sagte Thor. »Ich frage mich nur, warum. Diese Statuen stehen schon seit einigen hundert Jahren dort. Haben Sie Angst, sie könnten weglaufen, wenn wir jetzt ein paar Minuten zu spät kommen?«

»Vielleicht«, antwortete Franklin.

Ein eisiger Schauer lief über Thors Rücken. Seine Worte waren spöttisch gemeint gewesen, aber als er in Franklins Gesicht sah, blieb ihm das Lachen im wahrsten Sinne des Wortes im Hals stecken.

»Bitte, Mister Garson«, fuhr Franklin nach einer Weile fort. »Wir haben einen weiten Weg vor uns und nicht *alle* Flugzeuge werden auf uns warten. Ich weiß ja nicht, wie es Ihnen geht, aber ich habe keine besondere Lust, unter Umständen zwei Tage in irgendeinem gottverlassenen Hotel hocken zu müssen, nur weil wir jetzt zu lange herumtrödeln.«

»Flugzeuge?« Thor runzelte misstrauisch die Stirn, begann aber trotzdem beinahe wahllos Kleidungsstücke in seinen Koffer zu werfen. »Ich war der Meinung, wir fahren mit einem Schiff.«

»Das werden wir auch. Die HENDERSON wartet in Sydney auf uns.«

»Sydney?« Thor machte ein übertrieben nachdenkliches Gesicht. »Also, ich war nie sehr gut in Geografie, aber ... liegt das nicht in Australien?«

Franklin lachte leise. »Sie täuschen sich nicht.«

»Aha«, sagte Thor. Er schwieg zehn Sekunden, dann grübelte er weiter: »Also, wie gesagt, Geografie war nie mein bestes Fach. Aber ist es nicht ein ziemlicher Umweg, über *Australien* zur Osterinsel zu reisen?«

»Ein gewaltiger sogar«, antwortete Franklin, der alle Mühe hatte, nicht vor Lachen laut herauszuplatzen. »Deswegen sind wir ja auch so in Eile. Sehen Sie – es ist ein Umweg, aber wir haben alles, was wir für diese Expedition brauchen, auf einem Schiff im Hafen von Sydney. Und es ist einfach leichter, Sie zu diesem Schiff zu bringen als das Schiff zu Ihnen. Ich nehme doch an, dass es in Ihrem Sinne ist, wenn wir dorthin nur drei Tage brauchen und nicht drei Wochen, oder?«

Thor knallte den Koffer zu, klemmte sich dabei beide Daumen ein und verzog schmerzhaft das Gesicht. »Es wäre vor allem in meinem Sinne, endlich die *Wahrheit* zu erfahren«, maulte er.

Franklin lächelte.

SYDNEY, AUSTRALIEN
72 STUNDEN SPÄTER

Drei Tage später war Thor auf dem besten Wege, dieses Lächeln zu hassen. Seinen Besitzer übrigens auch. Er war sicher, dass Franklin auf jeder römischen Galeere eine steile Karriere hätte machen können, denn er war der schlimmste Sklaventreiber, dem Thor jemals begegnet war.

Allerdings auch einer der talentiertesten. Die Reiseroute, die er ausgearbeitet hatte und die er Thor und Hensley unbarmherzig entlangtrieb, war zwar eine zweiundsiebzigstündige Tortur, aber sie kamen *schnell* voran. Thor hätte noch vor drei Tagen jede Wette gehalten, dass es gar nicht möglich war, innerhalb von zweiundsiebzig Stunden von Washington nach Sydney zu gelangen; aber es *war* möglich. Sie hatten es selbst bewiesen. Dass er sich fühlte, als hätte er die ganze Strecke zu Fuß zurückgelegt, ohne auch nur ein einziges Mal anzuhalten, war zwar ein etwas ärgerlicher Nebeneffekt, änderte aber nichts daran, dass sie wahrscheinlich einen neuen Weltrekord aufgestellt hatten.

Wie auf allen Flughäfen und Bahnhöfen, die sie unterwegs betreten hatten (wie viele waren es eigentlich gewesen? Thor hatte irgendwann aufgehört zu zählen, aber es waren *viele),* war auch hier alles perfekt organisiert. Das Flugzeug war noch nicht einmal ganz zum Stillstand gekommen, als Franklin auch schon aufstand und Hensley und Thor bedeutete, ihm zu folgen. Delano war bereits vorausgegangen und redete leise mit dem Steward; als offenbares Ergebnis dieses Gesprächs wurde eigens für sie die Tür geöffnet und eine fahrbare Treppe herbeigeschafft, sodass sie das Flugzeug lange vor den anderen Passagieren verlassen konnten. Eine große deutsche Limousine mit abgedunkelten Scheiben erwartete sie unmittelbar am Fuß der Treppe. Thor kletterte hinein, ließ sich in die schweren Lederpolster fallen und schloss mit einem erschöpften Seufzen die Augen. Er hatte sich die Reise ein wenig anders vorgestellt. Zwar war er es gewöhnt, unbequem zu reisen, Stunden, wenn nicht Tage im Sattel eines Pferdes zu verbringen oder auf nacktem Felsboden zu schlafen. Dass man allerdings mit den modernsten Transportmitteln der Zeit reisen und sich hinterher wie gerädert fühlen konnte, war ihm neu. Franklin stieg als Letzter ein, zog die Tür hinter sich zu und der Wagen fuhr los.

Thor musterte ihn finster. Der Regierungsbeamte lächelte wie üblich und er sah geradezu widerlich frisch aus. Hensley, der neben ihm saß, sah genauso aus, wie Thor sich fühlte: mehr tot als lebendig.

»Sie haben es bald hinter sich, Mister Garson«, sagte Franklin, nachdem Thor ihn eine Weile fast feindselig angestarrt hatte. »In einer halben Stunde sind Sie in Ihrer Kajüte an Bord der HENDERSON und können sich ausschlafen.«

Die Worte sickerten nur langsam in Thors schon halb vom Schlaf umnebeltes Bewusstsein. »HENDERSON?«, murmelte er. »Aber ich dachte, wir gehen erst einmal ins Hotel und –«

Franklin unterbrach ihn mit einem bedauernden Kopfschütteln. »Wozu?«, fragte er. »Die Kessel der HENDERSON stehen bereits unter Dampf. Wir werden in –«, er sah auf die Uhr und überlegte einen Moment, »– knapp siebzig Minuten ablegen.«

Thor schluckte alles hinunter, was ihm auf der Zunge lag.

Er hatte schon am ersten Tag aufgegeben, gegen irgendeine von Franklins Entscheidungen zu protestieren. Der Regierungsbeamte blieb stets freundlich und grinste einfach jedes Gegenargument nieder.

Der Wagen verließ das Flughafengelände und durchquerte die Stadt. Thor hätte die Fahrt sicher genossen, wäre er nicht so müde gewesen, dass er immer wieder einschlief. Trotzdem schreckte er schon nach Sekunden wieder hoch, mit brennenden Augen, kaltem Schweiß auf der Stirn und einem widerwärtigen Geschmack im Mund.

Franklin weckte ihn vollends, als sie sich nach einer guten halben Stunde dem Hafen näherten. Die Straßen wurden schlechter, sodass selbst die Federn des großen Benz die Erschütterungen nicht mehr völlig abfangen konnten. Hensley kippte auf seinem Sitz immer wieder nach vorne und musste von Delano festgehalten werden, schnarchte dabei aber ungerührt weiter.

»Ich fürchte, ich muss noch eine kleine Unbequemlichkeit von Ihnen verlangen, Mister Garson«, sagte Franklin mit – geheucheltem – Bedauern.

»So?« Thor gähnte ungeniert. »Nur zu. Was soll ich tun? Zu Fuß nach New York zurücklaufen?«

»Ich fürchte, unsere Geheimhaltung war nicht ganz so perfekt, wie ich Ihnen und Mister Hensley versprochen habe«, gestand Franklin. »Man hat mich informiert, dass einige Reporter am Kai auf uns warten. Natürlich könnten wir sie einfach ignorieren, aber das würde nur unnötigen Spekulationen Vorschub leisten. Irgendwie muss durchgesickert sein, dass der berühmte Abenteurer und Reisereporter Thor Garson sich von hier aus auf eine neue Expedition begibt, und anscheinend verfassen Sie nicht nur Schlagzeilen, sondern liefern inzwischen auch selbst welche. Sie kennen sich doch mit solchen Leuten aus. Auch wenn Sie kein Sensationsreporter im eigentlichen Sinne sind, gehören Sie doch zu ihnen. Vielleicht könnten Sie ihnen ein paar Worte sagen.«

Thor blinzelte irritiert. »Und was ist mit der Armee von

Abenteurern und Schatzsuchern, vor der Sie sich so gefürchtet haben?«, fragte er.

Franklin winkte ab. »Bis die Zeitungen erscheinen und diese Herren ihre Sparschweine geschlachtet haben, um eine Spitzhacke zu kaufen, sind wir längst am Ziel«, sagte er. »Außerdem haben wir wohl keine andere Wahl mehr, fürchte ich. Man muss flexibel sein, nicht wahr?«

Wäre Thor etwas weniger müde gewesen, dann hätte er Franklin spätestens jetzt gesagt, dass er für ihn neben einigen anderen Titeln auch noch den des ungeschicktesten Lügners aller Zeiten parat hielt. Aber wahrscheinlich war das die Sache gar nicht wert.

»Meinetwegen«, murmelte er, verschränkte die Arme, ließ das Kinn auf die Brust sinken und schloss die Augen. »Wecken Sie mich, wenn wir da sind.«

»Wir *sind* da, Mister Garson«, antwortete Franklin.

Thor zwang sich, die Lider zu heben und aus dem Fenster zu sehen. Der Wagen rollte jetzt am Kai entlang; Thor erinnerte sich nicht einmal, seit wann das so war. Eine gute Meile vor ihnen erhob sich der Umriss eines Schiffes gegen das Meer.

Thor konnte es nur als schwarzen Schatten erkennen, denn die Sonne stand bereits tief und ihr rotes Licht trieb ihm zusätzlich Tränen in seine ohnehin brennenden, entzündeten Augen. Irgendetwas an diesem Umriss irritierte ihn. Er wusste nur nicht genau, was.

Einen Augenblick später sah er etwas, was er sehr wohl erkannte – und was ihn schlagartig wenigstens für einen Moment hellwach werden ließ. Am Ende des Kais, über den sie fuhren, wartete eine kleine Armee auf sie.

Was hatte Franklin gesagt? *Einige* Reporter? Thor schätzte, dass das Fallreep der HENDERSON von mindestens hundert Kamera und Notizblock schwingenden Gestalten belagert wurde. Das kleine Leck in Franklins Sicherheitssystem musste so breit sein wie die Niagarafälle!

»Nur ein paar Worte, Mister Garson, das verspreche ich Ihnen«, sagte Franklin lächelnd.

Es dauerte anderthalb Stunden, bis sie endlich an Bord kamen.

AUF HOHER SEE

Die Begegnung mit der Reporterarmee hatte Thor den Rest gegeben. Er konnte sich nicht mehr erinnern, wie er an Bord der HENDERSON gekommen war, und schon gar nicht, wie er die Kabine erreicht hatte. Er erwachte mit Kopfschmerzen, einem furchtbaren Geschmack im Mund und einem leisen Gefühl von Übelkeit im Magen, von dem er sicher wusste, dass es genau wie er gerade erst erwacht war und noch sehr viel heftiger werden würde. Das Bett, auf dem er lag, war nicht nur äußerst unbequem, sondern bewegte sich zu allem Unglück, und was er im ersten Moment für das schwere Hämmern seines eigenen Herzschlags gehalten hatte, identifizierte er nach einigen Augenblicken als das Arbeitsgeräusch großer Maschinen, die irgendwo in der Nähe liefen. Sie befanden sich bereits auf hoher See. Aber das hatte Franklin ihm ja gesagt.

Behutsam setzte Thor sich auf, schwang die Beine von der Pritsche und versuchte aufzustehen. Sofort begann sein Magen zu rebellieren und er bewegte sich noch vorsichtiger weiter.

Der Boden unter seinen Füßen schwankte heftig und sein Magen und sein Kopf schienen sich im gleichen Rhythmus mitzudrehen. Irgendwie war das seltsam, fand Thor. Es war beileibe nicht das erste Mal, dass er sich an Bord eines Schiffes befand – aber *seekrank* war er bisher noch nie geworden.

Thor sah sich müde in der kleinen, schäbigen Kabine um.

Klein und schäbig war sogar noch geschmeichelt. Sie war ein besserer Wandschrank, gerade breit genug für das Bett und einen winzigen Tisch – allerdings nicht gleichzeitig.

Beides war mit Scharnieren an der Wand festgeschraubt, sodass man jeweils das eine hochklappen musste, um das andere zu benutzen.

Thor verlängerte in Gedanken die Liste der unfreundlichen Worte, die er Franklin um die Ohren hauen wollte, und verließ seine Kabine.

Der Gang, auf den er hinaustrat, war kaum weniger schmal und heruntergekommen als die Kabine. Das Dröhnen der Maschinen war hier deutlicher zu hören, und sein Magen rebellierte plötzlich so stark, dass er sich mit beiden Händen die Wand entlangtasten musste, als er den Weg zur Treppe einschlug. Er brauchte frische Luft, und zwar dringend.

Thor bekam fast mehr davon, als ihm lieb war, denn Sturm und Gischt schlugen ihm wie eine nasse Hand ins Gesicht, als er auf das Deck der HENDERSON hinaustrat. Einen Moment lang erwog er ernsthaft den Gedanken, wieder in seine Kabine zurückzugehen und einfach weiterzuschlafen, aber dann trat er doch vollends in den Sturm hinaus und sah sich aus zusammengekniffenen Augen um.

Es war dunkel. Sturm und Seegang waren ganz kurz vor dem Punkt, an dem die Männer oben auf der Brücke anfangen würden sich Sorgen zu machen, und die HENDERSON pflügte mit voller Fahrt durch die Wellen.

An Deck brannte kein einziges Licht.

Thor hielt sich mit der linken Hand fest, um auf dem glitschigen, schwankenden Deck nicht die Balance zu verlieren, drehte das Gesicht aus dem Wind und sah sich mit wachsender Beunruhigung um. Unter seinen Füßen dröhnten die Maschinen des Schiffes, der Bug teilte mit einem unablässigen kraftvollen Dröhnen die Wellen, aber nirgends war auch nur eine Bewegung oder ein Licht zu sehen. Es war, als befände er sich auf einem Geisterschiff. Selbst hinter den großen Scheiben der Brücke herrschte Dunkelheit. Was, um alles in der Welt, ging hier vor?

Durch das Dröhnen der Maschinen und das Peitschen des Sturmes drang ein anderer Laut an sein Ohr: ein gepresstes Stöhnen, dem ein plötzliches Würgen folgte. Thor drehte sich um und sah eine gebeugte Gestalt an der Reling. Offenbar war er nicht der Einzige, der trotz Regen, Sturm und Dunkelheit an Deck gekommen war.

Als er sich der Gestalt näherte, erkannte er, dass es niemand anderes war als Hensley, der an der windabgewandten Seite der HENDERSON stand und ausgiebigst, aber wahrscheinlich ohne großes Vergnügen Poseidon opferte.

Thor räusperte sich, erzielte damit aber keinerlei Erfolg und räusperte sich noch einmal und noch einmal, bis Hensley schließlich reagierte und mit einem Ruck den Kopf umwandte.

Auf seinem Gesicht erschien ein fast entsetzter Ausdruck, als er Thor erkannte. »Mister Garson!«, sagte er. »Was tun –«

Den Rest seiner Frage spie er zusammen mit seinem letzten Abendessen über Bord, und Thor wandte sich diskret ab, bis die unangenehmen Würgegeräusche hinter ihm wieder verklangen. Ihm wurde klar, dass er Hensley in eine peinliche Situation gebracht hatte.

»Bitte verzeihen Sie, Mister Hensley«, sagte er, ohne sich zu dem Verleger umzudrehen. »Ich wollte Sie nicht in eine peinliche Situation bringen.«

»Peinlich? *Peinlich!*« Hensley begann zu schimpfen wie ein Rohrspatz, und nach ein paar Sekunden drehte sich Thor doch wieder herum und sah ihn an. Hensley war grün im Gesicht, aber er wirkte nicht peinlich berührt, sondern war offenbar stinkwütend. »Verdammte Sauerei!«, giftete er, während er sich mit einem alles andere als sauberen Taschentuch immer wieder über die Lippen fuhr. »Irgendjemand wird mir dafür bezahlen, Mister Garson, das schwöre ich Ihnen!«

»Niemand kann etwas für den Sturm«, antwortete Thor. »Und vor Seekrankheit ist keiner gefeit. Glauben Sie mir, ich habe schon ganz andere –«

»Seekrank?«, unterbrach Hensley ihn aufgebracht. »Ich und seekrank? Dass ich nicht lache! Mein Vater war Kapitän! Ich bin praktisch auf einem Schiff aufgewachsen! Noch dazu besitze ich selbst eine ansehnliche Hochseejacht und verbringe jede Minute, die ich erübrigen kann, auf hoher See! Ich werde nie seekrank, Mister Garson, niemals!«

Thor war so perplex, dass er Hensley nur verwirrt anblickte. »Aber was –«

»Irgendjemand hat uns betäubt, Mister Garson«, fuhr Hensley aufgebracht fort. »Merken Sie es nicht? Ich habe den Geschmack noch im Mund. Zwar weiß ich nicht, wer es war oder warum, aber ich verspreche Ihnen, dass ich es herausbekommen werde, und wer immer auch dahintersteckt, er wird mir Rede und Antwort stehen!«

»Ich bin sicher, Kapitän Franklin wird das mit großem Vergnügen tun, Mister Hensley«, sagte eine Stimme hinter ihnen.

Thor und Hensley fuhren im selben Moment herum, doch zumindest für Hensley war die Bewegung wohl ein bisschen zu schnell, denn er beugte sich sofort wieder über die Reling und opferte auch noch den Rest seines Mageninhalts den Meeresgöttern.

Thor konnte das Gesicht seines Gegenübers in der Dunkelheit nicht erkennen, doch die Stimme kam ihm vage bekannt vor, und immerhin sah er, dass der Mann eine Uniform trug. »Delano?«, fragte er zögernd.

»*Commander* Delano«, verbesserte ihn der andere, nahm seinen Worten jedoch sofort wieder die Schärfe, indem er lachte und leise hinzufügte: »Aber damit nehmen wir es hier nicht so genau. Bitte kommen Sie, meine Herren. Es ist kalt und nass hier draußen und Sie wollen sich doch keine Erkältung einfangen, oder?«

»Ihre Sorge rührt mich zu Tode«, sagte Hensley böse. »Vor allem, nachdem Sie gerade versucht haben uns zu vergiften.«

Delano überging die Bemerkung mit einem neuerlichen Lachen und wiederholte seine einladende Geste. »Kommen Sie, meine Herren. Es ist wirklich kalt hier. Und ich fürchte, es wird bald noch ungemütlicher werden. Ein Sturm zieht auf.«

»Fährt dieses Schiff deshalb ohne ein einziges Licht?«, fragte Thor. »Damit der Sturm uns nicht findet?« Aber er folgte Delano trotzdem, und nach einem letzten, fast sehnsüchtigen Blick zur Reling schloss sich ihnen auch Hensley an.

Thor sah sich aufmerksam um, während sie hinter Delano die eiserne Treppe zur Brücke hinaufstiegen, und trotz der Dunkelheit erkannte er jetzt viele Einzelheiten. Er war nicht einmal besonders überrascht. Wäre er nicht so völlig übermüdet gewesen, als sie in Sydney an Bord gegangen waren, hätte er es gleich bemerkt.

Sie betraten die Brücke. Die Beleuchtung war ausgeschaltet. Nur hier und da gewahrte Thor den grünen Schimmer eines Instrumentes, in dessen Widerschein der Mann am Ruder und die anderen Mitglieder der Brückenbesatzung wie unheimliche Gespenster wirkten, die sich beinahe lautlos bewegten. Franklin war nirgends zu sehen, aber Delano deutete auf eine Tür in der rückwärtigen Wand der Brücke und ging rasch weiter.

Franklin erwartete sie dort in einem kleinen, fast behaglich eingerichteten Raum. Die Fenster waren mit schwerem dunkelblauen Samt verhängt, sodass kein Lichtschimmer nach außen dringen konnte, und auf einem Bord neben der Tür stand das größte und komplizierteste Funkgerät, das Thor jemals gesehen hatte. Es war ausgeschaltet. Der Tisch, an dem Franklin saß, war mit Papieren und großformatigen Fotografien übersät, die aber allesamt herumgedreht waren, sodass Thor nicht erkennen konnte, was sie zeigten. Doch er hätte wahrscheinlich sowieso nur einen flüchtigen Blick darauf geworfen, denn die nächsten zehn Sekunden tat er nichts anderes, als Franklin mit offenem Mund anzustarren.

Genauer gesagt: seine Uniform.

Nach Delanos Anblick überraschte es ihn kaum, Franklin nicht mehr in Zivil zu sehen, und nach allem, was ihm auf dem Weg hierherauf klar geworden war, verwunderte ihn auch nicht der Umstand, dass es eine Army-Uniform war.

Aber sie war noch mehr als das. Es war die Uniform eines *Generals.*

So viel zu der Idee, Franklin und seinen Begleiter für die Dauer ihres Aufenthaltes auf der Osterinsel Steine klopfen zu lassen, dachte er. Er war nicht einmal mehr sicher, dass sie überhaupt zur Osterinsel fuhren.

Franklin gab ihm eine ganze Weile Zeit, ihn und seine Uniform zu bestaunen, dann wies er mit einer einladenden Geste auf die beiden freien Plätze vor dem Tisch, und Thor und Hensley gehorchten ganz automatisch. Delano schloss die Tür hinter ihnen, blieb aber stehen. Franklin schwieg weiter. Er lächelte auch weiter und schließlich war es Hensley, der das Schweigen brach.

»Ist … diese Uniform echt?«, fragte er stockend. Franklin nickte stumm und Hensley fuhr nach einem fast flehenden, Hilfe suchenden Blick zu Thor fort: »Ich habe nie von einem General Franklin gehört.«

»Den gibt es auch nicht«, antwortete Franklin. »Aber ich versichere Ihnen, dass mein Name in diesem Raum das Einzige ist, was nicht der Wahrheit entspricht. Unser Unternehmen muss leider unter der allerstrengsten Geheimhaltung verlaufen. Aus diesem Grund habe ich mich leider auch gezwungen gesehen, Ihnen gewisse … Unannehmlichkeiten zuzumuten. Aber das ist nun vorbei.«

»Geheimhaltung?«, fragte Thor. »Haben sie deshalb eine ganze Armee von Reportern nach Sydney bestellt?«

»Natürlich«, antwortete Franklin ungerührt. »Ich war schon immer der Meinung, dass die überzeugendsten Lügen diejenigen sind, die der Wahrheit sehr nahekommen. Wo würden Sie einen Eimer Wasser verstecken, Mister Garson? In der Wüste oder im Meer?«

»Zumindest würde ich nicht versuchen, ein Kriegsschiff als Forschungsschiff zu verkaufen, und darauf hoffen, dass die ganze Welt blind ist!«, sagte Thor. Er suchte nach irgendeinem Anzeichen von Schrecken oder Bestürzung in Franklins Gesicht. Aber er fand keines und so fuhr er fort: »Die HENDERSON ist ein Kriegsschiff! Sogar ich habe das bemerkt.«

»Ich habe nichts anderes erwartet, Mister Garson«, antwortete Franklin. »Bitte halten Sie uns nicht für geistig minderbemittelt, nur weil wir eine Uniform tragen.«

Thor war nun vollends verwirrt.

»Das hier *war* einmal ein Kriegsschiff, Mister Garson«, sagte Hensley. »Vor ungefähr zehn Jahren wurde es ausgemustert und zu einem Forschungsschiff umgebaut. Das ist allgemein bekannt, zumindest in Schifffahrtskreisen.«

»Ja«, pflichtete ihm Franklin bei. »Allerdings haben wir in den letzten Wochen einige … kleine Veränderungen vorgenommen, die etwas weniger bekannt sein dürften. Aber das spielt im Moment keine Rolle. Ich bin sicher, Sie beide brennen darauf, endlich zu erfahren, warum Sie hier sind. Warum Sie *wirklich* hier sind, meine ich.«

»Worauf Sie sich verlassen können!«, giftete Hensley. Thor sah Franklin nur wortlos an und Hensley fügte in drohendem Ton hinzu: »Ich hoffe für Sie, dass Sie einen guten Grund für dieses Theater haben!«

»Den haben wir«, versicherte ihm Franklin. Plötzlich klang er sehr ernst. Zum ersten Mal, seit Thor ihn kannte, erlosch sein Lächeln. »Übrigens war es nicht nur Theater. Es ist gut möglich, dass wir tatsächlich etwas für die Wissenschaft tun, Professor. Neben einer Anzahl ... anderer Dinge enthalten die Laderäume der HENDERSON die komplette Ausrüstung für das Forschungsvorhaben, das ich Ihnen versprochen habe. Sie werden Ihre Expedition bekommen, Mister Hensley.«

»Er«, sagte Thor. »Und ich?«

Franklin nickte anerkennend. »Wie ich sehe, verfügen Sie tatsächlich über den scharfen Verstand, den man Ihnen nachsagt, Mister Garson. Vielleicht werden Sie Ihrem Kollegen bei seinen Forschungen helfen können. Ich hoffe es sogar.«

»Und wenn nicht?« Thor wurde allmählich zornig. »Verdammt, hören Sie doch endlich auf, wie die Katze um den heißen Brei herumzuschleichen! Was wird hier gespielt? Wozu sind wir wirklich unterwegs?«

Franklin schwieg eine ganze Weile, ehe er leise und mit veränderter Stimme begann: »Wie Sie wissen, steht es politisch zwischen den Vereinigten Staaten und dem Deutschen Reich nicht zum Besten, meine Herren. Machen wir uns nichts vor, ich bin davon überzeugt, dass es Krieg geben wird. Bald.«

Thor erstarrte und auch Hensley sog hörbar die Luft ein, aber Franklin sah ihre Reaktion voraus, hob abwehrend beide Hände und fuhr beinahe hastig fort: »Bitte glauben Sie mir, meine Herren: Ich weiß, dass Sie keine Politiker oder Soldaten sind, und nichts liegt mir ferner, als Sie in irgendetwas Derartiges hineinzuziehen, vor allem angesichts Ihrer deutschen Abstammung, Mister Garson. Aber es handelt sich um eine Angelegenheit von möglicherweise unabsehbarer Bedeutung. Wenn es das ist, was ich befürchte, dann *brauchen* wir Sie einfach.«

»Wozu?«, fragte Thor. Seine Stimme bebte.

Franklin stand auf. Er begann nervös in der kleinen Kabine auf und ab zu gehen. »Ich muss etwas weiter ausholen«, setzte er an. »Wenn es Krieg gibt, dann wird es zu einem beträchtlichen Teil um die Seehoheit gehen. Vor allem die deutschen U-Boote machen uns erhebliche Sorgen. Was Sie aber wahrscheinlich nicht wissen, ist Folgendes: Zuverlässigen Geheimdienstberichten zufolge planen die Deutschen unmittelbar nach Ausbruch von Kampfhandlungen ihren Terror weltweit auszudehnen, das heißt unsere Schiffe *überall* zu jagen und zu versenken, selbst vor unserer eigenen Haustür. Dazu benötigen sie nicht nur mehr Unterseeboote, als sie bisher haben, sondern vor allem ein Netz von geheimen Auftankstationen und U-Boot-Häfen überall auf der Welt. Seit zwei Jahren sind sie dabei, dieses Netz aufzubauen.«

»Und Polynesien mit seinen zahllosen Inseln und Atollen bietet sich geradezu dafür an«, vermutete Thor.

Franklin nickte. »Ja. Natürlich waren wir nicht untätig und haben gewisse Nachforschungen angestellt. Die Deutschen sind gefährliche Gegner, Mister Garson, und leider Gottes alles andere als dumm. Trotzdem ist es uns vor einem guten Jahr gelungen, einen unserer Agenten in ihre Organisation einzuschleusen. Dieser Agent trägt den Decknamen *Jonas.*«

Thor blinzelte und in Franklins Augen erschien ein amüsiertes Funkeln, aber er fuhr sogleich fort: »Jonas ist in den Besitz sehr wertvoller Unterlagen gelangt, die es uns ermöglicht hätten, den größten Teil der deutschen U-Boot-Basen in Polynesien aufzuspüren beziehungsweise zu verhindern, dass sie überhaupt gebaut werden.«

»Hätten?«, fragte Thor. »Das heißt, das ist Ihnen nicht gelungen?«

»Leider nein«, gestand Franklin.

»Haben die Deutschen ihn erwischt?«

»Ich wollte, ich wüsste es«, sagte Franklin. Er seufzte tief. »Ich glaube es nicht, aber ...« Einen Moment lang suchte er sichtlich nach Worten. »Unser Agent musste ziemlich vorsichtig sein, wie Sie sich vielleicht vorstellen können. Er konnte ja schlecht bei uns anrufen und um ein Flugzeug bitten, das ihn abholt.«

Er lächelte auf eine Art, als erwarte er, dass Thor und Hensley dieses Lächeln erwiderten. Als sie ihm diesen Gefallen auch nach einigen Sekunden noch nicht taten, fuhr er stockend fort: »Wir mussten uns die Geschichte mühsam zusammenreimen, aber ich nehme an, dass sie sich ungefähr so abgespielt hat: Jonas hat versucht sich irgendwie nach Australien durchzuschlagen. Wir haben seine Spur bis zu einem kleinen Atoll namens Pau-Pau zurückverfolgt. Dort hat er eine knappe Woche in einem Hotel verbracht und auf ein Flugzeug gewartet. Schließlich ist er zusammen mit zehn anderen an Bord gegangen.«

»Aber das Flugzeug ist niemals angekommen«, vermutete Thor.

Franklin nickte wortlos.

»Die Deutschen werden es abgeschossen haben«, sagte Hensley.

»Das war auch unser erster Gedanke«, antwortete Franklin finster. »Aber wenn es so einfach wäre, hätte ich allen Grund, mich zu freuen. Und Sie und ich wären jetzt nicht hier. Vor ungefähr drei Monaten nämlich tauchte das Flugzeug wieder auf, genauer gesagt: es stürzte eine halbe Meile vor dem Pau-Pau-Atoll ins Meer. An Bord befanden sich ein toter und ein sterbender Mann. Der Pilot und einer der Passagiere. Und ein Teil von Jonas' Aufzeichnungen.«

Er griff in das Durcheinander auf dem Tisch, grub ein kleines, in schwarzes Leder gebundenes Notizbuch aus und reichte es Thor. Hensley beugte sich neugierig vor, um über Thors Schulter blicken zu können, als er es aufschlug.

Mit Ausnahme des Einbandes, der deutliche Brandspuren aufwies, enthielt es nur noch wenige Seiten, der Rest war herausgerissen oder verkohlt. Und auch die übrig gebliebenen Seiten stellten auf den ersten Blick eine Enttäuschung dar. Die Tinte war zerlaufen, denn zu allem Überfluss hatte das Büchlein offensichtlich auch noch eine geraume Weile im Wasser zugebracht. Und was leserlich war, blieb dennoch unverständlich, denn es schien sich um das sinnlose Gekrakel eines kleinen Kindes zu handeln. Oder zumindest um eine Handschrift, die dem nahekam.

»Verderben Sie sich nicht die Augen«, sagte Franklin seufzend. »Wir haben die Seiten von den besten Kryptologen des Landes untersuchen lassen. Es ist das sinnlose Gekrakel eines Wahnsinnigen. Blättern Sie zur letzten Seite.«

Thor tat es – und sog im selben Moment ebenso wie Hensley überrascht Luft ein. Wahnsinnig oder nicht, der Besitzer dieses Buches war ein ganz passabler Zeichner gewesen. Die beiden letzten Seiten zeigten einen Meeresstrand, auf dem ein halbes Dutzend menschlicher Gestalten stand. Vor ihnen im Wasser, von der offenbar zurückweichenden Flut nur zum Teil freigegeben, erhoben sich zwei kolossale Statuen.

»Erkennen Sie sie wieder?«, fragte Franklin.

Thor schwieg, aber Hensley sagte unsicher: »Ich habe … Bilder von den Figuren auf der Osterinsel gesehen und –«

Er sprach nicht weiter, als Franklin eines der Fotos auf dem Tisch herumdrehte und in seine Richtung schob. Thor sah ohne große Überraschung, dass es eine der gewaltigen Kopfstatuen zeigte, wie sie auf der Osterinsel entdeckt worden waren. Nachdenklich betrachtete er eine Weile abwechselnd das Foto und die Zeichnung.

»Die Ähnlichkeit ist verblüffend«, sagte er schließlich.

»Ähnlichkeit?« Franklin lachte. »Sie sind völlig identisch, Garson. Sehen Sie sich die übergroßen Köpfe an und die lang gezogenen Ohren. Ich habe diese Bilder von einem Dutzend Fachleuten vergleichen lassen und sie sind alle zu demselben Ergebnis gekommen. Wer immer diese Zeichnung angefertigt hat, hatte das da als Vorbild.« Sein ausgestreckter Zeigefinger schien das Foto aufspießen zu wollen.

»Warum ist Ihr Dutzend Fachleute dann nicht hier, an unserer Stelle?«, fragte Hensley.

Franklin ignorierte seine Bemerkung und Thor sagte langsam: »Das bedeutet, Jonas ist auf der Osterinsel.«

»Nein«, antwortete Franklin. »Er war niemals dort, das wissen wir genau. Und die Reichweite des Flugzeugs war nicht annähernd groß genug. Es muss noch eine zweite Insel geben, auf der solche Statuen stehen. Und sie befindet sich irgendwo im Umkreis von dreihundert Seemeilen um Pau-Pau. Und wir sind hier, um sie zu finden.«

»Sie nehmen an, dass Jonas und die anderen noch am Leben sind und sich dort aufhalten«, vermutete Thor. Etwas schärfer fügte er hinzu: »Und Sie haben uns praktisch entführt, damit wir Ihnen helfen, Ihren kostbaren Agenten wiederzufinden – samt den Plänen, die er bei sich hat!«

»Ich wollte, es wäre so«, sagte Franklin leise. Er seufzte,

schüttelte ein paarmal den Kopf und sah Thor sehr ernst an. »Wenn das, was wir befürchten, zutrifft, Mister Garson, dann brauchen die Deutschen keine geheimen Unterseehäfen mehr in Polynesien. Ich vermute, dann brauchen sie nicht einmal mehr U-Boote.«

Thor starrte ihn an. Er hatte plötzlich unerklärliche Angst.

»Wie … wie meinen Sie das?«, fragte Hensley. Auch seine Stimme zitterte.

»Ich habe Ihnen noch nicht erzählt, in welchem Zustand das Flugzeug auf Pau-Pau angekommen ist«, sagte Franklin. Er reichte Thor zwei weitere Fotos. Sie zeigten das Wrack einer Junkers, das in einer gewaltigen Flugzeughalle auf einem komplizierten hölzernen Gestell aufgebaut worden war. »Sie sehen, dass die Maschine sehr stark beschädigt worden ist«, fuhr er fort. »Das Wrack lag in *zwanzig* Metern Tiefe auf dem Meeresgrund. Wir haben es geborgen und so gut wieder zusammengesetzt, wie es uns möglich war. Unsere Techniker haben allein dafür zwei Wochen gebraucht, doch leider konnten wir nicht *alle* Teile bergen.«

Das ist nicht zu übersehen, dachte Thor. Die Junkers sah aus wie ein dreidimensionales Puzzle, das jemand mit viel zu großen, ungeschickten Wurstfingern zusammengesetzt hatte.

»Die Maschine muss vorher schon einmal abgestürzt sein«, sagte Franklin, »oder eine ziemlich unsanfte Notlandung hinter sich gehabt haben. Offensichtlich wurde sie mit primitivsten Mitteln wieder instand gesetzt. Diese Privatpiloten sind manchmal die reinsten Zauberkünstler und schaffen es, eine Maschine mit einer Rolle Draht und ein paar Nägeln wieder flottzukriegen.« Er lachte leise, aber seine Augen blieben ernst. »Doch das ist es nicht, was uns Angst macht, Mister Garson.«

»Und was … macht Ihnen Angst?«, fragte Thor zögernd. Er hatte das Gefühl, er würde die Antwort bereits kennen.

Franklin beugte sich vor. »Das«, sagte er und deutete nacheinander auf drei verschiedene Punkte am Flugzeugwrack. »Und das und das.«

Auch Thor waren die Stellen schon aufgefallen. Fragend sah er Franklin an.

»Wir haben das Wrack von mehreren Metallurgen untersuchen lassen«, sagte Franklin. »Sie sagen alle übereinstimmend das Gleiche: Das Metall muss unvorstellbaren Temperaturen ausgesetzt gewesen sein. Sehen Sie die Verfärbungen an den Rändern?«

Thor nickte. Wieder spürte er ein eiskaltes Frösteln.

»Haben sie … versucht es … zu schweißen?«, fragte Hensley stockend.

»Kein Schweißgerät entwickelt Temperaturen von mehreren tausend Grad Kelvin«, antwortete Franklin ruhig. »Sehen Sie, Sie können es auf diesem Bild besser erkennen –«, er reichte Hensley ein anderes Foto, »– die Löcher haben jeweils das passende Gegenstück auf der anderen Seite der Maschine.«

»Als hätte jemand darauf geschossen«, murmelte Thor schaudernd. »Aber womit?«

Franklins Antwort bestand aus einem vielsagenden, düsteren Schweigen. Er nahm ein weiteres Foto zur Hand, zeigte es ihnen aber noch nicht. »Wir sprachen von den beiden Passagieren, erinnern Sie sich?«, fuhr er fort. »Der Pilot war sehr schwer verwundet, als man ihn aus dem Wasser zog. Ich … habe auch Bilder von ihm, aber ich werde Ihnen den Anblick ersparen, wenn Sie nicht darauf bestehen. Bitte glauben Sie mir einfach, dass er fast bis zur Unkenntlichkeit verbrannt war. Wie er es überhaupt geschafft hat, das Flugzeug zum Atoll zurückzusteuern, ist uns allen ein Rätsel.«

»Und der andere?«, fragte Thor.

»Der Kopilot? Ein gewisser Perkins, einer der Passagiere. Offensichtlich hat er beim Aufprall das Bewusstsein verloren und ist ertrunken. Aber auch er war nicht unverletzt.« Er legte eine sekundenlange, genau bemessene Pause ein. »Der Mann war blind. Der Pathologe, der ihn untersucht hat, erklärte, dass seine Netzhäute verbrannt seien.«

»Wissen Sie, was Sie da sagen?«, fragte Thor. Es war eine ausgesprochen dumme Frage und Franklin machte sich nicht einmal die Mühe, darauf zu antworten. Stumm reichte er Thor und Hensley das Foto, das er bisher selbst in der Hand gehalten hatte.

Thors Finger begannen zu zittern, während er es betrachtete. Er konnte regelrecht *fühlen,* wie Hensley neben ihm blass wurde.

»Die dunklen Linien sind Blut«, sagte Franklin leise. »Menschliches Blut. Offensichtlich hatte er keinen Stift zur Hand.«

Es war eine grobe Zeichnung, die mit ungeschickten, dicken Strichen auf ein Stück des Armaturenbretts der Junkers gemalt worden war. Sie zeigte – nur grob und angedeutet, aber trotzdem klar zu erkennen – drei Dinge: eine der gewaltigen Götterstatuen, das Flugzeug und einen gezackten Blitz, der aus den Augen der Steinfigur fuhr und das Flugzeug aufspießte.

»Ich glaube, ich verstehe Sie jetzt«, flüsterte Thor.

»Das hoffe ich, Mister Garson«, antwortete Franklin ernst. »Und ich hoffe bei Gott, dass wir uns alle irren und das alles nur die Fieberfantasien eines sterbenden Mannes sind.«

»Ich … ich verstehe einfach nicht, was … was das alles bedeutet«, stammelte Hensley. Thor sah ihn an, und etwas in seinen Augen machte Thor klar, dass er sehr wohl verstand, es im Moment aber einfach noch nicht zugeben *wollte.*

»Es gibt schon seit Jahren Gerüchte, dass die Nazis an einer neuen Geheimwaffe arbeiten, Professor Hensley«, sagte Franklin. Er deutete auf das Foto, auf dem die fast bis zur Unkenntlichkeit zerschmolzene Flanke des Flugzeugs zu erkennen war. »Es sieht so aus, als wäre sie fertig.«

Eine Stunde später begann es zu dämmern und mit der Nacht zog sich auch der Sturm in sein finsteres Versteck zurück. Der Seegang ließ spürbar nach und die HENDERSON legte noch einmal ein paar Knoten an Tempo zu. Sie waren auf die Brücke hinausgegangen. Thor fielen die nervösen Blicke auf, die der Brückenoffizier immer wieder auf das Meer warf.

Nach allem, was er von Franklin erfahren hatte, verstand er diese Nervosität nur zu gut. Wenn die Deutschen tatsächlich auf irgendeiner der polynesischen Inseln ein Geheimlabor unterhielten, in dem sie an der Entwicklung einer möglicherweise kriegsentscheidenden Waffe arbeiteten, dann würden sie jedes Stück Treibholz herumdrehen, das sie im Umkreis von tausend Seemeilen fanden. In der Nacht hatte ihnen die Dunkelheit noch ein bisschen Schutz vor deutschen U-Booten oder Flugzeugen gewährt. Jetzt befand sich das Schiff praktisch auf dem Präsentierteller. Die HENDERSON war alles andere als *klein.*

»Angst?«, fragte eine Stimme hinter ihm. Thor drehte sich um und erkannte Delano. Der Commander sah blass aus, übernächtigt und spürbar nervös.

»Sie nicht?«, gab Thor zurück. »Wenn ich an der Stelle der Deutschen wäre, dann würde ich alles versenken, was auch nur verdächtig sein *könnte.*«

»Ja, vielleicht.« Delano seufzte. Sein Blick irrte unstet

über die endlos grau daliegende Fläche des Meeres. »Aber ganz so schlimm ist es nun auch wieder nicht, Mister Garson. Nicht einmal die Nazis würden es wagen, ohne triftigen Grund ein Schiff anzugreifen, das in einer friedlichen Forschungsmission unterwegs ist.«

»Und die Laderäume voller Waffen und Soldaten hat, nehme ich an.«

Delano lächelte flüchtig. »Diese Reporter, die Ihnen in Sydney so auf die Nerven gegangen sind, Mister Garson, sind gewissermaßen unsere Lebensversicherung. Alle Welt weiß jetzt, dass die HENDERSON auf dem Weg zur Osterinsel ist. Und auch, warum.«

»Sie haben uns aber immer noch nicht gesagt, welche Rolle Hensley und ich in Ihrer kleinen Scharade spielen«, sagte Thor.

»Professor Hensley ...« Delano sah sich um, als wollte er sich erst davon überzeugen, dass Hensley nicht in Hörweite war, ehe er antwortete. »Der war sozusagen eine unerwartete, aber willkommene Zugabe. Die HENDERSON befindet sich tatsächlich auf dem Weg zur Osterinsel, Mister Garson. Professor Hensley wird dort nach Herzenslust graben und forschen können. Wir hoffen, dass ihm die halbe Welt dabei zusieht.«

»Während Sie und Franklin nach etwas ganz anderem suchen«, vermutete Thor.

Delano nickte. »Ja. Im Moment sind die Statuen auf der Osterinsel unsere einzige Spur – beinahe, jedenfalls. Vielleicht gelingt es uns, über sie oder die Polynesier die genaue Position der anderen Insel ausfindig zu machen.«

Thor starrte sein Gegenüber mit offenem Mund an. »Wie bitte?«, ächzte er. »Wissen Sie überhaupt, wovon Sie da reden? Solche Forschungen können *Jahre* dauern, falls sie überhaupt je –«

Delano hob besänftigend die Hände. »Ich sagte, *beinahe,* Mister Garson«, erklärte er. »Es gibt noch eine zweite Spur. Die ist zwar reichlich dünn, aber im Moment die einzige, die wir haben. Franklin hat Ihnen vom Pau-Pau-Atoll erzählt. Nun, es gibt dort einen … Mann. Eine etwas zwielichtige Erscheinung, wie ich gehört habe. Sein Name ist Ganty. Er erzählt seit Jahren verrückte Geschichten über eine Insel, auf der es angeblich ein Volk von Riesen geben soll. Niemand glaubt ihm, aber ich denke, es ist an der Zeit, dass wir uns einmal mit ihm unterhalten.« Er machte eine vage Geste auf das Meer hinaus. »Die HENDERSON ist ziemlich schnell, Mister Garson. Schnell genug, dass sie einen kleinen Umweg machen und trotzdem pünktlich an ihrem Ziel ankommen kann. Sie und ich werden in etwa zwei Stunden in ein Wasserflugzeug umsteigen, das uns nach Pau-Pau bringt.«

»Um mit Ganty zu sprechen«, sagte Thor.

Delano nickte.

»Und wenn er wirklich nur ein Spinner ist und nichts weiß?«

»Dann«, antwortete Delano sehr ernst, »sitzen wir ziemlich in der Klemme, Mister Garson. Und mit uns wohl auch der Rest der Welt.«

PAU-PAU-ATOLL, POLYNESIEN

Vielleicht hatte die Stadt ja sogar einen Namen. Aber wenn, dann schien es bisher niemand für nötig gehalten zu haben, ein entsprechendes Schild aufzustellen – und wozu auch? Es war nicht nur die einzige Stadt auf dieser Insel, sie bestand auch nur aus einem guten Dutzend Häusern, die sich rund um das natürliche Hafenbecken drängten. Straße gab es keine, aber an den drei hölzernen Stegen lagen mehr Boote, als dieses Kaff wahrscheinlich Einwohner hatte.

»Sind Sie sicher, dass wir diesen Ganty hier finden?«, fragte Thor. Er stampfte ein paarmal kräftig mit den Füßen auf, um das Wasser aus den Schuhen zu bekommen, hatte aber keinen besonderen Erfolg damit. Delano war mit einem kraftvollen Satz vom Schwimmer des Wasserflugzeugs aus an Land gesprungen, aber Thors Versuch, ihm auf dieselbe Weise zu folgen, hatte leider nicht ganz geklappt. Seine Hosenbeine waren fast bis zu den Knien hinauf nass.

»Sein Boot ist jedenfalls hier«, sagte Delano, nachdem er seinen Blick einen Moment lang über den Hafen hatte schweifen lassen. Er deutete auf eine schmuddelige weiße Fünfzig-Fuß-Jacht, die sicherlich schon bessere Zeiten gesehen hatte, trotzdem aber das mit Abstand größte Schiff im Hafen war. »Ich nehme an, er sitzt in der Hotelbar und lässt sich volllaufen. Kommen Sie.«

Der Commander hatte sich verändert. Er trug jetzt nicht mehr die Navy-Uniform, sondern einfache Seemannskleidung, schwere Leinenhosen, eine schwarze Jacke und dazu eine dunkelblaue Pudelmütze, aber diese Kleidung passte ebenso wenig zu ihm wie der maßgeschneiderte Anzug, in dem Thor ihn in Washington gesehen hatte.

Er fragte sich, wen Delano mit dieser Verkleidung täuschen wollte.

Sie bewegten sich auf das größte Gebäude der namenlosen Stadt zu, das – dem handgemalten Schild über der Tür nach zu schließen – gleichzeitig Hotel, Bar und Bürgerhaus war. Thor sah sich aufmerksam um. Der Ort war still, aber nicht verlassen. Er sah einige Weiße in zerlumpten Kleidern, aber auch zwei oder drei Polynesier. Wahrscheinlich waren sie zusammen mit den weißen Siedlern hergekommen, denn Pau-Pau war entschieden zu klein, als dass es hier Eingeborene hätte geben können. So winzig die Stadt war, bedeckte sie doch trotzdem ein gutes Fünftel des überhaupt besiedelbaren Landes; der Rest bestand aus scharfkantiger Lava und schier endlosen Sandflächen. Diese Stadt gehörte eindeutig zu jener Art von Ansiedlungen, die es nach Thors Auffassung gar nicht geben dürfte, denn sie war praktisch nicht lebensfähig, ohne von außen versorgt zu werden.

Das Hotel-Bar-Bürger-Haus schien zusätzlich auch noch als Ziegenstall zu dienen, zumindest dem Geruch nach zu schließen, der Thor und Delano entgegenschlug, als sie eintraten.

Nach dem grellen Sonnenlicht draußen war Thor im ersten Augenblick fast blind. Blinzelnd sah er sich in der halbdunklen, schmuddeligen Halle um. Hinter dem Tresen neben der Tür lehnte eine Gestalt, die eine Mischung aus Barkeeper, Hotelmanager und Pilot zu sein schien und ihn und Delano mit unverhohlenem Misstrauen musterte. Thor lächelte dem Burschen zu und trat näher.

»Ein Zimmer?«, fragte der Kerl, ohne sich mit so überflüssigen Formalitäten wie einer Begrüßung aufzuhalten.

»Vielleicht später«, antwortete Thor. »Im Augenblick suchen wir jemanden. Einen gewissen Mister Ganty. Ist er zufällig hier?«

»Sitzt da hinten am Fenster«, antwortete der Barkeeper mit einer entsprechenden Geste. Seine Augen wurden schmal. »Was wollen Sie denn von ihm?«

»Ihn zu einem Drink einladen«, antwortete Thor. »Und Sie auch, wenn Sie mögen. Bringen Sie uns drei an den Tisch?«

Er wandte sich um, ehe der Bursche eine weitere Frage stellen konnte, und gab Delano ein Zeichen, er solle ihm folgen.

Ganty war ein grauhaariger Mann von massiger Gestalt und schwer schätzbarem, aber sicher nicht geringem Alter. Sein Gesicht wurde von einem weißen, pedantisch gestutzten Vollbart beherrscht, und die winzigen roten Äderchen rings um Nase und Augen verrieten den gut trainierten Säufer. Seine Augen jedoch, die Thor und Delano unter buschigen weißen Brauen musterten, waren wach und sehr aufmerksam.

»Mister Ganty?«, fragte Delano.

Ganty sah auf. »*Mister* hat mich schon lange keiner mehr genannt«, sagte er. »Aber *Ganty* stimmt.«

Delano zog sich einen Stuhl heran und deutete auf sich selbst und Thor, während sie sich setzten. »Mein Name ist Delano«, begann er. »Das ist Thor Garson. Wir würden uns gerne einen Moment mit Ihnen unterhalten, Ganty.«

Der Ober kam und brachte die drei bestellten Drinks. Ganty schüttete den ersten hinunter, noch ehe das Tablett den Tisch berührt hatte, und angelte sich sofort ein zweites Glas. Er rülpste lautstark, leerte auch das zweite Glas in einem Zug und griff sich das dritte. Thor signalisierte dem Ober, eine weitere Runde zu bringen, und warf Delano gleichzeitig einen fast beschwörenden Blick zu. Ganty spielte den Barbaren, aber er war gewiss keiner. Thor fragte sich allerdings, warum er das tat.

»Was wollen Sie von mir?«, fragte Ganty, nachdem er den dritten Schnaps hinuntergestürzt hatte, ohne auch nur mit der Wimper zu zucken. »Wollen Sie mein Boot mieten? Kostet fünfzehn am Tag. Zwanzig, wenn ich Ihnen ein paar gute Fischgründe zeigen soll.«

»Unter Umständen«, antwortete Delano. »Mister Ganty, wir sind –«

Thor kürzte die Prozedur ab, indem er in die Tasche griff und eine der Fotografien herauszog, die er von Franklins Schreibtisch genommen hatte. »Haben Sie so etwas schon einmal gesehen?«, fragte er.

Das Bild zeigte eine der riesigen Götterstatuen von der Osterinsel. Ganty starrte sie sekundenlang an, aber seine Reaktion war völlig anders, als Thor erwartet hatte. Man musste kein Hellseher sein, um zu erkennen, dass er das, was das Foto zeigte, nicht zum ersten Mal sah. Doch plötzlich verfinsterte sich sein Gesicht. Er sah Thor und Delano eindeutig *wütend* an.

»So ist das also!«, sagte er gepresst. »Aber das hätte ich mir eigentlich denken können, nicht? Haut ab, alle beide!«

Delano war vollkommen verwirrt. »Ich verstehe nicht ganz, Ganty –«, begann er.

»Für Sie immer noch *Mister Ganty*!«, unterbrach ihn Ganty aufgebracht. »Spielen Sie nicht den Dummkopf! Glauben Sie etwa, ich weiß nicht, warum ihr zwei schrägen Vögel hier seid?«

»Ich fürchte, da liegt ein Missverständnis vor, Mister Ganty«, sagte Thor. Er tauschte einen verwirrten Blick mit Delano und deutete ein Achselzucken an.

»Ein Missverständnis, ha!« Ganty sprach jetzt sehr laut. Eigentlich schrie er schon. Erregt beugte er sich vor und blies Thor und Delano eine Kokosnussschnapsfahne ins Gesicht, als er weitersprach. »Ich erkenne Aasgeier auf hundert Meilen!«, behauptete er. »Ein paar nette Worte, ein paar Schnäpse und vielleicht noch ein paar Dollar, und schon habt ihr eine Story, wie? Und die Leser eures Schmierblattes können sich über den alten Spinner amüsieren, der ...«

»Sie irren sich, Mister Ganty«, unterbrach ihn Delano. »Wir sind ganz bestimmt nicht hier, um uns über Sie lustig zu machen. Dafür wäre der Weg wahrhaftig ein bisschen zu weit. Unser Interesse ist rein wissenschaftlicher Natur«, fügte er nach ein paar Sekunden hinzu, wobei er wohlweislich verschwieg, dass zumindest Thor tatsächlich Reporter war.

Ganty musterte sie abwechselnd voller Misstrauen. Er war zwar noch immer nicht völlig besänftigt, aber zumindest kochte er nicht mehr vor Zorn.

»Sie haben so etwas schon einmal gesehen, nicht wahr?« Thor deutete auf das Foto, das zwischen ihnen auf dem Tisch lag. »Aber nicht auf der Osterinsel.«

»Und wenn?«, knurrte Ganty.

»Sie haben soeben ›Ja‹ gesagt, Mister Ganty, ist Ihnen das klar?«, fragte Thor.

Ganty sah ihn an und zum ersten Mal lächelte er. Allerdings nur eine Sekunde. »Was wollen Sie?«, fragte er noch einmal.

»Wir gehören zu einer wissenschaftlichen Expedition«, erklärte Thor. »Wir versuchen das Rätsel dieser Statuen zu lösen. Sehen Sie, Ganty, es gibt da eine Theorie, nach der es noch andere Inseln geben soll, auf der solche Statuen stehen. Bisher wissen wir nicht einmal, ob die Kultur, die diese Statuen erschaffen hat, tatsächlich auf der Osterinsel entstanden ist. Es wäre ein gewaltiger Durchbruch für die Wissenschaft, wenn uns der Nachweis gelänge, dass es ähnliche Statuen auch noch auf anderen Inseln in Polynesien gibt.«

»So, wäre es das?«, brummelte Ganty. »Und was habe ich davon?«

»Unsere finanziellen Mittel sind nicht unbegrenzt«, sagte Delano, »aber –«

»Geld?« Ganty machte ein unanständiges Geräusch. »Behalten Sie es, Mister. Ich habe alles, was ich brauche.«

»Sie könnten der ganzen Welt beweisen, dass Sie recht hatten«, sagte Thor. Ganty starrte ihn an und schwieg, und Thor fuhr fort: »Dass Sie nicht der *alte Spinner* sind, als den man Sie denunziert hat. Wenn Sie uns helfen, mit einer *solchen* Sensation aufzuwarten, Ganty, dann wird niemand mehr über Sie lachen, da bin ich sicher.«

Ganty überlegte. »Wie kommt es, dass ein Mann wie Sie einem alten Säufer wie mir glaubt?«, fragte er misstrauisch. »Sie wollen mir doch nicht erzählen, dass Sie den ganzen Weg von Amerika aus nur mal so auf blauen Dunst hin gemacht haben!«

»Nein, bestimmt nicht.« Thor lächelte, griff abermals in die Tasche und zog das angesengte Notizbuch heraus. Auf Gantys Gesicht war nicht die mindeste Reaktion zu erkennen, als er es aufschlug und die Zeichnungen auf den letzten beiden Seiten betrachtete. Auch keine Überraschung.

»Das stammt von einem Schiffbrüchigen, den man in diesen Gewässern aufgefischt hat«, sagte Thor. »Leider war er nicht mehr in der Lage, uns genauere Informationen zu geben. Aber eines wissen wir hundertprozentig: Es stammt *nicht* von der Osterinsel.«

Ganty schwieg. Nachdenklich blätterte er in dem Notizbuch. Auf eine Art und Weise, die Thor verwirrte. Hätte er es nicht besser gewusst, dann hätte er geschworen, dass Ganty die Seiten *las.* Aber schließlich hatten die fähigsten Kryptologen der USA einhellig bestätigt, dass es sich nur um das Gekritzel eines Wahnsinnigen handelte.

Schließlich klappte Ganty das Buch zu, gab es Thor zurück und sah ihn und Delano lange fast durchdringend an. Doch allmählich erkannte Thor, dass das nicht stimmte. Er sah nicht *sie* an, er sah *ihre Ohren* an. Verrückt. Und gleichzeitig hatte Thor das Gefühl, eigentlich wissen zu müssen, was das bedeutete.

»Ich denke darüber nach«, sagte Ganty, ehe Thor den Gedanken weiterverfolgen konnte. »Morgen früh sage ich Ihnen Bescheid.«

»Wir sind ein bisschen in Eile, Mister Ganty«, drängte Delano.

»Morgen früh«, beharrte Ganty stur. Und dabei blieb es.

Sie hatten sich wohl oder übel ein Zimmer im Hotel genommen; klein, schmutzig und zu einem wahren Wucherpreis – aber immer noch besser, als in der Kabine des Wasserflugzeugs zu schlafen, das draußen auf den Wellen schaukelte. Nachdem sie eine halbe Stunde mit Spinnen- und Wanzenjagen verbracht hatten, gingen sie bei Sonnenuntergang zu Bett. Es gab auf Pau-Pau natürlich keinen elektrischen Strom, und für eine winzige Petroleumlampe mit einem gesprungenen Glas hatte der Halsabschneider unten am Empfang nicht weniger als fünf Dollar Miete verlangt; ein Ansinnen, das Thor schon aus Prinzip ausgeschlagen hatte.

Wider Erwarten schlief Thor fast auf der Stelle ein, er erwachte jedoch nach einer Weile auch von selbst wieder und er spürte, dass noch nicht allzu viel Zeit vergangen war. Er spürte aber auch, dass er zumindest im Moment nicht wieder würde einschlafen können. Vorsichtig, um Delano nicht zu wecken, stand er auf und ging zum Waschtisch, um einen Schluck Wasser zu trinken.

Die Wasserkaraffe war leer und Delano konnte er nicht

wecken, denn der lag gar nicht in seinem Bett. Er war nicht einmal im Zimmer.

Vielleicht hatte er ebenfalls nicht schlafen können und war noch einmal hinunter in die Bar gegangen, um etwas zu trinken. Also verließ auch Thor das Zimmer und ging nach unten.

Er fand Delano nicht in der Bar, der Mann hinter der Theke erklärte ihm aber, dass er vor einer halben Stunde hier etwas getrunken und dann das Hotel verlassen habe, um draußen noch ein wenig frische Luft zu schnappen.

Auch Thor ging nach draußen. Er war irritiert, aber auch ein wenig beunruhigt. Delano gehörte nicht zu den Menschen, die mitten in der Nacht noch spazieren gehen, um *frische Luft zu schnappen.*

Er fand ihn nicht. Thor durchsuchte sowohl den Hafen als auch die Stadt von einem Ende bis zum anderen (was wahrhaftig kein großes Kunststück war), ohne auch nur eine Spur von ihm zu entdecken. Schließlich wandte er sich dem zu, was die Einheimischen wohl als Landesinneres bezeichnen mochten, und stieg auf den höchsten (und einzigen) Berg des Atolls hinauf, einen nicht einmal zehn Meter hohen Hügel, von dessen Gipfel aus er die gesamte Insel überblicken konnte.

Am anderen Ende der Insel stand eine einsame Gestalt.

Delano? Aber was tat er da?

Thor blickte eine ganze Weile schweigend auf Delano hinab, und Delano stand während der ganzen Zeit reglos da und blickte aufs Meer hinaus. Schließlich balancierte Thor vorsichtig die jenseitige Flanke des Hügels hinunter und ging auf den Commander zu. Da er sich keine Mühe gab, besonders leise zu sein, hörte Delano schon bald seine Schritte und drehte sich zu ihm herum. Er machte eine hastige Bewegung, fast als würde er etwas unter seiner Jacke verschwinden lassen. Thor merkte sich diese Beobachtung für später, ging aber im Moment nicht darauf ein.

»Delano?«, fragte Thor. »Was tun Sie denn hier?«

Delano zuckte mit den Schultern und lächelte. »Dasselbe könnte ich Sie auch fragen.«

»*Ich* habe *Sie* gesucht«, antwortete Thor leicht verärgert. »Und Sie?«

Delanos Schulterzucken wiederholte sich. »Es ist eine schöne Nacht«, sagte er. »Ich wollte ein bisschen frische Luft schnappen. Außerdem konnte ich nicht schlafen.«

Thor starrte einen Moment aufmerksam in die Richtung, in die Delano geschaut hatte. Täuschte er sich oder hatte sich dort tatsächlich gerade etwas bewegt?

»Was meinen Sie, Garson – sagt Ganty die Wahrheit oder ist er wirklich nur ein alter Spinner, wie alle behaupten?«, fragte Delano.

Thor riss seinen Blick vom Meer los und sah Delano an.

»Ich weiß es nicht«, gestand er. »Aber ich habe sein Gesicht beobachtet, als er die Bilder sah. Er war nicht besonders überrascht. Er hat so etwas wie auf den Fotos und der Zeichnung auf jeden Fall schon einmal gesehen.«

»Diese seltsamen Götzenbilder, meinen Sie?« Delano wandte sich um und begann gemächlich wieder auf die Stadt zuzugehen. Thor folgte ihm.

»Es sind keine Götzenbilder«, antwortete er lächelnd. »Jedenfalls glaube ich das nicht. Waren Sie jemals auf der Osterinsel, Delano?«

»Ich? Gott bewahre, nein.«

»Aber Sie haben die Bilder gesehen?«

»Selbstverständlich. Sie sind beeindruckend.«

»Und die Originale sollen noch viel beeindruckender sein«, sagte Thor. »Ich war auch noch nie dort, aber ich habe natürlich das eine oder andere gelesen. Sie sind bis zu zehn

Meter hoch und einige sollen mehr als dreißig Tonnen wiegen. Wenn Sie bedenken, dass die Polynesier keine Werkzeuge aus Eisen kannten, ehe die Weißen sie entdeckten, dann wird das noch beeindruckender.«

»Kein Eisen?«, vergewisserte sich Delano. »Aber womit haben sie diese Dinger denn aus dem Fels gehauen?«

»Das wüssten nicht nur Sie und ich gerne«, antwortete Thor. »Und das ist noch nicht einmal das Erstaunlichste. Sie haben diese Figuren aus dem Felsgestein der Vulkane herausgemeißelt, wissen Sie? Meilen im Landesinneren. Aber einige stehen an der Küste. Niemand weiß genau, wie sie dorthin gekommen sind, aber die Legende behauptet hartnäckig, sie wären selbst gelaufen.«

»Gelaufen?« Delano riss erstaunt die Augen auf. »Sagten Sie nicht gerade erst, sie wären zehn Meter hoch und würden ein paar Dutzend Tonnen wiegen?«

»Es ist trotzdem möglich«, sagte Thor. »Wahrscheinlich haben sie sie aufgerichtet und dann stehend transportiert.« Er blieb stehen, stellte die Füße ganz dicht nebeneinander und begann auf der Stelle zu wackeln. »So, sehen Sie? Ich schätze, sie haben Seile um ihre Hälse gebunden und dann vorsichtig in alle Richtungen zugleich gezogen und gewackelt, bis sie nach und nach den Weg hinunterzuhoppeln begannen. Es gibt ein paar zerbrochene Statuen, die offenbar gestürzt sind und daher diese Theorie zu untermauern scheinen.« Er lächelte und ging weiter. »Aber wie gesagt, es ist nur eine Theorie. Niemand hat bisher versucht, sie experimentell zu beweisen.«

Delano runzelte anerkennend die Stirn. »Für jemanden, der nichts weiß außer der Tatsache, dass er sehr wenig weiß, wissen Sie eine Menge, Mister Garson«, sagte er.

»Aber was ich weiß, weiß ich genau«, fügte Thor lächelnd hinzu. »Es ist ein sehr interessantes Thema, Delano. Sie werden sehen, dass die Osterinsel viele Geheimnisse birgt. Bisher leider sehr viel mehr Fragen als Antworten.«

»Und Sie glauben, Ganty hat Antworten?«

»Vielleicht ein paar«, sagte Thor achselzuckend. »Ist Ihnen aufgefallen, wie er unsere Ohren studiert hat?«

Delano hob ganz automatisch die Hand und befühlte sein Ohrläppchen. Als ihm seine Bewegung bewusst wurde, ließ er den Arm beinahe verlegen wieder sinken.

»Das war kein Zufall«, sagte Thor.

Delano sah ihn scharf an.

»Sehen Sie, Delano – die Osterinsel ist heute kaum noch bewohnt, aber das war nicht immer so. Bis vor ungefähr zweihundert Jahren gab es dort eine blühende Zivilisation. Sie ging unter, weil die Stämme ein paar Kriege zu viel gegeneinander führten. Man nimmt an, dass sie ihre eigenen Lebensgrundlagen zerstört haben. Sie haben ein paar Wälder zu viel abgeholzt, um Festungswälle und Waffen zu bauen. Schließlich kam es zum ökologischen Kollaps und die gesamte Tier- und Pflanzenwelt brach zusammen. Die Insel hatte einmal über zehntausend Einwohner. Heute können von dem, was dort wächst, gerade noch einige wenige Bauern existieren.«

»Interessant«, sagte Delano. »Aber was hat das mit unseren Ohren zu tun?«

»Warten Sie ab«, sagte Thor. »Die Osterinselkultur war in zwei Klassen unterteilt – die eine herrschte und die andere wurde beherrscht. Im letzten großen Krieg zerschlugen die Sklaven die Tyrannei ihrer Herrscher und löschten sie aus. Die Legende sagt, dass nur sehr wenige mit dem Leben davonkamen und fliehen konnten.«

»Aha«, sagte Delano. Er klang ein kleines bisschen ungeduldig.

»Die Sklaven waren normale Polynesier«, fuhr Thor fort.

»Ihre Herren sollen angeblich einem Volk von Riesen entstammen. Sie hatten eine Menge verschiedener Namen. Einer davon war *Langohren.*«

Delano blieb abermals stehen. Diesmal sah er allerdings sehr viel erschrockener als verwirrt aus. »Und was schließen Sie daraus?«, fragte er.

»Im Moment noch gar nichts«, antwortete Thor. »Ich habe es mir abgewöhnt, voreilige Schlüsse zu ziehen. Ich beobachte und schaue zu, das ist alles.« Er ging weiter. »Aber wenn Ganty tatsächlich nichts weiter ist als ein versoffener alter Spinner, dann dürfen Sie mich ab morgen Adolf nennen.«

Sie hatten bereits die Stadt erreicht und Thor wandte sich dem Hotel zu. Aber plötzlich blieb Delano stehen, hielt Thor an der Schulter zurück und legte gleichzeitig Zeige- und Mittelfinger der anderen Hand auf die Lippen. Thor verstand. Rasch wich er in den Schatten eines Gebäudes zurück und blickte in die Richtung, in die Delanos ausgestreckte Hand zeigte.

Wie von jeder anderen Stelle der Stadt aus konnten sie den Hafen in ganzer Länge überblicken. Gantys Boot lag zwar am entgegengesetzten Ende des Hafens, aber an Bord der kleinen Jacht brannte Licht, sodass sie die Umrisse der beiden Gestalten an Deck deutlich erkennen konnten. Eine davon war Ganty. Thor hätte die untersetzte Statur mit den breiten Schultern und dem massigen Kopf selbst unter noch viel ungünstigeren Umständen erkannt. Die andere war schlanker, aber sehr groß. Neben Ganty wirkte sie wie ein Riese.

»Wer mag das sein?«, flüsterte Delano.

Thor zuckte nur mit den Schultern. Natürlich hatte er keine Ahnung, wer Gantys Gesprächspartner war, aber eines war ihm klar: dass Ganty sich bewusst hier draußen mit dem Fremden getroffen hatte, um nicht gesehen zu werden. Er hatte im Laufe der Jahre ein Gespür für so etwas entwickelt. Gantys Gestik war eindeutig die eines Menschen gewesen, der sich unbehaglich fühlt und Angst hat, beobachtet zu werden. Gesichter und Stimmen konnten lügen; die Körpersprache tat das selten.

»Warum sehen wir nicht nach?«, schlug er vor. »Es ist eine schöne Nacht und warm genug für ein Bad.«

Delano blickte ihn fragend an, aber Thor grinste nur noch einmal, wandte sich um und huschte geduckt zum Strand.

Das Wasser war nicht annähernd so warm, wie er geglaubt hatte, aber der Weg war auch nicht allzu weit. Beinahe lautlos schwamm Thor auf Gantys Jacht zu, schlug einen Bogen und näherte sich dem Schiff von der offenen See her. Er konnte Ganty und seinen Gesprächspartner jetzt zwar nicht mehr sehen, dafür aber umso deutlicher hören.

Es nutzte nur nicht viel. Ganty und der andere redeten in einer Sprache miteinander, die Thor nicht verstand – und auch noch nie gehört hatte. Sie klang nicht einmal vertraut, obwohl es zahlreiche Sprachen gab, von denen Thor zumindest sagen konnte, auf welche Pazifikinsel sie gehörten.

Er lauschte einige Sekunden, dann schwamm er so vorsichtig wie möglich um das Boot herum, um in eine Position zu gelangen, aus der heraus er sowohl Ganty als auch seinen geheimnisvollen Besucher sehen konnte.

Ganty sah er nicht ganz, aber dafür war der Anblick des anderen Mannes umso erstaunlicher.

Sein Gesicht war nicht das breite, flach gedrückt wirkende Antlitz eines Polynesiers, das Thor von so vielen Aufnahmen kannte, sondern es war schmal und hart, mit einem fast asketischen Zug, und der Unbekannte hatte auch nicht den typischen untersetzten Körperbau der Insulaner, sondern war ein Riese von mindestens zwei Metern; wahrscheinlich sogar mehr. Seine enorme Größe ließ ihn überschlank erscheinen, aber das war er gar nicht; er verfügte ganz im Gegenteil über geradezu Ehrfurcht gebietende Muskelpakete an Schultern, Bizeps und Oberschenkeln. Nackt bis auf einen Lendenschurz und tropfnass war er offensichtlich auf ähnlichem Weg hierhergekommen wie Thor.

Und seine Ohrläppchen waren so lang, dass sie fast bis auf seine Schultern herabhingen.

Der Anblick war so bizarr, dass Thor die Bedeutung seiner anderen Beobachtung – nämlich der allmählich größer werdenden Pfütze, in der die Füße des Fremden standen – entschieden zu spät begriff. Hinter ihm plätscherte etwas, und plötzlich fühlte sich Thor wie ein Kind unter den Armen gepackt und kurzerhand aus dem Wasser geworfen.

In hohem Bogen flog er auf den Landungssteg, überschlug sich zweimal und wäre um ein Haar auf der anderen Seite gleich wieder ins Wasser gestürzt, hätte er sich nicht im letzten Moment irgendwo festgeklammert. Unsicher und mit dröhnendem Schädel setzte er sich auf und sah gerade noch etwas Dunkles wie einen riesigen Fisch im Wasser davongleiten. Verwirrt blickte er dem Schatten nach, bis er vollends verschwunden war, dann drehte er sich um – und sah genau in die Mündung einer Pistole, die Ganty auf ihn richtete.

»Sie spionieren mir nach, Mister Garson?«, fragte Ganty.

Thor stand ganz vorsichtig auf, bevor er antwortete, und Ganty schien nichts dagegen zu haben. Allerdings folgte der Lauf seiner Waffe jeder Bewegung von Thor. Und er sah nicht so aus wie jemand, der Skrupel hat, die Waffe auch zu benutzen.

Von seinem unheimlichen Besucher war nichts mehr zu sehen.

»Das ist ein Missverständnis, Mister Ganty«, sagte Thor hastig. »Ich spioniere Ihnen nicht nach. Ich –«

»Sie sind ganz zufällig hier vorbeigeschwommen, wie?« unterbrach Ganty ihn spöttisch. »Ich verstehe.«

Thors Gedanken rasten. Er suchte verzweifelt nach irgendeiner Ausrede, die auch nur halbwegs vernünftig klang oder wenigstens nicht völlig idiotisch. Er fand keine, und so breitete er schließlich mit einem verlegenen Lächeln die Hände aus. »Okay, Sie haben mich erwischt«, gestand er. »Ich habe Ihnen nachspioniert. Aber Sie haben uns auch das eine oder andere verschwiegen, nicht wahr?« Er machte eine Kopfbewegung zu jener Stelle an Deck des Schiffes, an der der Fremde gestanden hatte. »Wer sind Ihre geheimnisvollen Freunde, Mister Ganty? Sie gehören zu den Langohren, nicht wahr?«

Gantys Gesichtsausdruck verdüsterte sich. »Sie haben sie gesehen?«

»Ich bin schließlich nicht blind«, antwortete Thor. »Es ist also alles wahr, was man sich über Sie erzählt, Mister Ganty. Bis auf die Behauptung, dass Sie verrückt sind. Wahrscheinlich haben Sie all die Jahre lauter über den Rest der Welt gelacht als dieser über Sie.«

Gantys Gesicht umwölkte sich noch mehr. »Sie haben sie tatsächlich gesehen«, sagte er. »Das ist nicht gut. Wirklich. Gar nicht gut.«

»Ich fürchte, Ihr kleines Geheimnis ist keines mehr«, antwortete Thor.

Ganty seufzte tief. »Glauben Sie mir, Mister Garson, ich hasse es, das zu tun«, versicherte er und schoss Thor aus allernächster Nähe zwei Kugeln in den Leib.

AUF HOHER SEE
SONNENAUFGANG

Eine der frühesten Erinnerungen, die Thor an seine vor wenigen Jahren verstorbene Mutter hatte, war das Gefühl einer warmen, zärtlichen Nähe und die Erinnerung daran, sanft in den Armen gehalten und geschaukelt zu werden, und vermutlich war es nur normal, dass genau dieses Gefühl ihn empfing, als er auf der anderen Seite jener Grenze ankam, die jeder Mensch irgendwann einmal überschreiten muss. Er sah nichts, aber er hörte ein gleichmäßiges, beruhigendes Rauschen und Wispern, und er fühlte sich gut und geborgen und wohltuend hin und her geschaukelt.

Doch dann versuchte er zu atmen, und ihm wurde auf ziemlich drastische Art und Weise klar, dass auch das Paradies seine kleinen Nachteile hat, denn ein so grausamer Schmerz schoss durch seine Brust, dass er mit einem Schmerzensschrei hochfuhr.

Und gleich darauf wieder zurückfiel, denn der Himmel war nicht nur nicht frei von Schmerzen, sondern auch ziemlich klein; und er hatte eine Decke aus Eisen, an der sich Thor sehr unsanft den Schädel gestoßen hatte.

Er stöhnte, hob vorsichtig die Hände an den Kopf und öffnete noch vorsichtiger die Augen. Jeder Atemzug tat entsetzlich weh, und wenn das der Himmel war, dann entsprach er ganz und gar nicht den Vorstellungen der Bibel oder auch des Korans oder irgendeiner anderen Religion, denn er war klein und dreckig und stank nach Schnaps und fauligem Fisch, und statt himmlischer Chöre hörte er das asthmatische Schnauben eines uralten Dieselmotors. Kein Zweifel – die Bibel hatte sich gründlich geirrt.

Es gab natürlich noch eine zweite Möglichkeit: nämlich

die, dass er gar nicht tot war. Allerdings war dieser Gedanke beinahe ebenso unwahrscheinlich. Thor erinnerte sich recht genau an alles, was passiert war. Und er hatte noch nie gehört, dass jemand zwei Bauchschüsse aus allernächster Nähe überlebt hätte.

So vorsichtig, wie er überhaupt konnte, versuchte er sich ein zweites Mal aufzusetzen, aber der Schmerz in seiner Brust war einfach zu stark. Er stöhnte gepresst, öffnete mühsam Jacke und Hemd und sah an sich hinunter. Er hatte Angst vor dem, was er erblicken würde.

Nicht ganz zu Unrecht, wie sich herausstellte. Sein Bauch und seine gesamte rechte Seite schillerten in allen Farben des Regenbogens. Es war der gewaltigste Bluterguss, den er jemals zu Gesicht bekommen hatte.

»Ich an Ihrer Stelle würde mich nicht unnötig bewegen«, sagte eine Stimme irgendwo außerhalb seines Gesichtskreises. »Tut nur unnötig weh.«

Thor drehte den Kopf und erkannte Ganty, der auf der anderen Seite der winzigen Kajüte hockte und ihn kopfschüttelnd betrachtete. »Üble Sache«, sagte er mit einer Geste auf Thors Brust. »Aber Sie sind ein zäher Bursche. In ein paar Tagen werden Sie sich schon wieder ganz normal bewegen können. Beinahe, jedenfalls.«

Er lachte, und dieses Lachen hätte Thor eigentlich wütend machen sollen. Aber er war viel zu verwirrt, um mehr als einen fragenden Gesichtsausdruck zustande zu bringen. Wieder sah er an sich hinunter. Er sah nicht nur so aus, er *fühlte* sich auch, als hätte ihn ein Kamel getreten – aber seine Haut hatte nicht einmal einen Kratzer!

»Aber wie … wie ist das möglich?«

Ganty griff in die Jackentasche und zog eine Pistolenkugel heraus, die er vor Thors ungläubig aufgerissenen Augen zwischen Daumen und Zeigefinger zerquetschte. »Zinn,

Quecksilber und Wismut«, erklärte er, »und gerade genug Blei, dass sie nicht im Lauf auseinanderfliegt und mir die Hand wegreißt. Ich gieße die Dinger selber. Es hat eine Weile gedauert, bis ich die richtige Mischung heraushatte.«

»Ich … verstehe überhaupt nichts mehr«, murmelte Thor.

Er versuchte zum dritten Mal sich aufzusetzen, und diesmal schaffte er es, wenn auch nur schwankend und mit zusammengebissenen Zähnen.

Ganty nickte anerkennend. »Sie sind wirklich ein zäher Bursche, Mister Garson«, sagte er. Mit einer fast beiläufigen Bewegung zog er die Pistole aus der Tasche, mit der er Thor schon einmal niedergeschossen hatte, und fuhr fort: »Aber bitte versuchen Sie jetzt nicht, den Helden zu spielen.«

»Keine Sorge«, stöhnte Thor. »Ich bin nicht einmal sicher, ob ich mich jemals wieder bewegen kann. Warum, zum Teufel, haben Sie das getan?«

»Wäre es Ihnen lieber, ich hätte echte Kugeln benutzt?«, fragte Ganty lächelnd.

Thor funkelte ihn an. »Sie wissen genau, was ich meine!«

Ganty seufzte. »Ich hatte keine andere Wahl, Mister Garson«, sagte er. »Nach dem, was Sie gesehen haben, konnte ich Sie nicht einfach zurücklassen. Und es musste für Ihren Freund überzeugend aussehen.«

»Hätte es nicht gereicht, mir einfach eins über den Schädel zu ziehen?«, maulte Thor.

»Ich fürchte, nein«, antwortete Ganty betrübt. »Sehen Sie, wenn Ihre Freunde denken, Sie seien tot, dann wird man vielleicht ein paar Wochen nach Ihrem Mörder suchen, und das nicht einmal besonders intensiv. Danach kräht kein Hahn mehr nach Ihnen. Andererseits … wenn der berühmte Reporter Thor Garson entführt worden ist, dann könnte es hier unter Umständen in ein paar Tagen von Schiffen und Flugzeugen nur so wimmeln.«

»Der berühmte Thor Garson?«, wiederholte Thor verblüfft.

Ganty lachte. »Ich weiß genau, wer Sie sind, Mister Garson. Ich bin nicht der Dummkopf, für den mich alle halten.«

»Das habe ich Ihnen auch keine Sekunde lang abgekauft«, antwortete Thor. »Darf ich aus Ihren Worten schließen, dass meine Hinrichtung nur aufgeschoben ist?«

»Darüber habe ich nicht zu entscheiden«, antwortete Ganty. »Aber ich glaube nicht, dass sie Sie töten werden.«

»Sie?«

Ganty lächelte und schwieg.

Thor versuchte die Beine von der Pritsche zu schwingen, stellte den Versuch aber sofort wieder ein, als Ganty eine drohende Bewegung mit seiner Pistole machte. »Wer sind Sie, Ganty?«, fragte er. »Wer sind Sie wirklich?«

»Nur ein alter Mann«, antwortete Ganty, »der zufällig hinter eines der letzten Geheimnisse dieser Welt gekommen ist und nicht möchte, dass es zerstört wird.« Er lachte leise. »Vor zwanzig Jahren hätte ich mich selbst als ihr Wächter bezeichnet, aber ich glaube, dieses Wort wäre ein wenig zu schwülstig.«

»Dann hatte ich recht«, sagte Thor. »Es gibt einen anderen Ort, an dem die Osterinsel-Kultur existierte. Und Sie wissen, wo er ist.«

»Ihre Vermutung ist richtig, Mister Garson«, antwortete Ganty. »Nur die Grammatik stimmt nicht.«

»Wie?«

»Sie benutzen die Vergangenheitsform«, sagte Ganty.

Es dauerte einen Moment, bis Thor *wirklich* begriff, was sein Gegenüber meinte. Danach sperrte er ungläubig Mund und Augen auf. »Sie … Sie wollen behaupten, sie existiert noch?«, keuchte er.

Ganty nickte. »Unverändert und unberührt wie am ersten Tag. Und das wird auch so bleiben.«

»Und Sie wissen, wo diese Insel liegt?«, fuhr Thor aufgeregt fort.

»Wir sind auf dem Weg dorthin«, sagte Ganty. »Wenn das Wetter hält, werden wir sie morgen früh erreichen.«

»Aber das ist ja … fantastisch!«, sagte Thor. Er war so aufgeregt, dass er trotz seiner Bewegungen den Schmerz in seinen geprellten Rippen kaum noch spürte. Den in seinem Hinterkopf schon, als er zum zweiten Mal gegen die Kante der oberen Pritsche knallte.

»Bitte freuen Sie sich nicht zu früh, Mister Garson«, sagte Ganty, während Thor sich mit der linken Hand die Rippen und mit der rechten den dröhnenden Schädel rieb. »Ich glaube, ich kann für Ihr Leben garantieren. Aber nicht dafür, dass man Sie wieder weglassen wird.«

Es dauerte noch mehrere Stunden, bis Thor sich wieder so weit bei Kräften fühlte, dass er die Kajüte verlassen und an Deck des Schiffes hinaufgehen konnte. Sie fuhren in westlicher Richtung. Vor ihnen und zu beiden Seiten war der Himmel leer, und die See lag glatt wie ein Spiegel da, aber allerhöchstens eine Meile hinter der Jacht türmten sich schwere schwarze Wolken wie finstere Märchenburgen auf, und das Meer war unter einer dichten Nebelbank verborgen. Thor hoffte, dass das Schiff schnell genug war, dem Sturm davonzufahren. Er konnte sich angenehmere Dinge vorstellen, als in dieser Nussschale einen Orkan mitzuerleben.

Ganty stand hinter dem Ruder, aber seine Hände ruhten nur darauf, sie hielten es nicht wirklich fest. Er musste Thors Schritte gehört haben, denn der gab sich nicht die mindeste Mühe, leise zu sein, aber er drehte sich nicht einmal zu ihm herum. Thor trat neben ihn, blickte eine ganze Weile schweigend an ihm vorbei nach Westen und fragte dann unvermittelt: »Wieso vertrauen Sie mir, Ganty?«

»Sollte ich nicht?« Ganty sah ihn nicht an.

»Das ist keine Antwort«, sagte Thor. »Sie haben Ihr Geheimnis zwanzig Jahre lang gehütet.«

»Leider nicht gut genug«, gestand Ganty. »Früher, als ich jünger war, habe ich manchmal mehr geredet, als gut war.«

»Daher die Gerüchte?«

»Ja. Leider. Um ein Haar hätte ich alles verdorben. Aber dann ist mir gerade noch rechtzeitig klar geworden, welches Schicksal ihnen blüht, wenn die Welt von ihrer Existenz erfährt.« Er lachte. Es klang sehr bitter. »Also habe ich versucht den Schaden wiedergutzumachen. Wer glaubt schon einem verrückten alten Säufer?«

»Und nach all diesen Jahren vertrauen Sie sich ausgerechnet mir an?«, fragte Thor.

Ganty löste seinen Blick nun doch vom Horizont und sah ihn an. »Wüssten Sie einen Besseren, Mister Garson?«

Thor wurde verlegen. »Nun, ich –«

»Ich weiß, wer Sie sind, Mister Garson«, erinnerte ihn Ganty. »Zugegeben, wir leben hier fast am Ende der Welt, aber das eine oder andere hört man doch. Und es gibt Dinge, auf die ich ganz besonders achte. Ich habe noch immer gewisse Verbindungen von früher.«

Thor blickte ihn fragend an und Ganty lächelte ganz leise. »Wir haben etwas gemeinsam, Mister Garson, nämlich das Interesse an der Vergangenheit. Ich war einmal Professor für Archäologie. Aber das ist lange her.«

»Sie?!«, fragte Thor ungläubig. Gleich darauf tat ihm der Tonfall, in dem er die Frage gestellt hatte, selbst leid und er entschuldigte sich.

Ganty winkte ab. »Sie müssen sich nicht entschuldigen,

Mister Garson. Ich habe genau den Ruf, den ich haben wollte. Früher jedoch war ich genauso wie die meisten meiner sogenannten Kollegen, die an nichts anderes als an ihren persönlichen Erfolg und Ruhm denken können. Aber irgendwann habe ich begriffen, dass es Dinge gibt, die man versteckt halten muss, um sie zu bewahren. Und ich glaube, trotz Ihrer Jugend wissen Sie das auch.«

Thor sagte nichts. Gantys Worte hatten ihn verlegen gemacht, aber er spürte auch, dass sie ehrlich gemeint waren. Nur um von dem Thema abzulenken, deutete er nach Osten.

Die graue Wand war nicht näher gekommen, aber ihr Abstand zu der Schlechtwetterfront hatte sich auch nicht sichtbar vergrößert. »Glauben Sie, dass der Sturm uns einholt?«, fragte er. »Oder dass Ihr Schiff ihn aushält?«

In Gantys Augen glitzerte es spöttisch. »Die Antwort auf beide Fragen ist Nein«, sagte er. »Dieses Schiff ist beinahe so alt wie ich. Und ich fürchte, es ist auch in keinem wesentlich besseren Zustand.« Er weidete sich einige Sekunden lang sichtlich an Thors unübersehbarem Schrecken, dann fuhr er fort: »Aber er wird uns nicht einholen.«

»Sind Sie sicher?«, fragte Thor zweifelnd. Er verstand nicht annähernd so viel von der Seefahrt wie Ganty, doch er wusste, wie unberechenbar das Wetter gerade in diesem Teil der Welt sein konnte.

»Absolut«, antwortete Ganty. »Das ist nur eine kleine Vorsichtsmaßnahme. Für den Fall, dass Ihr Freund Delano auf die Idee kommen sollte, uns zu folgen.«

»Wie bitte?«, fragte Thor verwirrt.

»Wussten Sie nicht, dass Ihnen ein Schiff nach Pau-Pau gefolgt ist?«, fragte Ganty. »Sie sollten bei der Auswahl Ihrer Freunde etwas sorgfältiger sein.«

»Das habe ich nicht gemeint«, sagte Thor. Er deutete auf

die graue Wand aus Nebel und Wolken, die der Jacht tatsächlich im Abstand von einer guten Seemeile zu folgen schien. »Was soll das heißen: *eine reine Vorsichtsmaßnahme?*«

»Können Sie sich ein Schiff vorstellen, dass uns in *diesem* Wetter noch folgen könnte?«, fragte Ganty. »Oder ein Flugzeug?«

Wieder blickte Thor sekundenlang zu der gewaltigen Barriere aus Nebel und Wolken zurück. »Nein«, sagte er dann.

»Sehen Sie? Ich auch nicht«, antwortete Ganty lächelnd. Und das war alles, was Thor ihm über den Sinn seiner geheimnisvollen Bemerkung entlocken konnte.

Aber es war beinahe schon mehr, als er eigentlich hatte wissen wollen.

DIE INSEL DER LANGOHREN
AM NÄCHSTEN MORGEN

Sie erreichten den Ort, über den Thor bis zum Schluss nicht mehr als einige geheimnisvolle Andeutungen gehört hatte, fast auf die Minute genau zu dem Zeitpunkt, den Ganty vorhergesagt hatte, nämlich eine Stunde vor Sonnenaufgang. Es war nicht mehr völlig dunkel, aber auch noch nicht richtig hell, sodass Thor kaum mehr als einen vagen Eindruck von der Insel erhielt, der sie sich näherten. Sie schien sehr groß zu sein, verglichen mit den zumeist winzigen Archipelen der polynesischen Inselwelt, aber auch sehr flach, kaum mehr als eine mit harten Strichen gemalte Linie auf dem Horizont, ohne nennenswerte Erhöhungen oder Berge. Ganty manövrierte das Boot auf dem letzten Stück des Weges mit äußerster Behutsamkeit und Thor erkannte auch bald den Grund dafür: ein Ring scharfkantiger Riffe und Korallenbänke umgab die Insel wie ein natürlicher Festungswall. Er verließ schließlich das Ruderhaus, um Ganty nicht in seiner Konzentration zu stören. Schließlich hatte er wenig Lust, das letzte Stück zum Ufer schwimmen zu müssen.

Die Schlechtwetterfront war ihnen tatsächlich den ganzen Tag und auch die Nacht über wie ein treuer Wachhund gefolgt, in der Dunkelheit sah sie wirklich aus wie eine Wand, hinter der der Rest der Welt verborgen lag, und zusätzlich kam mit dem Morgen nun auch noch leichter Nebel auf. Im Moment war es nur eine Art Dunst, der wie ein in zahllose Stücke zerrissener Schleier über dem Wasser hing, aber er würde bald stärker werden. Thor war plötzlich sehr froh, dass Ganty seinen Zeitplan so präzise eingehalten hatte. In einer Stunde würde es wahrscheinlich unmöglich sein, die Riffe zu durchfahren.

Wie um ihn daran zu erinnern, dass es auch jetzt gefährlich war, schrammte etwas mit einem unangenehmen Quietschen am Bootsrumpf entlang, und Thor spürte, wie die Planken unter seinen Füßen zu zittern begannen. Erschrocken drehte er sich zu Ganty um.

Der alte Mann lächelte entschuldigend. »Keine Sorge, Mister Garson. Wir sind schon fast durch.« Er konzentrierte sich wieder auf das Wasser vor dem Bug der Jacht und sagte leiser und eigentlich mehr zu sich selbst als zu Thor gewandt: »Weiter im Norden gibt es eine breitere Passage. Ich sollte vielleicht allmählich anfangen sie zu benutzen.«

Der Nebel nahm zu, aber sie hatten das gefährlichste Stück jetzt hinter sich. Das Boot glitt, nicht mehr viel schneller als ein Spaziergänger, auf den Strand zu und kam schließlich völlig zur Ruhe. Ganty schaltete den Motor aus, winkte Thor fast aufgeregt, er solle ihm folgen, und sprang in das nur noch knietiefe Wasser hinab.

Eine wohlbekannte Erregung ergriff von Thor Besitz, als sie nebeneinander die wenigen Schritte zum Strand hinaufwateten. Wieder einmal war er dabei, einen vergessen geglaubten Teil der Welt zu entdecken. Es spielte keine Rolle, dass er nicht der Erste war, der hierherkam. In diesem Punkt hatte Ganty ihn völlig richtig eingeschätzt. Wenn seine bisherigen Abenteuer Thor eines gelehrt hatten, dann, dass man nicht alles, was man entdeckte, auch der ganzen Welt mitteilen musste. Sicherlich eine in seinem Beruf nicht sonderlich verbreitete Einstellung, aber es war weder Ruhm noch Geld, dem die ruhelose Suche galt, der er sich verschrieben hatte. Was er wollte, das war die Suche selbst, das prickelnde Gefühl des Entdeckens, das Wissen, etwas in Händen zu halten, was vor ihm noch niemand berührt, ein Stück Boden zu beschreiten, den seit tausend Jahren niemand mehr betreten hatte. Und tief in sich war er überzeugt davon, dass diese Einstellung auch der Grund war, aus dem man ihm all diese Geheimnisse zu entdecken gewährte. Er hatte – wohl ohne sich dessen ursprünglich bewusst gewesen zu sein – einen Pakt mit dem Schicksal geschlossen, der von seiner Seite Stillschweigen forderte. Zumindest teilweise, denn ganz wollte er sich das Schreiben nicht nehmen lassen. Aber die Vergangenheit gab ihre Geheimnisse niemandem preis, der sie lautstark herumerzählte – auch wenn seine Verleger sich damit meistens nicht abfinden wollten.

Einen Meter aus dem Wasser heraus blieben sie stehen. Im ersten Moment nahm Thor an, es sei, um kurz zu verschnaufen. Aber Ganty blieb auch weiter reglos stehen, nachdem mehr als eine Minute verstrichen war.

»Wie geht es weiter?«, fragte Thor schließlich.

»Wir warten«, antwortete Ganty. »Es ist besser, wenn wir hier warten. Es wird nicht lange dauern. Sie wissen, dass wir kommen.« Er hatte die Stimme zu einem Flüstern gesenkt, das eher ehrfürchtig als ängstlich klang, und auch Thor sagte nichts mehr. Sie wurden beobachtet, das fühlte er. Der Dschungel schob sich bis auf zwanzig Meter ans Wasser heran und er war so dicht, dass vermutlich auch am Tage nichts anderes als eine grünschwarze Mauer zu erkennen war. Aber er konnte *fühlen,* wie unsichtbare Augen sie aus der Dunkelheit heraus anstarrten, wach, vorsichtig und voller Misstrauen.

»Sie sind verwirrt, weil ich nicht allein komme«, sagte Ganty leise. »Doch sie vertrauen mir, keine Sorge.«

Thor schwieg. Er hoffte inständig, dass Ganty recht hatte. So ganz sicher war er plötzlich nicht mehr.

Ein mattes Schimmern dicht am Waldrand erregte Thors Aufmerksamkeit. Fragend sah er Ganty an, bekam keine Antwort und ging los.

Unweit des Dschungels lag ein Stück Wellblech.

Ein Eimer Wasser, den man ohne Vorwarnung über ihm ausgoss, hätte Thor nicht plötzlicher in die Wirklichkeit zurückreißen können. Es war nur ein kleiner Fetzen, kaum größer als eine Kinderhand, aber der war mehr als irgendein Stück Metall. Dieses Stück stammte aus dem Rumpf des Flugzeugs, das vor Pau-Pau ins Meer gestürzt war, und sein Anblick führte ihm fast brutal vor Augen, *warum* er im Grunde hier stand.

Aber es bedeutete auch noch mehr, und dieses *Mehr* hatte nichts mit deutschen Geheimwaffen, Agenten und versteckten U-Boot-Häfen zu tun. Es bedeutete das Ende einer Zeit, das Ende einer Epoche und wohl auch das Ende von Gantys Traum.

Vielleicht dauerte es noch eine Weile, vielleicht Jahre, möglicherweise sogar einige Jahrzehnte, aber es *würde* eine Zeit kommen, in der es Orte wie diesen nicht mehr gab, in der alles entdeckt, jeder Platz erforscht und jeder Quadratmeter dieses Planeten kartografiert oder zumindest *gesehen* sein würde. Die weißen Flecken auf dem Globus nahmen ab und in nicht allzu ferner Zukunft würden sie verschwunden sein, geschmolzen wie Eis in der Sonne einer Zukunft, von der Thor nicht sicher sagen konnte, ob sie im Vergleich zur Gegenwart wirklich besser war, denn mit ihnen würden vielleicht auch die letzten Geheimnisse dieser Welt verschwinden.

Er spürte erst nach einer Weile, dass er nicht mehr allein war.

Ganty stand neben ihm, und der Ausdruck auf seinem Gesicht bewies, dass sich seine Gedanken nicht so sehr von Thors Empfindungen unterschieden. Plötzlich trat er einen Schritt nach vorn und stampfte das Blech zornig mit dem Absatz in den Sand. Es verschwand nicht völlig. Eine kleine, scharfe Kante war noch immer zu sehen, glitzernd wie eine Messerklinge, die nur hier zu sein schien, um sie zu verspotten.

Thor schwieg und nach einer weiteren Sekunde wandte auch er sich ab. Er ahnte, was in dem alten Mann vorging, aber es gab nichts, was er hätte sagen können. Keiner von ihnen konnte die Zeit anhalten oder gar zurückdrehen.

Aus einem plötzlichen Gefühl von Pietät heraus wandte sich Thor ganz um und ging wieder ein Stück den Strand hinunter. Er hatte das Gefühl, dass es besser war, Ganty jetzt ein paar Minuten allein zu lassen.

Es war spürbar kühler geworden, seit sie an Land gegangen waren. Der Dunst hatte sich mittlerweile zu richtigem Nebel gewandelt, der grau und schwer wie eine vom Himmel gefallene Wolke auf dem Wasser lag und alles mit Feuchtigkeit tränkte.

Und in diesem Nebel … war etwas.

Thor fuhr sich mit dem Handrücken über die Augen und versuchte genau hinzusehen. Er konnte jedoch nichts erkennen. Es war mehr ein Ahnen als ein Sehen gewesen, vielleicht ein Geräusch dicht unterhalb der Grenze des Hörbaren, ein Huschen und Wogen außerhalb des Sichtfeldes. Er sah und hörte nichts, aber er spürte, dass sich dort draußen irgendetwas befand, das – Thor schloss die Augen, ballte die Hände so heftig zu Fäusten, dass es wehtat, und drehte sich mit einem Ruck um. Dieser Platz war geheimnisvoll und unheimlich genug, auch ohne dass er sich bemühte Gespenster zu sehen.

Als Ganty wieder zu ihm zurückkehrte, hatte er sich beruhigt. Er sah beinahe verlegen aus. Thor lächelte ihm verstehend zu und Ganty erwiderte sein Lächeln nach einem kurzen Augenblick. Damit war das Thema erledigt und wurde nie wieder zwischen ihnen besprochen.

»Wo bleiben Ihre Freunde?«, fragte Thor.

Ganty antwortete nicht, aber plötzlich wurde das Gefühl, dass sie beobachtet wurden, fast so deutlich wie eine Berührung. Thor blickte zum Waldrand.

Vor der schwarzen Wand des Dschungels waren die beiden Gestalten mehr zu erahnen, als dass Thor sie wirklich sehen konnte. Sie mussten völlig lautlos aus dem Busch getreten sein, und er fragte sich, wie lange sie wohl schon dastanden und sie beobachteten.

Ganty ging den beiden Männern entgegen und begann in der gleichen unverständlichen Sprache mit ihnen zu reden, die Thor zwei Abende zuvor gehört hatte. Thor verstand ihn auch jetzt nicht, aber ihm entging nicht der Ausdruck auf Gantys Gesicht; und ebenso wenig, dass die Gesten der beiden Eingeborenen immer größeren Unwillen verrieten.

»Stimmt etwas nicht?«, fragte er.

Ganty schüttelte hastig den Kopf. »Es ist … alles in Ordnung«, sagte er in einem Ton, der nicht einmal ihn selbst überzeugen konnte. »Sie sind ein bisschen nervös, das ist alles. Kommen Sie, Garson. Es wird sich schon aufklären.«

Thor war da nicht so sicher. Ganty hatte kein Talent, was das Lügen betraf. Vielleicht war es ihm einfach nicht mehr möglich, bei kleinen Dingen überzeugend zu lügen, nachdem sein ganzes Leben im Grunde nichts als eine einzige große Lüge gewesen war. Als Thor ihm und seinen beiden Begleitern tiefer in den Dschungel hinein folgte, fühlte er sich alles andere als beruhigt.

Auch diese beiden waren sehr groß und entsprechend breitschultrig, wahre Riesen, genau wie die Gestalt, die Thor auf Pau-Pau gesehen hatte. Ganz schwach erinnerte er sich an das, was die Legende über die Ureinwohner der Osterinsel überlieferte: ein Volk von Riesen, das vor Urzeiten über das Meer gekommen war.

Obwohl Thor dicht hinter den beiden Polynesiern herging, hörte er nur seine eigenen Schritte und die von Ganty, die beiden Langohren bewegten sich so lautlos wie Schatten.

»Wohin bringen sie uns?«, fragte Thor.

Ganty drehte sich im Gehen herum und warf ihm einen fast beschwörenden Blick zu. »Nicht so laut, Mister Garson!« Er sprach in einem gehetzten, erschrockenen Flüsterton, der Thor mehr als alles andere klarmachte, dass hier tatsächlich etwas nicht stimmte. Ganty schien sein eigener Tonfall selbst aufzufallen, denn er versuchte zu lächeln. »Wir sind gleich am Ziel, Mister Garson. Sie lieben es nicht, wenn man die Stille der Nacht stört.«

»Blödsinn«, sagte Thor. »Hier stimmt etwas nicht, Ganty. Was ist es?«

Ganty sah ihn erschrocken, aber auch ein wenig nachdenklich an, und vielleicht hätte er Thors Frage tatsächlich beantwortet, wenn er noch dazu gekommen wäre.

Neben ihnen raschelte etwas, und die beiden Langohren verwandelten sich von lautlosen in *rasende* Schatten, die sich so schnell bewegten, dass Thor ihren Bewegungen kaum mehr folgen konnte. Aber sie waren trotzdem nicht schnell genug.

Etwas kam aus dem Busch geflogen und traf einen der beiden Riesen am Schädel, und im selben Augenblick stürzte ein dunkler Körper aus der Höhe der Baumwipfel auf den zweiten Riesen herab und brachte ihn zu Boden. Gleichzeitig traf irgendetwas Thors Rücken mit solcher Wucht, dass er haltlos vorwärtstaumelte und gegen Ganty prallte, den er bei seinem Sturz mit sich riss. Sie fielen. Thor begrub Ganty unter sich, rollte instinktiv zur Seite und erwachte endlich aus seiner Erstarrung.

Ein Schatten flog auf ihn zu und jemand versuchte sich mit weit ausgebreiteten Armen auf ihn zu werfen. Thor zog blitzschnell die Knie an den Körper. Der Aufprall schien ihn ein Stück weit in den weichen Waldboden hineinzutreiben, und für einen Moment hatte er das Gefühl, seine Beine wären an mindestens einem Dutzend verschiedener Stellen gebrochen und müssten aussehen wie eine Ziehharmonika. Aber aus dem zornigen Knurren des Angreifers wurde rasch ein schmerzerfülltes, pfeifendes Keuchen, als seine Rippen gegen Thors Knie stießen und dabei mindestens eine davon brach.

Thor schleuderte ihn von sich, setzte vorsichtshalber noch einen Fausthieb hinterher, der den Burschen vollends ausschaltete, und sprang auf. Er versuchte sich zu orientieren, aber das gelang ihm nicht auf Anhieb. Neben ihm rang Ganty mit einem anderen Angreifer, und wo die beiden Langohren waren, erblickte er nur ein schwarzes, unentwirrbares Knäuel von Körpern und Gliedmaßen.

Für einen Moment war er unentschlossen. Er wusste nicht einmal, wer die Angreifer waren, geschweige denn, warum sie sie überfallen hatten oder wem der Überfall galt. Ganty und ihm oder den beiden Langohren?

Es war wirklich nur eine Sekunde, doch selbst das war zu lang.

Thor hörte ein Rascheln hinter sich und versuchte sich umzudrehen, aber er war zu langsam. Ein furchtbarer Hieb traf seinen Hinterkopf, schleuderte ihn nach vorn und auf die Knie. Er schwankte. Alles wurde schwarz um ihn herum und er spürte kaum noch, wie er nach vorn und aufs Gesicht fiel.

Thor verlor nicht das Bewusstsein, aber er war für Sekunden gelähmt, blind und taub. Er fühlte nicht einmal mehr den Schmerz, als er zu Boden geschleudert wurde. Sein Gesicht schien durch eine gewaltige schwarze Leere zu gleiten, und hinter dieser Leere wartete noch etwas anderes, etwas Endgültiges. Mit aller Macht stemmte er sich gegen den

Sog, der von diesem Abgrund ausging. Er würde nicht mehr erwachen, wenn er die unsichtbare Grenze in die Dunkelheit erst einmal überschritten hatte.

Thor konnte nicht sagen, wie lange es dauerte, bis sich seine Sinne allmählich wieder klärten (außerdem war das Erste, was er fühlte, ein rasender Schmerz in seinem Schädel), aber der Kampf war vorüber. Er hörte Stimmen, die sich leise auf Englisch unterhielten, ohne dass die Worte so weit in sein Bewusstsein drangen, um sie auch wirklich verstehen zu können, hob stöhnend die Hand an den Hinterkopf und fühlte warmes, klebriges Blut.

Jemand trat ihn in die Seite. Thor krümmte sich, öffnete vor Schmerz die Augen und blickte in ein stoppelbärtiges Gesicht, das in einer Mischung aus Wut und Schmerz zu einer Grimasse verzerrt war.

Der Bursche holte zu einem weiteren Tritt aus, aber plötzlich trat eine zweite Gestalt neben ihn und hielt ihn zurück. »Lass das!«

»Der Kerl hat mir eine Rippe gebrochen!«, heulte der Bärtige.

»Dafür hat ihm Bell eins übergezogen«, sagte der andere. »Ihr seid quitt, denke ich. Außerdem haben wir wahrhaftig keine Zeit für solche Spielereien.« Er warf dem Bärtigen noch einen warnenden Blick zu, dann drehte er sich herum und ließ sich neben Thor in die Hocke sinken.

»Sind Sie okay?«, fragte er.

Thor nahm die Hand herunter, betrachtete missmutig eine Sekunde lang das Blut, das an seinen Fingerspitzen klebte, und dann das Gesicht seines Gegenübers. Es war unrasiert und schmutzig wie das des Burschen, der ihn getreten hatte, aber ihm fehlte der brutale Zug, der das Aussehen des anderen beherrschte. Er wirkte entschlossen und sehr misstrauisch, und auf seiner rechten Wange leuchtete eine frische Narbe, doch im Grunde sah er nicht unsympathisch aus. »Ich glaube schon«, antwortete Thor mühsam. Seine Zunge fühlte sich schwer an und weigerte sich, seinen Befehlen korrekt zu gehorchen. Er hörte sich an, als wäre er betrunken. »Wer sind Sie?«

»Mein Name ist Barlowe«, antwortete der Mann. Er deutete auf den Bärtigen, der Thor immer noch voll unverhohlenem Hass anstarrte. »Das ist van Lees, und der Mann, der Sie niedergeschlagen hat, ist Bell. Wir sind die Letzten.« Eine dritte Gestalt trat in Thors Blickfeld: ein alter, weißhaariger Mann, der seine liebe Mühe zu haben schien, das Gewicht des gewaltigen Knüppels zu bewältigen, den er in seinen Händen hielt.

Trotzdem konnte er offenbar ausgezeichnet damit umgehen, wie der dröhnende Schmerz in Thors Schädel bewies. »Die Letzten, wovon?«, fragte Thor.

»Die Letzten, die sie noch nicht erwischt haben«, antwortete Barlowe.

»Sie waren also in dem Flugzeug«, überlegte Thor. »In der Maschine, die vor acht Monaten hier verschwand?«

»Acht Monate?« Barlowe erschrak sichtlich. »Großer Gott, ich wusste nicht, dass es schon so lange her ist!«

»Es wird noch viel länger dauern, wenn wir weiter hier herumstehen und quatschen«, sagte van Lees. »Einer von den Wilden ist abgehauen! Was redest du überhaupt mit dem Kerl? Wahrscheinlich steckt er mit ihnen unter einer Decke, genau wie der Alte!«

Thor bemerkte erst jetzt, dass Ganty sich ebenfalls aufgesetzt hatte und die drei zerlumpten Gestalten der Reihe nach anstarrte. Seine Hand bewegte sich unauffällig zu seiner Jackentasche.

»Wenn du das hier suchst, dann spar dir die Mühe.« Van

Lees hielt grinsend Gantys Pistole in die Höhe. »Damit kann ich im Moment mehr anfangen. Jetzt können deine langohrigen Freunde kommen.«

»Freu dich nicht zu früh«, sagte Barlowe. »Jonas hatte auch eine Pistole. Sie hat ihm nicht sehr viel genutzt.«

»Jonas?« Thor wurde hellhörig. »Ist er hier? Lebt er?«

»Die Wilden haben ihn«, antwortete Barlowe. »Ich habe keine Ahnung, ob er noch am Leben ist. Sie haben ihn verschleppt, genau wie Mrs Sandstein, van Lees' Bruder und den Holländer. Und meine Frau«, fügte er nach einer deutlichen Pause sehr leise hinzu. Ein bitterer Ausdruck erschien auf seinem Gesicht. Aber nur für einen kleinen Moment, dann hatte er sich wieder in der Gewalt. »Wieso fragen Sie nach Jonas? Kennen Sie ihn?«

»Nicht persönlich«, gestand Thor. »Aber er ist der Grund, aus dem ich hier bin. Ich suche ihn.«

Ganty starrte ihn an. Er sagte kein Wort, aber irgendetwas war plötzlich in seinem Blick, das es Thor unmöglich machte, diesem länger als ein paar Sekunden standzuhalten.

»Sie allein?« Barlowe lachte böse. »Sie hätten eine Armee mitbringen sollen, Mister. Und einen Panzerknacker. Und ich bin nicht einmal sicher, ob Ihnen das genutzt hätte.« Er stand auf und machte eine ungeduldige Geste. »Kommen Sie! Wir nehmen Ihr Boot.«

»Wozu?«, fragte Thor verständnislos.

»Um von hier zu verschwinden, wozu denn sonst? Diese Wilden sind elende Feiglinge, doch in zehn Minuten wimmelt es hier nur so von ihnen, darauf können Sie sich verlassen.«

Thor stand umständlich auf. »Aber ich kann hier nicht weg!«, sagte er. »Ich muss Jonas finden!«

»Sind Sie verrückt?«, fragte Barlowe. »Sie hätten keine Chance! Verdammt, was glauben Sie eigentlich, wo wir hier sind? Meine eigene Frau befindet sich in der Gewalt dieser Wilden! Glauben Sie, ich würde sie im Stich lassen, solange auch nur die winzigste Chance bestünde, sie zu befreien? Wenn wir in zehn Minuten noch hier sind, sind wir alle tot, Mann!«

»Wieso redest du überhaupt mit ihm?«, fragte van Lees. »Merkst du nicht, dass er nur Zeit schinden will? Er gehört zu ihnen!«

Thor sparte sich die Mühe, zu widersprechen, und auch Barlowe sah van Lees nur eine Sekunde ausdruckslos an, dann zuckte er mit den Schultern. »Vielleicht«, sagte er. »Vielleicht auch nicht. Aber du hast recht. Verschwinden wir, solange es noch geht.«

Thor und Ganty wurden grob vorwärtsgestoßen. Barlowe und die beiden anderen waren mit selbstgebastelten Speeren aus Bambus bewaffnet, deren Klingen aus scharfkantigem Stein bestanden. Thor überschlug seine Chancen, den dreien mit einem beherzten Sprung ins Gebüsch zu entkommen, entschied sich dann aber dagegen. Wenn die drei Männer acht Monate lang in diesem Busch überlebt hatten, dann konnten sie vermutlich ausgezeichnet mit ihren improvisierten Waffen umgehen, und eine Klinge aus Feuerstein zwischen den Schulterblättern war ebenso tödlich wie eine aus Stahl. Und außerdem konnte er Ganty nicht im Stich lassen.

Sie erreichten das Boot nach wenigen Minuten und gingen an Bord. Während van Lees Ganty mit seiner eigenen Waffe zwang, den Motor anzuwerfen, blieben Barlowe, Thor und Bell an Deck. Der weißhaarige Alte machte sich bereit, das Ruder zu übernehmen. Barlowe schien die Aufgabe zugefallen zu sein, Thor und den Waldrand zugleich im Auge zu behalten.

Er war in beidem nicht besonders gut. Es wäre Thor in diesem Moment wahrscheinlich ein Leichtes gewesen, ihn zu überwältigen und auch Bell seine Waffe zu entreißen. Aber er tat es nicht. Er war viel zu verwirrt, um überhaupt etwas zu tun – und er musste sich vor allem erst einmal Klarheit verschaffen, was hier eigentlich vorging. Ganty hatte kein Wort von irgendwelchen Überlebenden erwähnt; und schon gar nicht davon, dass die Langohren sie als Gefangene hielten.

Der Dieselmotor erwachte tuckernd zum Leben und praktisch im selben Augenblick setzte sich das Boot in Bewegung; im allerersten Moment nur zögernd, beinahe widerwillig, so als spüre es, dass es nicht von seinem rechtmäßigen Besitzer gesteuert wurde, und versuche sich zu widersetzen. Aber dann geriet es mehr und mehr in den Sog der Ebbe. Der Bug drehte sich und deutete nicht mehr auf den Strand, sondern in den Nebel hinein.

Und auf die Korallenriffe, die dort verborgen waren.

Thor fuhr so erschrocken zusammen, dass Barlowe ihn misstrauisch anblickte und seine Hände sich fester um den Bambusspeer schlossen.

»Die Riffe!«, sagte Thor. »Wir werden auf den Riffen auflaufen.«

Barlowe machte eine beruhigende Geste. Gleichzeitig entspannte er sich wieder ein wenig, wenn auch nicht ganz. »Keine Sorge. Es gibt eine Passage, ein Stück weiter nördlich.« Er sah Thor durchdringend an. »Der Alte hat nichts von den Riffen gesagt. Ich schätze, er hat sogar gehofft, dass wir auflaufen. Wieso warnen Sie uns?«

»Das Wasser ist entschieden zu kalt für ein Bad«, antwortete Thor. Er verstand Barlowes Misstrauen durchaus, aber das änderte nichts daran, dass es ihm allmählich auf die Nerven zu gehen begann.

Barlowe lachte. »Sie sind entweder ehrlich oder der raffinierteste Lügner, den ich je getroffen habe«, sagte er.

»Oder wasserscheu«, fügte Thor hinzu.

Diesmal lachte Barlowe noch lauter; allerdings nur eine knappe Sekunde, denn dann traf ihn ein warnender Blick von Bell und er verstummte beinahe schuldbewusst. »Tressler und Perkins haben es also geschafft«, sagte er plötzlich, und im selben Moment verschwand auch die letzte Spur eines Lächelns von seinen Zügen. »Ich hätte es nicht geglaubt. Wieso sind Sie allein gekommen? Hat Tressler euch nicht erzählt, was hier los ist?«

»Er hat gar nichts mehr erzählt«, sagte Thor leise. »Er ist tot. Sein Begleiter auch.«

»Abgestürzt?«, fragte Barlowe leise.

»Irgendwie hat er es geschafft, die Maschine nach Pau-Pau zurückzubringen«, antwortete Thor. »Sein Begleiter war bereits vorher tot. Es tut mir leid. Waren sie Freunde von Ihnen?«

»Wenn es einen zu Freunden macht, ein halbes Jahr gemeinsam auf der Flucht vor diesen Teufeln zu sein, ja«, antwortete Barlowe. Dann schüttelte er den Kopf. »Nein, wir waren keine Freunde. Ich bin erstaunt, dass sie es überhaupt so weit geschafft haben. Wir haben alle gedacht, es sei aus, als es sie erwischt hat.«

»Als was sie erwischt hat?«, fragte Thor.

Barlowe setzte zu einer Antwort an, aber im selben Moment erschienen Ganty und van Lees wieder an Deck und Barlowe wandte sich den beiden zu. Er begann halb laut und schnell mit van Lees zu reden.

Thor blickte wieder in den Nebel hinaus. Der Himmel über ihnen begann sich ganz allmählich aufzuhellen, doch der Nebel wurde immer dichter; Thor schätzte die Sicht auf kaum zehn Meter. Aber Bell fuhr sehr langsam, und die Art, wie er das Boot lenkte, verriet, dass er sich hier auskannte. Schließlich hatten sie acht Monate Zeit gehabt, sich jede Einzelheit der Küste einzuprägen.

»Ich habe Ihnen vertraut, Mister Garson«, sagte Ganty leise. Thor drehte sich zu ihm um, doch Ganty sah ihn nicht an, sondern blickte weiter starr in den Nebel hinaus. Thor war sicher, dass er in den gleitenden grauen Wogen etwas ganz anderes sah als sie alle. »Aber Sie haben mich belogen. Sie sind auch nicht besser als die anderen. Ich dachte, Sie wären es, aber … Sie sind es nicht. Ihr seid alle gleich.«

»Dr. Ganty, ich –«

»Sparen Sie sich Ihre Lügen, Garson«, sagte Ganty bitter. »Ich will sie nicht hören.«

Thor sprach tatsächlich nicht weiter. Es war nicht der passende Zeitpunkt, Ganty irgendetwas zu erklären; und vielleicht hatte der alte Mann von seinem Standpunkt aus sogar recht. Sie hatten fast einen ganzen Tag und eine Nacht miteinander geredet, und Thor hatte schon bald bemerkt, dass er den richtigen Moment verpasst hatte, ihm zu erklären, warum er und Delano *wirklich* nach Pau-Pau gekommen waren.

Irgendetwas fuhr scharrend am Rumpf des Schiffes entlang.

Bell fluchte, drehte wie wild am Ruder und die kleine Jacht vollführte einen spürbaren, plötzlichen Schwenk nach Backbord. Thor griff hastig nach der Reling und hielt sich mit beiden Händen fest.

»Keine Sorge«, sagte Bell. »Wir sind durch. Ich habe mich ein bisschen verschätzt, aber es ist nichts passiert.«

»Durch?« Barlowe wirkte plötzlich noch angespannter als bisher. »Wir sind raus? Wir sind … auf offener See?«

Bell nickte. »Wir haben es geschafft«, bestätigte er. »Wenn ich in dieser Waschküche nicht aus Versehen in die falsche Richtung fahre, heißt das.«

»Ihr kommt hier nie raus«, sagte Ganty leise. »Ihr bringt euch um, ihr Narren.«

»Vielleicht«, antwortete Barlowe hart. »Aber wenn, dann fahren wir zusammen zur Hölle, Mister.« Seine Hand schloss sich so fest um den Schaft des Bambusspeeres, dass seine Knöchel knackten. »Ich hätte gute Lust, Ihnen so oder so die Kehle durchzuschneiden. Vielleicht tue ich es ja noch.«

Ganty sah ihn nur an, aber Thor machte trotzdem einen Schritt und trat zwischen ihn und Barlowe, um den Blickkontakt zwischen den beiden zu unterbrechen. Für eine Sekunde schien es, als würde sich Barlowes Zorn nun auf ihn konzentrieren.

»He!«, sagte van Lees plötzlich. »Hört auf!« Er hob warnend die Hand und lauschte eine Sekunde mit geschlossenen Augen. »Da ist irgendwas!«

Als hätte es nur dieser Worte bedurft, hörte Thor es plötzlich auch: ein noch leises, aber näher kommendes Plätschern, das er zwar im allerersten Moment nicht einordnen konnte, jedoch trotzdem zu kennen glaubte. Es war kein gutes Geräusch.

»Die Wilden!«, schrie Barlowe plötzlich. »Das sind sie! Bell, gib Gas!«

Das Tuckern des Dieselmotors wurde geringfügig lauter, aber das Boot glitt weiter behäbig wie ein Spaziergänger durch die Wellen. »Es geht nicht!«, schrie Bell. »Der alte Kahn gibt nicht mehr her!« In seiner Stimme lag Panik. »Verdammt, Barlowe, *tu* etwas!«

Das Plätschern kam näher, teilte und vervielfältigte sich, und plötzlich war der Nebel nicht mehr voller eingebildeter, sondern *wirklicher* Bewegung. Ein halbes Dutzend lang gestreckter, dunkler Schatten bewegte sich aus ebenso vielen Richtungen auf die Jacht zu, und irgendetwas fuhr mit einem boshaften Sirren kaum eine Handbreit an Thors Gesicht vorbei und zerschmetterte die Scheibe des Ruderhauses.

Thor versetzte Ganty einen Stoß, der ihn der Länge nach auf das Deck warf, und wich in derselben Bewegung einem zweiten Pfeil aus. Er hörte einen Schrei hinter sich. Glas klirrte. Laut prallte etwas gegen den Rumpf der Jacht und plötzlich wuchs eine riesenhafte Gestalt am Heck des Schiffes in die Höhe.

Barlowe hob seinen Speer, aber van Lees war schneller. Die Pistole, die er Ganty abgenommen hatte, entlud sich mit einem peitschenden Knall, und der Schatten taumelte mit einer fast grotesken Bewegung zurück und verschwand im Nebel.

Barlowe öffnete den Mund, um etwas zu sagen, aber in derselben Sekunde zischte ein weiterer Pfeil aus dem Nebel heran und durchbohrte seine Schulter. Mit einem gellenden Schrei stürzte er zu Boden.

Und das war erst der Anfang.

Thor hatte schon manchen Kampf erlebt – aber noch nie eine Situation, die annähernd so aussichtslos war. Das sonderbare Geräusch, das er gehört hatte, wiederholte sich ein halbes Dutzend Male, als fünf oder sechs der kleinen Schilfboote, mit denen die Polynesier gekommen waren, gleichzeitig gegen die Jacht stießen, und plötzlich wimmelte das Deck von hünenhaften, finsteren Gestalten.

Van Lees schoss einen weiteren Polynesier nieder, ehe er unter einem Keulenhieb zu Boden ging, und auch Thor wehrte sich mit der Kraft der Verzweiflung. Er stieß einen der Angreifer über Bord, fegte mit einem weit ausholenden Hieb gleich zwei Langohren gleichzeitig von den Füßen und wäre um ein Haar selbst gestürzt, als er einen harten Stoß in den Rücken erhielt.

Thor taumelte gegen die Wand des Ruderhauses, sah eine Bewegung aus den Augenwinkeln und warf sich instinktiv zur Seite. Eine steinerne Axt zerschmetterte das Holz neben seinem Kopf. Thor riss die Arme hoch, schlug dem Polynesier die Waffe aus der Hand und krümmte sich im selben Moment vor Schmerz, als ihm ein furchtbarer Fausthieb die Luft aus den Lungen trieb. Vor seinen Augen explodierten bunte Sterne. Er rang verzweifelt nach Luft, aber er bekam keine, denn die Hände des Eingeborenen hatten sich wie Stahlklammern um seinen Hals gelegt und drückten mit unbarmherziger Kraft zu.

Thor bäumte sich auf, zerrte mit aller Gewalt an den Handgelenken des Burschen und rammte ihm das Knie zwischen die Oberschenkel. Der Polynesier keuchte, aber sein Griff lockerte sich nicht.

Thors Lungen schrien nach Luft. Er wollte ein zweites Mal zutreten, doch er hatte nicht mehr die Kraft dazu. Das Gesicht des Angreifers begann vor seinen Augen zu verschwimmen.

Ein Schuss krachte. Der tödliche Würgegriff um seinen Hals lockerte sich, und das Gesicht vor ihm war plötzlich kein Gesicht mehr, sondern rot und zerstört, und dann kippte der Polynesier stocksteif und lautlos nach hinten.

Ein zweiter Schuss fiel. Thor hörte, wie die Kugel irgendwo ganz in seiner Nähe splitternd ins Holz fuhr, und noch während er auf die Knie sank und würgend und qualvoll nach Atem rang, krachte dicht hintereinander eine ganze Salve peitschender Gewehrschüsse.

Ein grelles Licht blendete Thor. Er hob die Hand vor das Gesicht, blinzelte in die gleißende Helligkeit des Scheinwerferstrahls, der wie ein Messer durch den Nebel und in seine Netzhäute schnitt, und erkannte einen riesigen, dunklen Schatten, der dahinter im Nebel heranwuchs. Orangerotes Mündungsfeuer blitzte auf und zwei, drei weitere Polynesier stürzten getroffen zu Boden oder über Bord.

Der Kampf war so schnell vorbei, wie er begonnen hatte,

und es war kein wirklicher Kampf, es war ein Gemetzel. Wer immer die Angreifer waren, sie schossen mit unglaublicher Präzision und sie kannten keine Gnade. Kaum einer der Polynesier, die die Jacht geentert hatten, entging ihrem Feuer. Und die wenigen, die es schafften, sich mit einem beherzten Sprung über die Reling zu retten, starben im Wasser.

Thor registrierte mit einer Mischung aus Entsetzen und Unglauben, wie sich das dumpfe Hämmern eines Maschinengewehrs in das Peitschen der Schüsse mischte. Zwei, drei der verzweifelt um ihr Leben schwimmenden Polynesier versanken in einem Strudel aus kochendem Schaum und Blut unter Wasser, dann erreichte die MG-Salve eines der Schilfboote und zerfetzte es mitsamt den beiden Eingeborenen, die sich darauf gerettet hatten.

Nur einem einzigen der kleinen Schiffe gelang es, davonzukommen. Es entfernte sich im rechten Winkel von der Jacht und begann im Nebel zu verschwinden, und so absurd es vielleicht war, Thor hoffte nichts mehr, als dass es ihm gelingen würde.

Das Boot verschwand im Nebel. Über dem Schatten auf der anderen Seite der Jacht blitzte es grell auf, ein dumpfer Knall wehte über das Wasser und eine halbe Sekunde später glühten die grauen Schwaden im Widerschein einer gewaltigen Explosion auf. Thor hörte nicht einmal einen Schrei.

Die Stille, die auf das Krachen der Explosion und das nervenzerfetzende Rattern der MG-Salve folgte, war fast betäubend. Thor stand schwankend auf. Aus dem Schatten war mittlerweile ein Schiff geworden, das langsam längsseits ging, aber er sah nicht hin. Sein Blick glitt über das Deck, und alles, was er empfand, war Entsetzen. Nicht einmal Erleichterung, noch am Leben zu sein. Seine Hände und seine Jacke waren nass und klebrig vom Blut des Polynesiers, der ihn hatte erwürgen wollen, und er zählte acht, zehn … ein

Dutzend Tote, die nicht mitgerechnet, die im Wasser gestorben waren.

Jemand sprang polternd vom Deck des Schiffes auf die Jacht herunter und kam auf ihn zu. Thor drehte sich langsam um. Er war nicht sehr überrascht, als er Delano erkannte. Der Commander trug ein Gewehr im Arm.

»War das nötig?«, fragte er bitter. »Dieses … Gemetzel?«

»Sie haben eine seltsame Art, sich zu bedanken, Mister Garson«, antwortete Delano.

»Bedanken? Wofür?«

»Zum Beispiel dafür, dass wir Ihnen gerade das Leben gerettet haben«, sagte Delano. »Und Ihren Freunden auch.«

»Dafür hätten ein paar Schüsse in die Luft vermutlich auch genügt«, sagte Thor aufgebracht.

»Möglich«, antwortete Delano ruhig. »Allerdings wären Sie in diesem Fall jetzt vermutlich tot.«

Thor setzte zu einer zornigen Antwort an, doch im selben Moment hörte er ein Stöhnen, und eine der auf dem Deck verstreuten Gestalten regte sich. Delano hob sein Gewehr, aber Thor drückte die Waffe zur Seite und kniete neben dem Verletzten nieder.

Es war Barlowe. Er bot einen fürchterlichen Anblick, wenn auch das meiste Blut auf seinem Gesicht nicht sein eigenes war. Aber die Wunde in seiner Schulter war schwer. Er würde verbluten, wenn er nicht sofort ärztlich versorgt wurde. »Bell!«, schrie Thor. »Kommen Sie her!«

Bell antwortete nicht. Thor sah auf und erkannte, dass er über dem Ruder zusammengesunken war. Eine Gewehrkugel hatte ihn genau zwischen die Schulterblätter getroffen.

Delano beugte sich neugierig vor, sah eine Sekunde auf Barlowe hinab und bildete dann mit den Händen einen Trichter vor dem Mund. »Sanitäter!«, rief er. »Hierher! Wir haben einen Verwundeten.«

Eigentlich hätte Thor es sofort begreifen müssen, aber es bedurfte erst dieses Ausrufs, ehe er sich die Wahrheit eingestand. Ungläubig starrte er zu Delano hoch.

Delano lächelte. Aber es war ein Lächeln, das Thor ebenso wenig gefiel, wie es zu seiner schwarzen Uniform mit den beiden silbernen Totenköpfen und den SS-Runen auf den Schultern passte.

Wie sich herausstellte, waren Thor und Ganty die Einzigen, die ohne nennenswerte Verletzungen davongekommen waren. Bell war tot, getroffen von einer verirrten Kugel, die sein Rückgrat zertrümmert hatte. Van Lees hatte eine klaffende Platzwunde an der Schläfe und mindestens eine schwere Gehirnerschütterung, wenn nichts Schlimmeres, und Barlowes durchbohrte Schulter blutete so heftig, dass der Sanitäter nicht versprechen konnte, ob sie ihn durchbringen würden.

Der Nebel begann sich allmählich aufzulösen, während sie an Bord des deutschen Schiffes gingen. Was Thor im ersten Moment für ein gewaltiges Kriegsschiff gehalten hatte, war eher eine Fregatte, kaum dreißig Meter lang, aber doch mit einer großkalibrigen Kanone vorne und einer Zwillings-Flak im Heck bewaffnet, deren Läufe drohend in den Nebel gereckt waren. Thor zählte allein an Deck an die dreißig Soldaten, alle in den schwarzen Uniformen der SS und die meisten mit Maschinenpistolen, einige aber auch mit Präzisionsgewehren oder schweren Waffen ausgerüstet.

»Was haben Sie vor?«, fragte er, während er neben Delano auf das Ruderhaus der Fregatte zuging. »Einen Krieg anfangen?«

»Wenn es sein muss, ja«, antwortete Delano ruhig. »Aber ich glaube nicht, dass das nötig sein wird. Diese Wilden sind vielleicht ungebildet, aber nicht dumm. Ich schätze, dass eine kleine Machtdemonstration durchaus genügen wird, sie zur Vernunft zu bringen.«

»Oder ein kleines Gemetzel wie das gerade eben«, sagte Thor bitter.

Delanos Verwirrung war nicht gespielt. »Ich verstehe Ihre Entrüstung nicht, Mister Garson«, sagte er. »Wir hatten gar keine andere Wahl, um Sie und Ihre Freunde zu retten. Wäre es Ihnen lieber gewesen, wir hätten zugesehen, wie diese Wilden Sie abschlachten? Sie haben selber ja auch schon getötet, Mister Garson. Mehr als einen Menschen!«

»Nicht so!«, antwortete Thor. »Das war nicht nötig, Delano oder Müller oder Schmitz oder Meier oder wie immer Sie in Wirklichkeit heißen mögen!«

Delano lächelte und überging die unausgesprochene Frage, die sich in Thors Worten verbarg. Sie hatten die Brücke erreicht. Delano öffnete eine Tür und forderte Thor und Ganty mit einer spöttischen Geste auf, einzutreten. Über eine kurze eiserne Treppe gelangten sie ins Ruderhaus der Fregatte. Die anwesenden Soldaten salutierten eher lässig als mit preußischem Eifer und Delano erwiderte ihren Gruß mit einem angedeuteten Kopfnicken. Dann deutete er auf eine schmale eiserne Sitzbank, die an der Wand festgeschraubt war. »Nehmen Sie Platz, meine Herren«, sagte er. »Sie müssen erschöpft sein.«

Ganty gehorchte, aber Thor rührte sich nicht. »Wie haben Sie es geschafft, sich in Franklins Vertrauen einzuschleichen?«, fragte er. »Oder gehört er in Wirklichkeit auch zu euch?«

»Ich bitte Sie, Mister Garson!« Delano lächelte. »Sie erwarten doch nicht, dass ich Ihnen die Geheimnisse der deutschen Abwehr verrate, oder? Aber ich kann Sie beruhigen. General Franklin ist ein loyaler Amerikaner. Er hat nicht die mindeste Ahnung, wer ich bin.«

»Wissen Sie das überhaupt selber noch?«, fragte Thor.

»Eine interessante Frage«, erwiderte Delano. »Leider haben wir im Moment keine Zeit, uns philosophischen Betrachtungen zu widmen. Sobald sich der Nebel hebt, werden wir versuchen eine Passage durch die Riffe zu finden und an Land zu gehen. Ich nehme an, Sie sind gern dabei.«

»Habe ich denn eine Wahl?«

Delano seufzte. »Ich wollte, Sie wären vernünftiger, Mister Garson«, sagte er. »So wie die Dinge nun einmal liegen, sind Sie zwar mein Gefangener, aber es wäre mir trotzdem lieber, wenn Sie sich als eine Art Gast betrachten würden. Mit gewissen Einschränkungen, versteht sich.«

»Danke«, murmelte Thor. »Seit ich dem Nazi-Regime den Rücken gekehrt habe, hatte ich schon mehrmals das Vergnügen, die deutsche *Gastfreundschaft* zu genießen.«

»Sie haben sie überlebt, oder?«

»Ja. Trotz allem, was Ihre Landsleute dagegen unternommen haben.«

Delano – oder wie immer er heißen mochte – lachte herzhaft, führte das Gespräch aber nicht weiter, sondern gab einem der Soldaten einen Wink, er solle auf Thor und Ganty aufpassen, und trat neben den Mann am Ruder.

Thor setzte sich nun doch. Ganty rutschte demonstrativ so weit von ihm fort, wie es der Platz auf der schmalen Bank zuließ, und als Thor versuchte ihn anzusprechen, starrte er mit steinernem Gesicht an ihm vorbei ins Leere.

Er konnte Ganty verstehen. Und er machte sich schwere Vorwürfe, dass er sich so leicht hatte übertölpeln lassen. Ihm war schon auf der Fahrt hierher klar geworden, dass sie auf dieser Insel vielleicht alles Mögliche finden würden, nur eines ganz bestimmt nicht: ein deutsches Geheimlabor, in dem die Nazis an einer Wunderwaffe bastelten. Wie hatte er nur so naiv sein können, sich wirklich einzubilden, dass niemand sie verfolgte? Ganty hatte ihm sogar *gesagt,* dass Delano ein doppeltes Spiel spielte!

»Es tut mir leid, Dr. Ganty«, sagte er leise. »Das … wollte ich nicht.«

Zu seiner Überraschung sah Ganty ihn plötzlich doch an und antwortete: »Es muss Ihnen nicht leidtun, Mister Garson. Es war genauso mein Fehler wie Ihrer. Keiner von diesen Narren wird es überleben. Sobald sich der Nebel lichtet, werden wir alle sterben.«

Thor sah ihn gleichermaßen fragend wie erschrocken an, aber Ganty blickte weg und versank wieder in dumpfes Brüten, und Thor wusste, dass er vorerst nicht mehr von ihm erfahren würde.

Gantys Worte erfüllten ihn mit einem Gefühl banger Vorahnung. Das war nicht nur das verzweifelte Aufbegehren eines alten Mannes. Plötzlich erinnerte er sich, dass auch Bell davon gesprochen hatte, sie müssten die Insel verlassen, ehe sich der Nebel verzog. Vielleicht hatte er damit gar nicht die Polynesier gemeint, die sie auf ihren Schilfbooten verfolgten …

Unruhig stand er auf und trat neben Delano. Der SS-Offizier sah ihn flüchtig an, schien aber nichts dagegen einzuwenden zu haben, und so sah sich Thor zum ersten Mal aufmerksam auf der Brücke um.

Er war noch nicht oft an Bord eines Kriegsschiffes gewesen, schon gar nicht eines *deutschen* Kriegsschiffes, aber irgendwie kam ihm dieses Boot hier ungewöhnlich vor. Es war sehr alt, das erkannte er auf den ersten Blick, und das Pult vor Delano bestand aus einem Sammelsurium zum Teil uralter, andererseits aber auch wieder supermoderner Geräte und Anzeigen, die zum Teil in Englisch, zum Teil in Deutsch beschriftet waren. Es kam Thor einigermaßen verwunderlich vor, dass sich Delano auf einem uralten und ganz offensichtlich in aller Hast wiederhergerichteten Schiff auf eine so wichtige Mission begeben hatte.

Delano bemerkte seine forschenden, verwunderten Blicke, aber er sagte nichts dazu, sondern lächelte nur geheimnisvoll und fuhr fort, dem Mann am Ruder und den anderen Offizieren Anweisungen zu erteilen.

Draußen glühte plötzlich ein grelles Licht auf, und als Thor den Blick hob, sah er, dass Gantys Jacht steuerlos brennend auf das Meer hinaustrieb. Delanos Männer mussten sie angezündet haben.

Der Nebel lichtete sich nur ganz allmählich. Der Himmel hellte sich mehr und mehr auf, und aus den unheimlichen grauen Wogen wurde ein beinahe noch unheimlicheres Weiß.

Die Sicht betrug aber trotzdem kaum zwanzig Meter. Umso überraschter war Thor, als sich das Schiff plötzlich in Bewegung setzte.

»Keine Sorge«, sagte Delano. Thors leichtes Zusammenzucken war ihm nicht entgangen. »Ich habe ein Boot vorausgeschickt, das die Fahrrinne auslotet.«

»Ich mache mir keine Sorgen«, antwortete Thor. »Jedenfalls nicht um die Riffe.«

In Delanos Augen glitzerte es amüsiert. »Sie fürchten sich doch nicht etwa vor diesen Wilden, Mister Garson?«

»Ich fürchte mich vor etwas ganz anderem, Delano«, sagte Thor leise. »Sie haben die Fotos doch gesehen, oder? Vor mir und länger als ich, nehme ich an.« Plötzlich wurde er doch noch zornig. »Verdammt, Delano, seid ihr Deutschen tatsächlich so borniert, dass ihr euch für unbesiegbar haltet, oder sind nur Sie einfach dumm?« Er deutete erregt in den Nebel hinaus. »Kein Mensch weiß, was uns auf dieser Insel erwartet, und Sie –«

»Wir sind auf alle Eventualitäten vorbereitet, Mister Garson«, unterbrach ihn Delano.

»Ja. Das haben Tressler und sein Kopilot bestimmt auch gedacht.«

»Das hier ist ein Kriegsschiff, Mister Garson, kein kleines Passagierflugzeug aus Wellblech.« Delanos Stimme klang ein wenig schärfer, aber Thor war nicht sicher, ob der vorherrschende Ton darin wirklich Überzeugung war. »Mir ist aufgefallen, wie Sie sich umgesehen haben, Mister Garson«, fuhr er fort. »Sie haben recht – dieses Schiff ist etwas ganz Besonderes.«

»Mir kommt es eigentlich nur besonders alt vor«, sagte Thor.

»Das ist es auch«, bestätigte Delano. »Es stammt aus dem Ersten Weltkrieg, und ich glaube, es war selbst da schon nicht mehr ganz taufrisch. Plump, kaum zu manövrieren und nicht besonders schnell – aber es hat einen gewaltigen Vorteil. Das Ding ist gepanzert wie ein Rhinozeros.« Er schlug demonstrativ mit den Fingerknöcheln gegen die eiserne Wand unter dem Fenster. Nicht der mindeste Laut war zu hören. »Acht Zentimeter dicker Stahl, Mister Garson. So etwas wird heute gar nicht mehr gebaut. Es wäre wahrscheinlich auch sinnlos. Aber im Moment bin ich sehr froh, dass wir dieses uralte Schiff haben. Glauben Sie mir, wir sind hier drinnen sicher wie in Abrahams Schoß.«

Thor sagte nichts dazu, aber er drehte sich zu Ganty um und fing einen Blick des alten Mannes auf, der ihm einen eisigen Schauer über den Rücken laufen ließ. Schweigend wandte er sich wieder um und sah aus dem Fenster.

Die Fregatte bewegte sich nur im Schritttempo. Der Motor brachte gerade genug Leistung, um den Sog der Ebbströmung auszugleichen und das Schiff praktisch zentimeterweise von der Stelle zu bewegen. Nach einer Weile sah er einen Schatten weit vor dem Schiff und er hörte Stimmen, die sonderbar dumpf und verzerrt durch den Nebel über das Wasser hallten.

Die Lotsen, von denen Delano gesprochen hatte.

Thor konnte sich eines weiteren Schauders nicht erwehren. Das alles wirkte so unheimlich, fast wie in einem Albtraum.

In diesem Punkt irrte sich Thor Garson. Der Albtraum hatte noch nicht einmal angefangen.

Aber er begann.

Jetzt.

Sie brauchten zwanzig Minuten, um die Lücke in der Korallenbarriere zu passieren, und es gab ein paar Augenblicke, in denen nicht nur Thor daran zweifelte, dass sie es schaffen würden.

Mehr als einmal prallte der Rumpf des Schiffes knirschend gegen die Korallenriffe. Ein weniger stabil gebautes Boot hätte es vermutlich nicht geschafft, aber das uralte Panzerschiff brach sich schließlich mit brutaler Gewalt seinen Weg durch die Barriere.

Als sie in die Lagune einliefen, begann sich der Nebel zu lichten. Es war geradezu unheimlich, dachte Thor, wie schnell sich die grauweißen Schwaden jetzt auflösten, nachdem sie sich vorher so beharrlich geweigert hatten, den wärmenden Strahlen der Sonne zu weichen. Als hätten sie mit den Riffen gleichsam den letzten Verteidigungswall der Insel überrannt und als hätte der Nebel beschlossen, den Widerstand aufzugeben.

Er tauschte einen verwirrten Blick mit Ganty. Ganty lächelte, aber es war kein gutes Lächeln.

Das Schiff wurde langsamer und kam vollends zur Ruhe und der Nebel zog sich weiter zurück. Wie in einem Film, der rückwärts abgespult wurde, wogten die grauweißen

Schwaden vor ihnen über das Wasser, krochen den Strand hinauf und in den Dschungel hinein. Thor musste plötzlich wieder an die unheimliche Schlechtwetterfront denken, die ihnen den ganzen Weg von Pau-Pau bis hierher gefolgt war.

»Das gefällt mir nicht«, murmelte er. »Wir sollten verschwinden, Delano. Irgendetwas stimmt hier nicht! Spüren Sie das denn nicht?«

»Ich spüre nur, dass wir ganz kurz davor sind, etwas Gewaltiges zu entdecken, Mister Garson«, antwortete Delano. »Reizt Sie der Gedanke denn gar nicht? Vielleicht werden wir etwas sehen, was vor uns noch kein anderer Mensch zu Gesicht bekommen hat! Sie enttäuschen mich, Mister Garson.«

»Tressler und Perkins *haben* es gesehen«, erinnerte Thor ihn.

Delano presste die Lippen aufeinander und überlegte ein paar Sekunden. Dann nickte er ruckartig. »Sie haben vermutlich recht, Mister Garson. Wir sollten gewisse Sicherheitsvorkehrungen treffen.« Er löste das Sprechrohr aus seiner Halterung und gab eine Anweisung auf Deutsch in den Maschinenraum hinunter, dann drehte er sich mit einem Ruck zur Tür. »Kommen Sie!«

Thor und Ganty folgten ihm auf das Deck hinaus. Trotz der frühen Stunde hatte die Sonne schon große Kraft. Es war fühlbar warm geworden, seit sie zur Brücke hinaufgegangen waren, aber der Nebel hatte alles mit Nässe getränkt, und auch in der Luft lag noch ein unangenehm klammer Hauch.

Delano begann mit gedämpfter Stimme rasch Befehle zu erteilen. Männer erschienen an Deck oder verschwanden, und sowohl das große Geschütz im Bug als auch die Zwillingsläufe der Flak richteten sich lautlos und drohend auf den Waldrand.

»Narren«, murmelte Ganty. »Verdammte Narren! Es wird ihnen nichts nutzen. Gar nichts!«

Er hatte sehr leise gesprochen. Trotzdem hatte Delano die Worte verstanden, denn er drehte sich zu ihm um und sah ihn sekundenlang sehr ernst an. Dann gab er ein weiteres Kommando.

Eine Anzahl kleiner Schlauchboote wurde zu Wasser gelassen und ein ganzer Zug Soldaten erschien an Deck des Schiffes.

Sie waren bis an die Zähne bewaffnet und trugen sonderbar plump anmutende Schutzanzüge, in denen sie sich kaum bewegen konnten, dazu wuchtige Helme mit verspiegelten Visieren, die ihre Gesichter völlig bedeckten.

»Wer hat ihre Ausrüstung zusammengestellt?«, fragte Thor spöttisch. »Hugo Gernsback?«

Zu seiner Überraschung schien Delano die Anspielung zu verstehen, denn er lachte laut und herzlich. Der Laut hallte unheimlich über das Wasser, und Thor sah, dass einige der Männer unter ihren Masken erschrocken zusammenfuhren. Die Nervosität der Männer war nicht zu übersehen. Offensichtlich hatte Delano seine Soldaten zumindest informiert, was sie erwartete, statt sie blind in ihr Verderben rennen zu lassen. Aber das machte ihn Thor auch nicht sehr viel sympathischer.

Die Männer kletterten in die Schlauchboote hinab. Nebeneinander, in einer weit auseinandergezogenen Kette, näherten sie sich dem Strand, während an Deck der Fregatte MG- und Scharfschützen in Stellung gingen, um ihnen Feuerschutz zu geben. Es war eine beeindruckende Demonstration militärischer Präzision, die sicher noch beeindruckender gewesen wäre, hätte sie nicht einem leeren Strand und einem ebenso leeren Waldrand gegolten.

Die Schlauchboote glitten auf den Strand und die Männer sprangen ab. Fast lautlos bildeten sie eine präzise, wie mit dem Lineal gezogene Schützenkette, die ohne ein weiteres Kommando vorzurücken begann.

Auf einmal schien der Waldrand lebendig zu werden. Dutzende von schlanken, bunt bemalten Gestalten traten aus dem Unterholz hervor, keiner kleiner als zwei Meter und alle mit Speeren, Äxten oder Bogen bewaffnet. Ihr Erscheinen geschah vollkommen lautlos. Thor hörte nicht einmal das Rascheln von Laub oder das Knacken eines Astes. Aber vielleicht wirkte es gerade deshalb so gespenstisch.

Delanos Soldaten waren stehen geblieben und ihr Verhalten sagte Thor, dass sie auch auf diese Situation vorbereitet waren: Sie bildeten drei Linien, von denen die erste ausgestreckt im Sand lag, während die zweite kniete und die dritte hoch aufgerichtet stand. Thor kannte diese Taktik. Sie war so alt wie der Gebrauch von Schusswaffen, und zumindest gegen einen Gegner wie diese Polynesier musste sie von verheerender Wirkung sein. Ein einziger Befehl Delanos und dieser Strand würde ein unvorstellbares Blutbad erleben.

»Delano, nicht!«, flüsterte er. »Ich flehe Sie an!«

Delanos Blick war wie gebannt auf die bunt bemalten Gestalten am Waldrand gerichtet. »Es liegt nicht bei mir, Mister Garson«, sagte er leise. »Ich hoffe, diese Wilden verstehen, was ich ihnen zu sagen versuche. Wenn nicht ...«

Thor begriff erst jetzt, dass Delano seine Männer ganz bewusst in dieser uralten (und im Zeitalter automatischer Waffen im Grunde überflüssigen) Formation vorrücken ließ, *damit* die Langohren begriffen, wie aussichtslos ihr Widerstand war. Er schickte ein Stoßgebet zum Himmel, *dass* sie es verstanden.

Es wurde nicht erhört. Sekundenlang standen sich die beiden ungleichen Armeen gegenüber, und Thor begann bereits zu hoffen, dass vielleicht doch noch alles gut ausgehen könnte, aber dann machte einer der Langohren einen plötzlichen Schritt nach vorn und riss seinen Speer in die Höhe.

Eine Maschinenpistole ratterte. Eine Kette winziger Explosionen raste durch den Sand auf den Polynesier zu und schwenkte nur Zentimeter vor seinen Beinen zur Seite. Doch entweder verstand der Eingeborene die Bedeutung dieser allerletzten Warnung nicht oder er ignorierte sie. Er rannte weiter, schleuderte seinen Speer und traf einen von Delanos Männern.

Der Soldat kippte mit einem Schrei nach hinten und blieb reglos im Sand liegen.

Thor schloss in Erwartung des kommenden Gemetzels die Augen – aber er hatte Delano abermals unterschätzt. Ein einzelner Schuss krachte. Der Polynesier, der den Speer geschleudert hatte, griff sich an den Hals und brach lautlos zusammen, und eine Sekunde später hallte der Strand unter einer ganzen Salve von Gewehr- und MP-Schüssen wider. Aber keine der Kugeln traf.

Die Geschosse ließen den Sand vor den Füßen der Polynesier aufspritzen, zerfetzten Büsche und Blätter und rissen Äste von den Bäumen. Rings um die Polynesier schienen Sand und Dschungel wie von unsichtbaren Krallen attackiert zu werden, aber keines der Geschosse kratzte die bunt bemalten Gestalten auch nur an.

»Das ist ihre letzte Chance, Mister Garson«, sagte Delano. »Wenn sie das nicht verstehen, kann ich ihnen auch nicht mehr helfen.«

»Sie verdammter Idiot!«, sagte Ganty. Seine Stimme zitterte. »Sie *können* es gar nicht begreifen, geht das nicht in Ihren Kopf? Sie kennen keine Feuerwaffen!«

Delano blickte ihn ungläubig und voller Schrecken an,

aber seine Antwort ging in einem gellenden Geschrei aus Dutzenden von Kehlen unter, das plötzlich vom Strand herüberwehte.

Die Polynesier griffen an. Speere, Pfeile und Äxte wirbelten durch die Luft, und Delanos Soldaten eröffneten ihrerseits das Feuer, noch ehe die ersten Geschosse ihr Ziel trafen.

Es war wie eine schlimmere Wiederholung des Kampfes von vorhin. Die Polynesier hatten nicht die Spur eine Chance. Vier oder fünf von Delanos Männern wurden getroffen und stürzten tot oder verwundet zu Boden, aber schon ihre erste Salve fegte mehr als zwei Dutzend der Eingeborenen von den Füßen.

Die zweite beendete den Kampf.

Thor stand reglos an der Reling und starrte zum Strand hinüber. Er war erschüttert wie niemals zuvor im Leben. Der Sandstreifen vor dem Dschungel war voller toter und sterbender Eingeborener, vielleicht drei Dutzend, aber es war nicht nur dieser Anblick allein, der etwas in ihm vor Entsetzen aufschreien ließ. Es war die *Schnelligkeit,* mit der es geschehen war. Delanos Männer hatten mit der Präzision von Scharfschützen gefeuert. Sie hatten genau zwei Salven abgegeben. Die ganze Schlacht hatte nicht einmal fünf Sekunden gedauert.

»Es tut mir leid, Mister Garson«, sagte Delano leise neben ihm. »Ich wollte das nicht, bitte glauben Sie mir.«

»O ja«, antwortete Thor bitter. »War das die *kleine Machtdemonstration,* von der Sie gesprochen haben?«

»Verdammt noch mal, was hätte ich denn tun sollen?«, schrie Delano plötzlich. »Zusehen, wie meine Männer abgeschlachtet werden?«

Thor fühlte sich hilflos. Er fühlte Entsetzen und Zorn, einen tiefen, brodelnden Zorn über dieses schreckliche, sinnlose Gemetzel, aber vor allem war er verwirrt und hilflos wie selten zuvor im Leben. Vielleicht weil er tief in sich spürte, dass Delano *recht* hatte. Er hatte gar keine andere Wahl gehabt. Seine Männer oder die Eingeborenen, so brutal und zugleich einfach war das gewesen.

»Sie hätten gar nicht erst hierherkommen sollen«, murmelte er.

»Damit haben Sie vermutlich sogar recht«, sagte Delano hart. »Aber wir sind nun einmal hier. Und wenn wir es nicht wären, dann wären es *Ihre* Leute, oder etwa nicht?« Er starrte Thor sekundenlang an und wartete vergeblich auf eine Antwort. In seinen Augen lag ein Ausdruck, den Thor im ersten Moment nicht verstand. Und als es ihm langsam klar wurde, war er zutiefst verwirrt. Vielleicht hatte er sich in Delano getäuscht. Vielleicht war nicht jeder, der die schwarze Uniform mit den Totenköpfen trug, ein gewissenloser Mörder.

»Sie werden dafür bezahlen«, sagte Ganty leise. Seine Stimme zitterte vor Hass. »Sie und Ihre ganze Mörderbande! Einen höheren Preis, als Sie sich vorstellen können!«

Delano fuhr zornig herum. Seine Hände zuckten, als könne er sich nur noch mit letzter Kraft beherrschen, sich nicht auf den alten Mann zu stürzen und ihn zu packen. »Mörder? Sie nennen mich einen Mörder, Mister Ganty? Und was ist mit Ihnen?«

Plötzlich packte er Ganty doch, schüttelte ihn wild und deutete mit der anderen Hand zum Strand. »Das da ist genauso Ihre Schuld wie meine! Sie hätten es verhindern können! Warum sind Sie nicht zu Ihren Freunden gegangen und haben ihnen gesagt, dass wir in Frieden kommen?«

»Mit Maschinengewehren und Kanonen?«

»Wir wären jetzt tot, wenn wir sie nicht hätten«, antwortete Delano. Er ließ Ganty los.

»Das sind Sie sowieso«, sagte Ganty böse. »Sehen Sie zum Wald.«

Delano und Thor fuhren im selben Moment herum – und schrien gleichzeitig überrascht auf.

Der Dschungel schien lebendig geworden zu sein. Überall raschelte und wogte es, Blätter und Zweige bewegten sich, und etwas Großes, Dunkles begann durch das Unterholz zu brechen, etwas, das –

»Garson!«, brüllte Ganty. *»Gehen Sie in Deckung!«*

Die ersten Soldaten begannen zu feuern. Gewehr- und MP-Schüsse schlugen in den Wald, und eine Sekunde später gesellte sich das dumpfe Hämmern eines Maschinengewehrs dazu.

Thor sah nicht, was weiter geschah, denn Ganty hatte ihn gepackt und mit solcher Kraft mit sich gezerrt, dass er alle Mühe hatte, überhaupt auf den Beinen zu bleiben, während Ganty ihn hinter den Brückenaufbau schleppte.

»Nicht hinsehen!«, schrie Ganty mit einer Stimme, die in Panik beinahe überschnappte. *»Um Gottes willen, sehen Sie nicht hin!«*

Natürlich drehte sich Thor trotzdem herum und blickte über das Deck.

Er bedauerte für den Rest seines Lebens, es getan zu haben. Die Welt wurde rot.

Ein unerträglich grelles rotes Lodern tauchte den Strand, die See, den Himmel und das Schiff in gleißendes Licht und löschte alle anderen Farben aus, und gleichzeitig hörte Thor einen Ton, wie er ihn noch nie zuvor im Leben vernommen hatte, ein helles an und ab schwellendes Singen und Kreischen wie den Schrei eines zornigen Gottes, so laut und durchdringend, dass jeder einzelne Knochen in seinem Leib zu vibrieren begann.

Ganty taumelte weiter zurück, prallte gegen die Reling

und zerrte Thor mit sich. Rückwärts stürzten sie über Bord. Aber was Thor in der halben Sekunde sah, die der Sturz dauerte, das sollte er nie wieder wirklich vergessen.

Das rote Leuchten wurde immer intensiver, bis es selbst durch die Eisenplatten des Schiffsrumpfes zu dringen schien, als hätte die ganze Welt Feuer gefangen. Thor sah eine schemenhafte Gestalt über das Deck des Schiffes taumeln, schreiend und verzweifelt auf ihre brennenden Kleider und das hell lodernde Haar einschlagend.

Dann tauchte er in das Wasser ein und das schreckliche Bild verschwand vor seinen Augen.

Das rote Licht nicht.

Auch das Wasser hatte sich rot gefärbt und von seiner Oberfläche aus drang gleißendes, unerträglich helles Licht herab. Und das Wasser war *heiß.*

Thors Lungen begannen nach Luft zu schreien. Er versuchte sich aus Gantys Griff zu lösen, um wieder zur Oberfläche hinaufzuschwimmen, aber Ganty ließ ihn nicht los, sondern zog ihn im Gegenteil immer tiefer und tiefer ins Wasser hinab. Aber das rote Licht folgte ihnen auch dorthin. Selbst hier unten, vier oder fünf Meter unter der Wasseroberfläche, war es plötzlich so heiß, dass Thor vor Schmerz aufgeschrien hätte, hätte er es gekonnt.

Seine Atemnot wurde allmählich unerträglich. Hitze und Licht erreichten eine Intensität, die Thor sich vor ein paar Augenblicken nicht einmal hätte vorstellen können, und er wusste, dass er verbrennen würde, wenn er jetzt auftauchte, aber er würde auch hier unten sterben, und der instinktive Wunsch, aufzutauchen, war einfach größer als seine Vernunft. Mit aller Kraft riss er sich los, paddelte mit verzweifelten Schwimmbewegungen zur Oberfläche hinauf und sog die Lungen voller Sauerstoff.

Es war, als atmete er Flammen. Die Luft war so heiß, dass

er vor Schmerz aufschrie. Von der Wasseroberfläche stieg Dampf auf und nicht weit neben ihm trieb etwas Riesiges, Brennendes auf den Wellen. Hitze und Schmerz trieben ihm die Tränen in die Augen, sodass er nicht genau erkennen konnte, was es war.

Er ahnte die Richtung, in der der Strand lag, mehr, als dass er ihn sah. Mit zusammengebissenen Zähnen schwamm er los, wobei er versuchte, Kopf und Schultern so weit aus dem Wasser zu heben, wie es nur ging. Er würde gekocht werden wie ein Hummer, wenn er nicht schleunigst hier herauskam!

Es war nicht einmal weit zum Strand, vielleicht zwanzig, allerhöchstens dreißig Meter. Trotzdem kostete diese Strecke Thor jedes bisschen Kraft, das er noch hatte. Zu Tode erschöpft und mehr bewusstlos als bei Sinnen kroch er den Strand hinauf und brach dort zusammen. Minuten vergingen, ehe er auch nur die Kraft fand, den Kopf zu heben und sich umzusehen.

Der Strand bot einen grauenerregenden Anblick. Dutzende von dunklen, verkohlten Körpern bedeckten den Sand. Einige von ihnen brannten, von anderen kräuselte sich schwarzer, fettiger Rauch in die unbewegte Luft. Und auch an Bord der Fregatte regte sich nichts mehr. Das Schiff war gekentert und halb auf die rechte Seite gekippt. Die Panzerplatten waren schwarz und verkohlt, und dicht unterhalb der Brücke glühte das Eisen in einem düsteren, drohenden Rot. Dampf hüllte das Schiff ein wie ein graues Leichentuch.

Thors Blick glitt wieder den Strand hinauf. Auch die Leichen der Langohren, die Delanos Männer getötet hatten, waren bis zur Unkenntlichkeit verbrannt, und hier und da schimmerte der Sand, als wäre er einer unvorstellbaren Hitze ausgesetzt gewesen und zu Glas geschmolzen.

Der Waldrand selbst war unversehrt. Aber nicht unverändert.

Eine weitere Gruppe Langohren war aus dem Busch getreten, aber sie war es nicht, die Thors Blick beinahe hypnotisch anzog.

Es war eine fast fünf Meter große Figur aus schwarzem Basalt, die zwischen den Bäumen erschienen war.

Sie stellte einen Menschen dar, aber die Proportionen stimmten nicht. Der Kopf war gut dreimal so groß wie der Körper; Arme und Beine geradezu lächerlich klein und nur angedeutet. Die Ohren waren zu lang und verschmolzen mit den Schultern, und auf dem Kopf trug er einen noch einmal gut anderthalb Meter großen Hut aus rotem Tuffstein. Aber das Erschreckendste an der riesigen steinernen Gestalt waren die Augen.

Anders als bei seinen größeren Brüdern von der Osterinsel waren sie nicht nur leere Höhlen. Sie waren rot. Und sie *leuchteten.*

Und dann, ganz langsam und von einem dumpfen, knirschenden Poltern begleitet, drehte sich der steinerne Gigant herum und starrte Thor an. Das unheimliche rote Glühen in den Augen nahm zu.

Der Anblick war zu viel. Schwäche, Erschöpfung und Furcht forderten ihren Tribut.

Thor verlor das Bewusstsein.

Etwas Kühles, Feuchtes strich über sein Gesicht, als er wider Erwarten das Bewusstsein zurückerlangte. Die Berührung tat sehr wohl, denn sein Gesicht brannte, als hätte ihm jemand die Haut abgezogen. Er fühlte sich benommen und er spürte, dass viel Zeit verstrichen war. Seine Kleider waren getrocknet und er lag auf einem Lager, das zugleich hart wie weich zu sein schien. Etwas stach in seinen Nacken: Stroh.

»Ich glaube, er ist wach«, sagte eine Stimme. Eigentlich war es eher ein Piepsen, eine Stimme, die gut zu einem blonden Dummchen aus einem Film gepasst hätte. Das Gesicht übrigens auch, das Thor über sich sah, als er die Augen aufschlug.

»Er wacht auf«, sagte Blondie, blinzelte und fügte hinzu: »Glaube ich.«

Schritte, dann verschwand das Gesicht aus seinem Blickfeld, und einen Augenblick später erschienen die Züge von Ganty über ihm. Jedenfalls vermutete Thor, dass es einmal Gantys Gesicht gewesen war – bevor jemand versucht hatte es zu kochen und ihm Augenbrauen, Wimpern und einen Gutteil des Haupthaares abgesengt hatte.

»Ganty!«, sagte Thor erschrocken. »Wie … wie sehen Sie denn aus?«

»Genau wie Sie, Mister Garson«, antwortete Ganty. »Wir haben noch einmal Glück gehabt.«

»Glück?« Thor setzte sich auf und hob vorsichtig die Hand ans Gesicht. Schon die geringste Berührung tat weh.

Ganty nickte. »Die meisten Ihrer Nazi-Freunde hat es schlimmer erwischt.«

»Sie sind nicht meine Freunde«, knurrte Thor. Er schwang die Beine von der Liege und sah sich um. Sie befanden sich in einer kleinen fensterlosen Kammer, deren Wände aus Steinquadern zusammengefügt worden waren, von denen jeder eine Tonne wiegen musste. Außer Ganty und der Blondine hielt sich noch ein bärtiger Mann in abgerissener Kleidung in der Kammer auf, der Thor schweigend, aber sehr aufmerksam musterte und eine unübersehbare Ähnlichkeit mit van Lees hatte.

Thor nahm an, dass es sich um dessen Bruder handelte, von dem Barlowe gesprochen hatte.

»Ich weiß, Mister Garson«, sagte Ganty. »Hätte ich

irgendetwas anderes angenommen, dann wären Sie jetzt tot.«

»Was ist passiert?«, fragte Thor. »Dieses rote Licht ... was war das?«

Ganty grinste, aber eigentlich war es kein richtiges Lächeln, sondern eher ein Zähnefletschen. »Die nordische Herrenrasse ist auf eine Macht gestoßen, die ihr ebenbürtig ist, das ist passiert«, sagte er.

»Ja. Und zwar in jeder Beziehung, nicht wahr?«, gab Thor zurück.

Gantys Lächeln erlosch. Er hatte genau verstanden, wie Thors Worte gemeint waren, aber er enthielt sich jeden Kommentars, und auch Thor führte den sinnlosen Disput nicht fort. Stattdessen machte er eine weit ausholende Geste und fragte: »Wo sind wir?«

»Bei den Vogelmenschen«, antwortete van Lees an Gantys Stelle. Mit einem abfälligen Blick in Gantys Richtung fügte er hinzu: »Seinen *Freunden.* Sie haben uns alle gefangen genommen, bis auf meinen Bruder, Bell und Nancys Mann. Den Holländer haben sie umgebracht.«

Thor wandte sich wieder der jungen Frau zu. Er fühlte sich plötzlich befangen, obwohl er Barlowe kaum gekannt hatte.

»Es tut mir leid, Nancy«, sagte er. »Aber ich fürchte, Ihr Mann –«

»Er lebt«, fiel ihm Ganty ins Wort. »Und der Australier auch. Sie sind nebenan, bei den anderen.«

Thor sah ihn zweifelnd an. Das Bild des verkohlten, ausgeglühten Schiffswracks stand noch deutlich vor seinen Augen. Die Vorstellung, dass irgendjemand in diesem Schiff das Inferno überlebt haben sollte, war schwer zu akzeptieren.

»Er sagt die Wahrheit, Mister Garson«, piepste Nancy,

der Thors zweifelnder Blick nicht entgangen war. »Ich habe bereits mit ihm gesprochen. Sie sind ein bisschen angekratzt, aber wohlauf.«

»Die Frage ist nur, wie lange das so bleibt«, fügte van Lees düster hinzu. »Wir haben bald wieder Vollmond.«

Ganty schwieg dazu, doch auf seinem Gesicht erschien ein neuer, finsterer Ausdruck und auch Thor hatte plötzlich ein sehr ungutes Gefühl.

»Wieso Vollmond?«, fragte er.

Van Lees grinste, aber es war ein Lächeln, dem jegliche Spur von Humor fehlte. »Gantys Freunde sind ein lustiges Völkchen«, sagte er. »Sie feiern bei Vollmond immer ein Fest mit einem großen Essen als Höhepunkt. Das letzte Mal haben sie den Holländer eingeladen. Er war die Hauptmahlzeit. Wahrscheinlich werden sie uns der Reihe nach alle auffressen.«

»Ist das wahr?«, fragte Thor an Ganty gewandt.

Ganty druckste einen Moment herum. »Sie … sie sind keine richtigen Kannibalen«, sagte er schließlich. »Sie töten nur zu zeremoniellen Anlässen.«

»Zum Beispiel, um einen großen Sieg zu feiern«, fügte van Lees hinzu.

Ganty wollte auffahren, aber Thor brachte ihn mit einer energischen Geste zum Schweigen. »Diese Streiterei nutzt niemandem etwas«, sagte er. »Versuchen wir lieber herauszufinden, wo wir hier sind, und vor allem, wie wir hier wegkommen.«

Van Lees starrte ihn an, als zweifle er ernsthaft an seinem Verstand, und auch Nancy seufzte nur. Ganty zog eine Grimasse.

»Habe ich irgendetwas Falsches gesagt?«, fragte Thor.

Anstelle einer direkten Antwort wandte sich van Lees um und winkte. »Kommen Sie, Mister Garson.«

Sie verließen die Kammer und traten auf einen schmalen Gang hinaus, dessen Decke und rechte Wand ebenfalls aus zyklopischen Felsquadern bestanden. Die andere Wand und der Boden bestanden aus Lava, und als Thor sie berührte, fiel ihm auf, dass sie warm waren. Nicht heiß, aber viel wärmer, als sie hätten sein dürfen.

Obwohl hier draußen keine Fackel brannte, war der Gang von rotem Licht erfüllt. Die Luft war stickig und ein Geruch wie von brennendem Fels lag darin. Van Lees deutete nach rechts. In einer Entfernung von vielleicht zwanzig Schritten lag eine schmale, rechteckige Tür, die von flackerndem roten Licht erfüllt war. Thor suchte vergeblich nach einer Wache oder irgendeinem anderen Anzeichen der Langohren; oder der Vogelmenschen, wie van Lees sie genannt hatte.

Als sie den Ausgang erreichten, begriff er auch, warum. Die Tür führte ins Freie, aber nicht in die Freiheit.

Vor ihnen lagen drei breite, ausgetretene Steinstufen und dahinter ging es mindestens zwanzig Meter senkrecht in die Tiefe. Als Thor sich vorbeugte, schlug ihm ein Hauch kochend heißer Luft ins Gesicht. Unter ihm brodelte die hellrote Lava eines Vulkankraters. Das Gebäude, in dem sie sich befanden, war zur Hälfte in die Lava des Vulkans hineingemeißelt worden, zur anderen wie ein steinernes Schwalbennest an den steil abfallenden Hang angeklebt. Es war ein beeindruckender Anblick. Thor wäre vermutlich noch viel beeindruckter gewesen, hätte es einen Weg gegeben, von hier fortzukommen.

Aber es gab keinen. Die Treppe endete im Nichts und die Wände, die in einem Winkel von gut fünfundvierzig Grad zum kochenden Herzen des Vulkans hinabführten, waren spiegelglatt. Eine Flucht war unmöglich.

Aber dieser Vulkan war eigentlich auch unmöglich. Thor

hatte die Silhouette der Insel noch deutlich vor Augen. Da war kein Berg gewesen, nicht einmal ein Hügel.

»Sie stehen da wie ein Mann, der sich dasselbe fragt wie ich, als ich zum ersten Mal hier war«, sagte eine Stimme hinter ihm.

Thor drehte sich herum. Neben van Lees war eine zweite Gestalt erschienen, die Thor abschätzend, aber nicht unfreundlich ansah.

»Der Vulkankrater liegt unterhalb des Meeresspiegels«, fuhr der Fremde fort und streckte Thor die Hand entgegen. »Mein Name ist Jonas. Mister Garson, nehme ich an.«

Thor ergriff Jonas' ausgestreckte Rechte und schüttelte sie. »Thor«, sagte er. »Ich glaube, in Anbetracht der Umstände ist es leichter, wenn wir uns auf Thor einigen. Thor, für meine Freunde.«

Jonas lachte. »Thor, gut. Ich nehme an, van Lees hat Ihnen schon alles gezeigt?«

»Nur diesen Krater und den Gang, aber –«

»Viel mehr gibt es hier auch nicht zu sehen«, seufzte Jonas. »Und leider auch nicht zu erzählen. Sie haben uns einen nach dem anderen geschnappt und seitdem sitzen wir hier. Das ist im Prinzip auch schon alles.«

»Das glaube ich nicht«, antwortete Thor. Er warf einen verstohlenen Blick in van Lees Richtung, aber Jonas winkte ab.

»Diese Geheimniskrämerei ist nicht nötig, Thor«, sagte er. »Delano hat uns alles erzählt. Wir wissen alle, warum Sie wirklich hier sind. Ich muss Sie enttäuschen. Ich habe die Pläne nicht mehr. Sie waren an Bord des Flugzeugs. Wenn sie sie nicht gefunden haben, nehme ich an, dass sie vernichtet wurden.«

»Delano lebt?«, fragte Thor überrascht.

»Mehr oder weniger«, antwortete Jonas. »Kommen Sie – ich bringe Sie zu ihm.«

Sie kehrten ins Innere des Gebäudes zurück, gingen aber an der Tür der Kammer vorbei, in der Thor aufgewacht war.

Thor sah, dass sich der Gang noch ein gutes Stück an der Kraterwand entlangzog, wobei er ihrer Krümmung folgte, und dass es eine ganze Anzahl gleichartiger kleiner Kammern zu geben schien.

Ganty und er waren nicht die Einzigen, die das Inferno am Strand überstanden hatten. Thor blickte in jede Kammer, an der sie vorüberkamen, und zählte nach und nach an die zwei Dutzend SS-Soldaten, die meisten in angesengten Uniformen und mit mehr oder weniger schweren Brandwunden.

In der letzten Kammer fanden sie Delano, Barlowe und den zweiten Australier. Barlowe trug den verletzten Arm in der Schlinge und begrüßte Thor mit einem Nicken, während van Lees ihn unter einem dicken Stirnverband hervor so feindselig anstarrte, als wäre alles, was ihnen zugestoßen war, ganz allein Thors Schuld.

Delano saß vornübergebeugt auf einem niedrigen strohgedeckten Lager wie jenem, auf dem auch Thor erwacht war. Seine Uniform war verkohlt und hing in Fetzen, und seine Hände und Arme waren bis zu den Ellbogen hinauf bandagiert. Seine linke Gesichtshälfte war übel verbrannt.

Das Schlimmste aber waren seine Augen. Plötzlich glaubte Thor noch einmal Gantys Stimme zu hören, wie er ihn voller Panik anschrie, er solle nicht hinsehen. Jetzt wusste er auch, warum.

»Delano?«, fragte Thor zögernd.

Der SS-Offizier hob den Kopf. Sein Blick ging in die Richtung, aus der er Thors Stimme vernommen hatte, aber er blieb leer.

Es waren die Augen eines Blinden, in die Thor sah. »Garson. Sind … sind Sie das?«

Thor nickte. Erst eine Sekunde danach wurde ihm klar, dass Delano die Bewegung gar nicht sehen konnte, und er sagte laut: »Ja.«

»Sie sind am Leben«, murmelte Delano. »Und unverletzt.«

»Beinahe, jedenfalls«, antwortete Thor. »Ein paar Kratzer, das ist alles.«

»Gut«, murmelte Delano. »Das ist … gut. Sie müssen uns hier herausholen, Garson. Sie müssen verhindern, dass … dass jemand sie bekommt.«

»Sie?«

»Die Waffe. Dieses … dieses schreckliche Licht. Niemand … niemand darf sie bekommen, hören Sie? Sie nicht und wir nicht. Zerstören Sie sie, Garson! Jemand muss sie zerstören!«

Er begann zu stammeln. Seine Schultern sackten wieder nach vorn und aus seinen Worten wurden sinnlose Laute. Thor musste ihn nicht berühren, um zu wissen, dass er hohes Fieber hatte. Dass er in dieser Verfassung überhaupt die Kraft aufgebracht hatte, sich aufzusetzen und zu reden, grenzte an ein Wunder.

»Glauben Sie, dass er das ernst meint?«, fragte Jonas. »Er fantasiert.«

»Ich wollte, alle Menschen auf der Welt würden so fantasieren«, murmelte Thor. Aber die Worte galten nur ihm selbst. Lauter fügte er hinzu: »Auf jeden Fall müssen wir hier heraus – bevor seine Leute anfangen sich Gedanken zu machen, wo er abgeblieben ist, und nach ihm suchen.«

»Oder unsere?«

Thor sah Jonas lange und sehr nachdenklich an. Es war absurd – aber für einen Moment war er nicht mehr sicher, wer hier eigentlich sein Feind war und wer nicht.

Jemand betrat die Kammer und Thor schrak aus seinen Gedanken hoch.

Es war Ganty. Er streifte Delano nur mit einem flüchtigen, fast verächtlichen Blick, dann wandte er sich an Thor. »Sie wollen Sie sehen.«

»Ihre Freunde?«

Ganty schwieg eine Sekunde und Jonas sagte spöttisch: »Sie bohren in einer offenen Wunde, Thor. Ich fürchte, sie sind nicht länger seine Freunde.«

»Ist das wahr?«

»Irgendetwas … hat sich verändert«, gestand Ganty widerwillig. »Ich weiß auch nicht genau, was es ist. Ich spreche nur ein paar Worte ihrer Sprache.« Er machte plötzlich eine ungeduldige Handbewegung. »Kommen Sie. Sie wollen Sie sehen. Und ihn –«, er deutete verächtlich auf Delano, »– auch.«

Sie mussten Delano stützen, als sie die Kammer verließen, und Thor war nicht sicher, ob der SS-Offizier überhaupt noch mitbekam, was mit ihm geschah. Er hatte hohes Fieber und Thor war nicht wohl bei dem Gedanken, ihn nach draußen zu schaffen. Es konnte gut sein, dass sie ihn damit umbrachten.

Vier Langohren erwarteten sie vor dem Ausgang. Drei waren so gekleidet, wie Thor die unheimlichen Krieger kannte – nämlich gar nicht, nur mit einem winzigen Lendenschurz und einem bunten Lederband um die Hüften –, aber der vierte trug einen prachtvollen Federmantel und dazu einen Kopfschmuck, der jeden Sioux-Häuptling vor Neid hätte erblassen lassen.

Plötzlich verstand Thor, warum Jonas und die anderen die Eingeborenen *Vogelmenschen* genannt hatten. Der Polynesier sah wirklich aus wie ein großer, tödlich bunter Vogel.

Ganty wechselte ein paar Worte mit den Eingeborenen und der Polynesier mit dem Federmantel machte eine herrische Geste. Thor verstand die Worte nicht, aber der Ausdruck auf Gantys Gesicht wurde noch verbissener. Jonas' Bemerkung schien der Wahrheit ziemlich nahegekommen zu sein.

Über der im Nichts endenden Treppe hing jetzt ein großer Korb aus Bambus und geflochtenem Stroh. Die Konstruktion machte auf Thor nicht den Eindruck, als ob sie das Gewicht von sieben Menschen tragen könnte, aber ihre Bewacher scheuchten sie, ohne zu zögern, hinein und folgten ihnen. Thor spürte, wie der Korb unter ihrem Gewicht ächzte. Für eine Sekunde war er felsenfest davon überzeugt, dass das Seil einfach reißen würde und sie in die Tiefe stürzen müssten. Aber der Korb hielt. Knirschend und auf bedrohliche Weise hin und her schaukelnd entfernte er sich von der Treppe und begann gleichzeitig in die Höhe zu steigen. Thor legte den Kopf in den Nacken und erkannte, dass er an einer Art Kran hing, der sie in einem weiten Bogen über das glühende Herz des Vulkans auf einen zweiten, viel größeren Tunneleingang zuschwenkte.

Eingang und Kran waren beide nicht die einzigen ihrer Art. Dicht unterhalb des Kraterrandes ragten Dutzende unterschiedlich großer, bizarrer Gebilde aus Holz und Bast in die Luft, und es gab so viele Stolleneingänge und auf den Hang aufgesetzte gemauerte Eingänge und Wände, dass das Innere der Kraterwände so löcherig sein musste wie ein Stück Schweizer Käse. Es war eine Stadt in einem Vulkan.

Die Hitze, die von dem brodelnden Magma unter ihnen ausging, war beinahe unerträglich. Thor bekam kaum noch Luft, und Delano sackte vollends zwischen ihm und Ganty zusammen und begann zu stöhnen. Auf den Gesichtern der vier Polynesier erschien nicht einmal ein Schweißtröpfchen.

Der Korb erreichte auf den Zentimeter genau den Eingang, auf den sie gezielt hatten, und sie stiegen aus. Andere Eingeborene kamen ihnen entgegen, viele davon in die prachtvollen Federumhänge gekleidet und einige mit großen roten Hüten, die wie zu lang geratene Zylinder aussahen und einigermaßen lächerlich wirkten.

Thor war allerdings nicht zum Lachen zumute. Die Bedrohung, die von den schreiend bunt bemalten Gestalten ausging, war zu deutlich zu fühlen. Ihre Gesichter waren starr wie Masken, doch sie wirkten schon allein wegen ihrer Größe gefährlich. Keiner von ihnen war kleiner als zwei Meter und die halbmeterhohen Hüte ließen sie noch riesenhafter erscheinen, als sie waren.

Thors Mut sank. Es war weiß Gott nicht das erste Mal, dass er sich in einer scheinbar aussichtslosen Situation befand. Bisher war er immer irgendwie davongekommen, aber vielleicht klappte das ja nicht jedes Mal. Einmal war immer das erste Mal.

Dummerweise gehörte diese Situation zu jenen, bei denen das erste zugleich auch das letzte Mal war …

Mehr, um sich von seinen düsteren Gedanken abzulenken, denn aus irgendeinem anderen Grund versuchte er sich auf seine Umgebung zu konzentrieren.

Viel gab es allerdings nicht zu sehen. Die Vogelmenschen bildeten einen dichten Kordon rings um sie herum und das Licht wurde immer schlechter, je tiefer sie in den Berg hinabstiegen.

Nur hier und da brannte noch eine Fackel, die einen düsteren roten Schein verstrahlte, in dem Thor den nächsten Meter, seine nächsten Schritte mehr erriet, als wirklich erkannte.

Trotzdem schienen ihre Begleiter keinerlei Schwierigkeiten zu haben, sich zurechtzufinden. So wenig, wie ihnen die mörderische Hitze draußen etwas ausmachte, so gut konnten sie sich offenbar auch bei einem Minimum an Licht orientieren.

Thor überlegte, wie lange wohl ein Volk in einer Umgebung wie dieser leben musste, um sich derart perfekt anzupassen. Und er fragte sich, was eine Umgebung wie diese einem Volk *antun* mochte. Es waren nicht nur die Hitze und die Dunkelheit. Es war diese Welt. Die schwarze, kantige Lava, das unaufhörliche sanfte Zittern und Beben des Bodens unter seinen Füßen, der erstickende Hauch, der in der Luft lag. Jeder Quadratzentimeter der schwarzen Höhlenwelt, durch die sie schritten, war hart und abweisend und heiß und strahlte *Gewalt* aus wie einen alles durchdringenden Pesthauch. Wie musste ein Volk werden, das Generation um Generation in *dieser* Welt lebte, Jahrhunderte, vielleicht Jahrtausende? Er wollte die Antwort auf diese Frage plötzlich gar nicht mehr wissen.

Der Stollen endete vor einem gewaltigen zweiflügeligen Tor, das wie alles hier unten aus schwarzer Lava bestand und mit kunstvollen Ornamenten und Reliefarbeiten verziert war.

Das Licht war zu schlecht, um ihn Einzelheiten erkennen zu lassen, aber er bekam einen allgemeinen Eindruck, der zu dem passte, was er auf dem Weg hierher erlebt hatte. Alles war düster, roh und voller in den Stein gemeißelter Gewalt.

Das Tor schwang auf. Obwohl es Tonnen wiegen musste, bewegte es sich völlig lautlos, als einer der Langohren die Hand dagegenlegte, und gab den Blick in eine gewaltige unterirdische Halle frei, die anders als der Stollen von Hunderten von Fackeln in beinahe taghelles Licht getaucht wurde.

Thor blinzelte in die ungewohnte Helligkeit. Im ersten Moment war er fast blind, doch nach einigen Sekunden gerannen die Schatten vor seinen Augen zu dunklen Körpern und Umrissen, und was er sah, ließ ihn erschrocken den Atem anhalten.

Die Höhle war so groß, dass man bequem einen fünfstöckigen Häuserblock hätte hineinstellen können. Dutzende der riesigen schwarzen Steinfiguren, die fast nur aus Kopf und Schultern bestanden, bedeckten den Boden und bildeten mit nach innen gerichtetem Blick einen doppelten Ring um eine besonders gewaltige Statue, die als einzige einen Körper, Arme und Beine hatte. Sie verharrte in einer knienden Stellung, sodass Oberschenkel und Arme einen martialischen Thron für die bunt gekleidete Gestalt bildete, die darauf saß.

»O mein Gott!«, flüsterte Ganty. Sein Gesicht hatte jedes bisschen Farbe verloren.

»Ihrer?« Thor lachte ganz leise und sehr bitter. »Ich fürchte, da irren Sie sich, Ganty.«

Einer der Vogelmenschen versetzte ihm einen Stoß, der ihn zwei Schritte vorwärtstaumeln ließ. Delano entglitt seinem Griff und stürzte schwer zu Boden.

Thor wollte ihm zu Hilfe eilen, doch die Gestalt auf dem Thron stieß einen scharfen Befehl aus und zwei Langohren packten ihn und schleiften ihn grob auf den Thron zu. Die anderen packten Ganty und den stöhnenden SS-Mann und schleuderten ihn brutal neben Thor auf den Boden. Wieder erklang ein scharfer Befehl. Der Fuß, der Thors Nacken gegen den Boden gepresst hatte, zog sich zurück und Thor stützte sich mühsam auf Hände und Knie, wagte aber nicht, ganz aufzustehen.

»Bitte entschuldigen Sie, Mister Garson«, sagte die Gestalt auf dem Thron in nahezu perfektem Englisch. »Die Umgangsformen meiner Untergebenen lassen manchmal ein wenig zu wünschen übrig. Sie sind eben ein wildes Volk. Aber ich denke, das bekomme ich nach und nach auch noch in den Griff.«

Thor sah verwirrt auf. Im allerersten Moment fiel es ihm

schwer, auf dem Thron mehr als ein einziges buntes Durcheinander aus Federn, vielfarbigem Korallenschmuck und glitzernden Kristallen zu erkennen. Erst nach einigen Augenblicken gewahrte er ein Gesicht in diesem Chaos.

Aber es sah völlig anders aus, als er erwartet hatte. Es waren nicht die harten, grausamen Züge eines Langohrs, die Thor aus einem Kranz kunterbunter Federn heraus anlächelten. Es waren nicht einmal die Züge eines *Mannes.* Thor blickte völlig verdattert in das Gesicht einer mindestens sechzigjährigen, weißhaarigen Lady, deren vornehme Ausstrahlung nicht einmal ihr barbarischer Aufzug vollends zu zerstören vermochte.

»Wer … sind Sie?«, fragte er stockend. Er hörte, wie Ganty neben ihm scharf die Luft einsog, wandte sich aber nicht zu ihm um.

»Meine Untergebenen nennen mich Mi-Pao-Lo, aber Sie dürfen mich Baroness von Sandstein nennen, Mister Garson«, antwortete sie. Sie beugte sich nun vor und lachte, wodurch ihr Gewand aus Vogelfedern zu rascheln und zu wogen begann, als wäre der gesamte Thron zum Leben erwacht. »Guten Freunden gestatte ich dann und wann sogar, mich Fräulein Adele zu nennen«, fügte sie hinzu. »Aber so weit sind wir wohl noch nicht, oder?«

Thors Verwirrung wuchs von Sekunde zu Sekunde. Er sah nun doch Ganty an, doch Ganty blickte so starr zu der Frauengestalt auf dem Thron hinauf, dass er Thors Blick nicht einmal registrierte.

Die Sandstein lächelte verzeihend. »Ich sehe, Sie sind ein wenig verwirrt, Mister Garson«, sagte sie. »Das ist allerdings auch nur zu verständlich nach allem, was Ihnen in den letzten Tagen widerfahren ist. Aber ich hoffe doch, dass Sie Ihre Fassung ein wenig schneller zurückerlangen, mein lieber Obersturmbannführer. Das ist doch Ihr Rang, oder?«

Die Worte galten Delano, und zu Thors Überraschung hob der SS-Offizier tatsächlich den Kopf, als sähe er zu dem Thron hinauf. Sandstein lächelte ihm zu.

»Wer … ist das?« murmelte Delano.

»Er kann Sie nicht sehen«, sagte Thor rasch. »Er ist blind.«

Sandstein seufzte. »Oh, ich verstehe. Er hat in das Licht gesehen, nicht wahr? Wie unachtsam von ihm. Haben Sie ihn denn nicht gewarnt, Mister Ganty?« Ihre Hand kroch unter die Federwolken, die sie von Kopf bis Fuß einhüllten, und kam mit einem faustgroßen Kristall von blutroter Farbe wieder zum Vorschein. Es war nicht irgendein Kristall. Thor hatte so etwas wie diesen Stein noch nie zuvor im Leben gesehen und auch noch nie davon gehört, aber er wusste trotzdem beinahe sofort, was er vor sich hatte. Er weigerte sich im allerersten Moment einfach nur, es zu glauben.

Der Stein war etwas größer als Adele Sandsteins Faust und von einem unheimlichen dunkelroten Licht erfüllt, das gemächlich pulsierte. Etwas Böses, Gewalttätiges, das mit Worten kaum zu beschreiben war, ging von diesem Licht aus.

»Sie?«, flüsterte Thor fassungslos. »Das … das waren Sie? Sie haben all diese …«, er musste seine gesamte Kraft aufbieten, um weiterzusprechen, »… all diese Männer getötet?«

In Sandsteins Augen blitzte es auf. »Es war der Zorn von Make-Make, der sie vernichtete, nicht ich!«, sagte sie erregt. Der Kristall in ihrer Hand begann schneller zu pulsieren; seine Leuchtkraft nahm zu. »Sie haben das Unheil herausgefordert, Mister Garson! Nicht ich. Ich war nur ein Werkzeug, so wie wir alle Werkzeuge im Spiel der Götter sind.«

Thor sprach nichts von all dem aus, was ihm auf der Zunge lag. Der Kristall in Sandsteins Hand pulsierte immer heftiger und sein Licht war jetzt stechend, als hielte sie eine winzige rot glühende Sonne in den Fingern. Aus den Augenwinkeln bemerkte er, dass sich die Langohren neben ihnen nervös zu bewegen begannen.

»Bitte, Baroness«, sagte er hastig. »Ich wollte Ihnen nicht zu nahetreten. Ich weiß nicht, wer Make-Make ist, aber –«

»Der Gott meines Volkes«, unterbrach ihn Sandstein. »Unser Gott, Mister Garson. Der Gott, der diesen Ort und seine Menschen über all die Jahre hinweg beschützt und behütet hat, während Menschen wie Sie und diese …«, sie starrte Delano beinahe hasserfüllt an, »… *Kreatur* ihr Bestes getan haben, um die Welt zu ruinieren!«

»Delano gehört aber doch zu Ihrem eigenen Volk«, wandte Thor verwirrt ein.

»Schweigen Sie, Mister Garson!« Sandstein schrie plötzlich. Der Kristall in ihrer Hand loderte in greller Glut auf, und nicht nur Thor, sondern auch die Langohren fuhren erschrocken zusammen. Inmitten des Lichtes schien sich etwas zu bewegen, etwas Grelles und Böses, das hinauswollte, um zu vernichten, zu zerstören und zu verbrennen …

»Was wissen *Sie* von *meinem* Volk?«, fuhr Sandstein mit blitzenden Augen fort. »Ich verbiete Ihnen, mich mit diesem Nazi-Pack in einem Atemzug zu nennen! Ich habe nichts mit diesen Verbrechern zu schaffen, hören Sie, nichts!« Sie begann immer nervöser mit dem lodernden Feuerball zu spielen, den sie in Händen hielt. Ihr Atem ging schnell und auf ihrem Gesicht waren auf einmal hektische rote Flecken zu sehen. »Ich habe nichts mit diesen Verbrechern zu schaffen, *nichts!«*, sagte sie noch einmal.

Thor verzichtete darauf, ihr zu erklären, dass er selbst ursprünglich aus Deutschland stammte, und zu seiner Erleichterung schwiegen auch Ganty und Delano. Offensichtlich hatten sie ebenfalls begriffen, dass alles, was sie dazu sagen konnten, die Sache nur verschlimmert hätte.

Und dass Adele Sandstein vollkommen und hoffnungslos verrückt war.

Nach einer Weile beruhigte sich das Flackern des Feuerkristalls wieder, und im gleichen Maße, wie die Lichtkugel aufhörte wie ein rasendes kleines Herz zu flattern, beruhigte sich auch Adele Sandstein wieder. Ihr Atem ging langsamer, und die roten Flecken verschwanden nach und nach von ihrem Gesicht und von ihrem Hals. Schließlich schloss sie beide Hände um die Kristallkugel und ließ sie nach einigen weiteren Sekunden wieder unter ihrem Federgewand verschwinden. Plötzlich wirkte sie sehr, sehr müde.

»Gehen Sie«, sagte sie matt. »Gehen Sie, Mister Garson. Und nehmen Sie diesen Verbrecher und diesen alten Narren mit.« Ihr Kopf sank nach vorn und sie schlief ein, kaum dass sie das letzte Wort ausgesprochen hatte.

»Natürlich ist sie verrückt«, sagte Garson später, nachdem sie zurück waren und er von seinem und Gantys Zusammentreffen mit Adele Sandstein erzählt hatte.

»Wer wäre das nicht nach acht Monaten in der Gefangenschaft dieser Menschenfresser?«

»Acht Monate? Aber dann muss sie ja –«

»– praktisch am ersten Tag gefangen genommen worden sein, ja«, führte Jonas den Satz zu Ende und nickte. »Sie war die Erste, die ihnen in die Hände gefallen ist.«

»In die Hände gefallen, ist gut«, murmelte Thor. »Ich hatte vorhin eigentlich eher das Gefühl, dass es die Langohren sind, die *ihr* in die Hände gefallen sind, und nicht umgekehrt.« Er begann unruhig in der kleinen Kammer auf und ab zu gehen, aber nach ein paar Augenblicken gab er es auf und setzte sich wieder.

Während ihrer Abwesenheit hatten die Polynesier Essen gebracht: flache hölzerne Schalen mit einem zähen Brei, der genauso schmeckte, wie er aussah: wie aufgeweichte Wellpappe.

Thor schrak im ersten Moment davor zurück, aber dann sagte er sich, dass er vielleicht für ziemlich lange Zeit mit genau dieser Art von Nahrung würde auskommen müssen, und begann in Ermangelung eines Bestecks mit den Fingern zu essen.

»Wie hat sie es bloß geschafft, sich zu ihrer Anführerin aufzuschwingen?«, fragte er.

»Das wissen wir ebenso wenig wie Sie«, antwortete Jonas. Er sah Thor einige Sekunden lang schweigend zu, dann ging er zu dem bewusstlosen Delano hinüber und begann dessen Uniform zu durchsuchen. Thor unterbrach seine Mahlzeit und beobachtete Jonas, bis dieser fündig wurde: Mit einem Gesicht wie ein Kind, das die Geschenke unter dem Weihnachtsbaum hervorholt, zog er eine angesengte Zigarettenpackung aus Delanos Uniformjacke und ließ das Feuerzeug aufschnappen.

»Ah, das tut gut.« Er verzog genießerisch das Gesicht, hustete plötzlich und nahm einen neuen, noch tieferen Zug, kaum dass er wieder zu Atem gekommen war. »Die Erste nach acht Monaten Abstinenz«, erklärte er Thor. »Ist wahrscheinlich ziemlicher Blödsinn, nach einem Dreivierteljahr wieder anzufangen, aber ich glaube nicht, dass wir uns um unsere Gesundheit noch allzu große Sorgen machen müssen. Vielleicht«, fügte er grinsend hinzu, »verderben sie sich ja schließlich noch den Magen an meiner Teerlunge.«

Thor fand das nicht besonders lustig. »Wir sprachen über Baroness Sandstein«, erinnerte er ihn.

»Baroness?« Jonas hustete wieder, wobei er grauen Zigarettenrauch wie in einer Explosion durch Mund und Nase ausstieß. »Sie ist so wenig Baroness, wie Sie ein Baron sind, Thor«, sagte er, nachdem er wieder zu Atem gekommen war und einen weiteren gierigen Zug aus seiner Zigarette genommen hatte. Er tippte sich bezeichnend mit dem Daumen gegen die Stirn. »Ich sagte es Ihnen doch: Sie ist verrückt geworden. Wahrscheinlich hält sie sich mittlerweile selbst für das, was die Vogelmenschen in ihr sehen.«

»Und was ist das?«, fragte Thor.

»Eine Göttin«, antwortete Ganty an Jonas' Stelle.

Alle wandten ihre Aufmerksamkeit plötzlich verblüfft ihm zu. Ganty hatte kein Wort gesprochen, seit sie zurückgekehrt waren, sondern sich stumm in eine Ecke der Kammer gehockt und war in dumpfes Brüten verfallen. Auch jetzt sah er niemanden direkt an, sondern starrte auf einen imaginären Punkt irgendwo an der Wand hinter Thor.

»Wie bitte?«, fragte Thor schließlich.

Ganty sah nun doch auf. »Haben Sie ihre Ohren gesehen?«

Thor verneinte. Ganty blickte fragend von einem zum anderen, erntete aber überall die gleiche Antwort: ein verblüfftes Kopfschütteln. »Aber ich«, sagte er schließlich. »Sie trägt große Anhänger mit Diamanten.«

»Strass«, korrigierte ihn Jonas. »Billige Imitationen, glauben Sie mir.«

»Und wenn es Pferdedreck wäre«, antwortete Ganty düster. »Sie sind groß und sie müssen schwer sein, und sie wird sie wohl über lange Zeit getragen haben. Verstehen Sie denn nicht?«

»Nein«, sagte Jonas. Thor glaubte zumindest zu verstehen, worauf Ganty hinauswollte, aber er hielt es im Augenblick einfach für besser, Ganty reden zu lassen, und gab auch Jonas ein verstohlenes Zeichen, er solle still sein.

»Sie werden nicht mit diesen Ohren geboren«, sagte Ganty. »Die Kinder tragen schwere Anhänger, die ihre Ohrläppchen dehnen, noch ehe sie erwachsen sind.«

Jonas riss die Augen auf. Er wurde ein ganz kleines bisschen blass. »Sie … Sie meinen, für die Wilden ist sie ein Langohr?«, fragte er stockend.

»Mehr als das«, antwortete Ganty. »Ist Ihnen nicht aufgefallen, dass es hier keine Frauen gibt? Nur drei von zehn Kindern, die geboren werden, sind weiblichen Geschlechts. Als sie hierherkamen, da waren sie Tausende. Aber in jeder Generation werden weniger Mädchen geboren. Deshalb behüten sie ihre Frauen wie einen Schatz. Sie halten sie an einem geheimen Ort versteckt und gehen nur einmal im Jahr zu ihnen, um sie zu befruchten.«

»Alle zusammen?« Nancy Barlowe kicherte und schlug die Hand vor den Mund. »Wie unanständig.«

Sie verstummte abrupt, als sie von einem Dutzend verärgerter Blicke gleichzeitig regelrecht aufgespießt wurde, und Ganty fuhr fort: »Haben Sie den Namen gehört, mit dem Sie sich selbst bezeichnet hat? Mi-Pao-Lo?«

Thor nickte. Er wusste nicht, was er bedeutete, aber für Ganty war es offensichtlich mehr als nur ein fremdartig klingendes Wort.

»Es gibt eine Legende unter den Vogelmenschen«, fuhr Ganty fort. »Niemand kennt sie genau, denn damals, als sie vor den aufständischen Kurzohren flohen und ihre Heimat verließen, zerstörten sie alle schriftlichen Aufzeichnungen, die sie nicht mitnehmen konnten, aber hier ist sie noch so lebendig wie am ersten Tag. Es war eine Frau, die die Herrschaft der Langohren in ihrer Heimat beendete, indem sie ihren Feinden den einzigen Weg durch den Feuergraben zeigte, der ihr Reich vor allen Angriffen schützte. Und es heißt, dass es eine abtrünnige Frau sein wird, die sie eines Tages wieder zurück in ihre Heimat führen wird, wenn die Zeit der Prüfungen vorbei ist und sich ihr Aufenthalt an diesem Ort dem Ende zuneigt.«

»Und Sie glauben wirklich, Adele Sandstein wäre diese Frau?«

»Natürlich nicht.« Ganty hatte sich jetzt wieder gefangen und sprach mit normaler, fester Stimme und nicht mehr wie in Trance. »Aber ich fürchte, die Langohren glauben es. Alles stimmt. Sie ist eine Frau, die ihr eigenes Volk verachtet, eine Abtrünnige. Die Zeit dieses Ortes *geht* zu Ende. In jedem Jahr werden weniger Mädchen geboren und bald werden es gar keine mehr sein. Und noch etwas: Ich kenne diese Insel seit dreißig Jahren. In dieser Zeit ist die Lava im Vulkankrater um mehr als zwei Meter gestiegen. Sie mussten die ersten Höhlen bereits aufgeben, weil die Hitze unerträglich wurde.«

»Das kann doch noch Jahrzehnte dauern!«, sagte Barlowe.

Aber Ganty schüttelte den Kopf.

»Sie vergessen, wo wir uns befinden«, erklärte er. »Dieser Vulkankrater liegt unterhalb des Meeresspiegels.« Er wies zur Decke hinauf. »Was von hier aus wie ein gewaltiger Berg aussieht, ist nur ein kaum zehn Meter hoher Wall. Die Vogelmenschen haben die letzten tausend Jahre daran gearbeitet, jeden Quadratzentimeter dieses Berges auszuhöhlen. Diese Insel ist von Gängen und Stollen durchzogen wie ein riesiger Termitenbau. Eine einzige heftige Erschütterung und das Meer strömt in diesen Krater. Wissen Sie, was das bedeutet?«

Niemand antwortete, aber das war auch gar nicht nötig. Von der ganzen Insel würde nicht mehr übrig bleiben als eine Dampfwolke, die vermutlich noch in New York zu sehen sein würde.

Thor wartete darauf, dass Ganty mit seiner Erzählung fortfuhr. Als er es nicht tat und Thor begriff, dass er es auch nicht tun würde, stand er auf und ging zu Delano hinüber. Erst als er sich erneut neben den SS-Mann setzte, fiel ihm auf, dass Delano wieder bei Bewusstsein war. Er hatte jedes Wort gehört.

Während der nächsten drei Tage geschah nichts wirklich Erwähnenswertes – abgesehen von der Tatsache vielleicht, dass Delano allen Voraussagen zum Trotz nicht starb, sondern beständig zwischen Bewusstlosigkeit, Koma und einem halb wachen Zustand hin und her glitt. Er aß nichts und trank sehr wenig, aber etwas in ihm klammerte sich mit verzweifelter Kraft ans Leben, obwohl die wenigen Momente, in denen er wach war, eine einzige grauenhafte Qual sein mussten.

Nach und nach lernten sie ihre Mitgefangenen kennen. Von den siebzig Elitesoldaten, die Delano begleitet hatten, lebten noch einundzwanzig – von denen allerdings nur elf in einem Zustand waren, der sie zu einer Hilfe machte.

Was aber nicht viel änderte. Auch hundert Männer hätten ihnen nicht viel genutzt. Die Falle, in der sie saßen, war so simpel wie unüberwindlich: Der einzige Weg hinaus war der große Bastkorb, in dem ihre Bewacher zweimal am Tag heruntergeschwebt kamen, um ihnen Essen zu bringen. Ihn zu erobern wäre vermutlich kein großes Problem gewesen – aber großer Blödsinn. Am Ende des dreißig Meter langen Taues, an dem der Korb hing, hockte ein Vogelmensch mit einem gewaltigen Messer, der nur darauf wartete, es zu kappen und den Korb mitsamt seinen Insassen in die brodelnde Lava hinabstürzen zu lassen.

Am Abend des vierten Tages ließ Adele Sandstein Thor wieder zu sich kommen. Sie erwartete ihn nicht in der Thronhalle, sondern in einem kleineren, tief im Felsen gelegenen Raum, dessen Wände über und über mit Bildern und verwirrenden Mustern bedeckt waren. Sie sah sehr viel besser aus als am ersten Tag. Der krankhafte Glanz ihrer Haut war verschwunden, und sie hockte nicht mehr kraftlos in sich zusammengesunken da, sondern kam ihm mit kleinen energischen Schritten entgegen und lächelte. Wären nicht der schreiend bunte Federmantel und der schwächer gewordene, aber immer noch sichtbare Schimmer des Wahnsinns in ihren Augen gewesen, hätte man sie für nichts anderes halten können als eine nette alte Lady. Thor nahm sich vor, auf der Hut zu sein und sich jedes Wort, das er sagte, sehr genau zu überlegen.

»Mister Garson!« Adele Sandstein ergriff freudestrahlend seine Hände und wich dann wieder einen Schritt zurück, um ihn eingehend von Kopf bis Fuß zu mustern. Was sie sah, schien sie zufriedenzustellen, denn sie lächelte noch herzlicher. »Wie schön, Sie gesund und unverletzt wiederzusehen«, sagte sie in einem Ton, als hätte sie nicht wirklich damit gerechnet. »Wie fühlen Sie sich?«

»Gut«, antwortete Thor verwirrt. Was sollte das? Mit einem flüchtigen Lächeln fügte er hinzu: »Die Unterbringung lässt zu wünschen übrig. Der Zimmerservice ist miserabel und das warme Wasser in meinem Zimmer funktioniert nicht.«

Sandstein lachte lange und herzhaft, dann wandte sie sich um, ging mit kleinen trippelnden Schritten zu einem steinernen Tisch und winkte Thor, ihr zu folgen. Auf dem Tisch waren verschiedene Speisen und Getränke in hölzernen Gefäßen aufgebaut. Sandstein forderte ihn mit Gesten auf, sich zu bedienen, doch Thor lehnte dankend ab.

»Aber Mister Garson!«, sagte sie und drohte ihm spöttisch mit dem Finger. »Sie haben doch nicht etwa Angst, dass ich Sie vergifte?« Sie lachte, aber dann wurde sie von einer Sekunde auf die andere wieder ernst – so plötzlich, dass Thor beinahe erschrak.

»So etwas Törichtes würde ich bestimmt nicht tun, Mister Garson«, sagte sie, »denn ich brauche Ihre Hilfe.« Sie setzte sich und forderte Thor mit Gesten auf, das Gleiche zu tun. Nach kurzem Zögern gehorchte er. »Sie sind Archäologe, nicht wahr?«

Thor nickte. Er war verwirrt, nicht nur über die Frage. Das wahnsinnige Feuer in Sandsteins Augen glomm nur mehr ganz leise vor sich hin. Er schien einer völlig anderen Person gegenüberzusitzen als der, der er vor drei Tagen begegnet war. Der bunte Umhang und der barbarische Thron, auf dem sie Platz genommen hatte, ließen sie noch immer beeindruckend und größer erscheinen, als sie war – aber da war fast nichts mehr von der grausamen, verrückten Göttin, der er in einem anderen Teil dieser unterirdischen Welt gegenübergestanden hatte. Diese Veränderung hätte ihn beruhigen müssen, aber sie tat es nicht. Im Gegenteil: Sie machte ihm Angst.

»Sind Sie ein guter Archäologe?«

Thor zögerte. »Manche behaupten es«, antwortete er dann. »Aber ich bin Reporter. Ich habe nicht mal mein Studium beendet. Manche halten mich deshalb einfach für einen Abenteurer, und wieder andere –«

»Bitte, Mister Garson«, unterbrach ihn Sandstein. »Wir haben keine Zeit für so etwas.« In ihren Augen erschien wieder ein Flackern, aber es war nicht die Mi-Pao-Lo, die herausdrängte, wie Thor im allerersten Moment befürchtete. Es war etwas anderes. Angst?

»Ich denke, ich bin ganz gut, ja«, sagte er.

Sandstein atmete hörbar auf. »Das ist gut«, sagte sie. »Denn ich brauche die Hilfe eines guten Wissenschaftlers.«

»Wozu?«, erkundigte sich Thor.

Sandstein machte eine weit ausholende Bewegung mit den Händen, die den gesamten Raum, vielleicht die ganze Insel einschloss. »Wissen Sie, was das hier ist?«

»Ich fürchte, ich verstehe die Frage nicht ganz«, gestand Thor.

»Dann werde ich sie selbst beantworten«, sagte Sandstein. »Es ist die letzte Zuflucht eines Volkes, das vor mehr als tausend Jahren aus seiner Heimat vertrieben wurde.«

»Eines sehr grausamen Volkes, Baroness«, hörte sich Thor zu seiner eigenen Überraschung sagen. Am liebsten hätte er sich selbst geohrfeigt. Aber die Worte waren einmal heraus und ließen sich nicht mehr zurücknehmen.

Doch Sandstein wurde nicht zornig, sondern lächelte nur verzeihend. »Vielleicht wird man über uns in tausend Jahren dasselbe sagen, Mister Garson«, sagte sie. »Grausam oder nicht, sie waren ein großes Volk, das über gewaltige Mächte gebot. Und nun sterben sie.«

Thor nickte. »Diese Insel geht unter.«

Sandstein blickte ihn mit gelinder Überraschung an. »Das haben Sie bemerkt?«

»Die Anzeichen sind unverkennbar«, murmelte Thor. Das war haarsträubender Blödsinn. Ohne Gantys Erklärung hätte er nicht einmal geahnt, was hier geschah. Aber Sandstein glaubte ihm. Er konnte es auf ihrem Gesicht ablesen. Sie glaubte ihm schon deshalb, weil er ihr genau das sagte, was sie hören *wollte.*

»Das ist sehr gut«, sagte sie, »denn es erspart mir eine Menge zeitraubender Erklärungen. Diese Insel wird untergehen. Nicht in hundert Jahren, nicht einmal in zehn, sondern vielleicht schon nächstes Jahr. Oder in wenigen Wochen.«

Thor sah Sandstein sehr aufmerksam an, aber es war unmöglich, in ihrem Gesicht zu lesen. Trotzdem begann er zu ahnen, worauf sie hinauswollte. Der Gedanke lähmte ihn beinahe vor Schrecken.

»Und sie erwarten von mir, dass ich sie rette«, sagte Sandstein nach einer langen, von unangenehmem Schweigen erfüllten Pause. Sie sprach nicht weiter.

»Aber Sie haben nicht die geringste Ahnung, wie«, vermutete Thor.

Sandstein schwieg. Ihre Hände schlossen sich so fest um die Lehne des Thrones, dass die Adern wie ein Netzwerk dünner blauer Linien auf ihrer Haut hervortraten.

»Sie halten mich für eine Göttin«, sagte sie leise. »Für eine Art Messias, der sie zurück in die Heimat führen soll. Ich habe versucht ihnen klarzumachen, dass ich das nicht bin, aber ich spreche ihre Sprache nicht. Und ich glaube, es hätte auch nichts genutzt, wenn es anders wäre.«

Für einen Moment empfand Thor nichts als Mitleid mit ihr. Egal, was sie getan hatte, in diesem Augenblick sah Thor in Adele Sandstein eine verzweifelte alte Frau, die im falschen Moment am falschen Ort gewesen war und von den Ereignissen einfach überrollt wurde.

»Was erwarten sie von Ihnen?«, fragte er sanft. »Dass Sie wie Moses das Meer teilen und sie trockenen Fußes zurück in die Heimat führen?«

Sandstein lachte, aber es klang traurig. »O nein, so einfach ist es leider nicht, Mister Garson. Der Weg zurück nach Te-Pito-OHenua ist ihnen wohlbekannt. Sie sind große Seefahrer und sie haben in all den Jahrhunderten nichts von ihren Fähigkeiten eingebüßt.«

Das haben wir gemerkt, dachte Thor düster, sprach es aber vorsichtshalber nicht aus.

Sandstein fuhr fort: »Es gibt gewisse Rituale, die abgehalten werden müssen, Mister Garson, bevor sie in ihre Heimat zurückkehren können. Nur die Mi-Pao-Lo kann dies tun, und unglückseligerweise hat die momentan amtierende Mi-Pao-Lo nicht den Hauch einer Ahnung, wie diese Rituale aussehen.«

Thor lächelte flüchtig, als er den ironischen Unterton in Sandsteins Stimme hörte. Aber dieses Lächeln änderte nichts daran, dass er den Ernst der Situation erkannte. »Und wenn Sie es nicht tun –«

»– werden sie mich töten«, sagte Sandstein. »Verstehen Sie mich richtig, Mister Garson: Ich bin eine alte Frau, die schon lange keine Angst mehr vor dem Tod hat. Aber sie werden auch Sie töten und alle Ihre Begleiter, oder sie werden Sie hierbehalten, bis diese Insel untergeht, was auf dasselbe hinausliefe.«

Und vielleicht wäre es das Beste, fügte Thor in Gedanken hinzu. Er dachte an das rote Feuer, das Delanos Männer verschlungen hatte, und ein einziger Schauer lief ihm über den Rücken. Aber er sprach auch diesen Gedanken nicht laut aus.

»Wenn niemand weiß, wie das Zeremoniell aussieht«, sagte er, »dann denken Sie sich doch einfach irgendeinen Unsinn aus.«

Unsinn war das richtige Wort. Natürlich war sein Vorschlag nicht praktikabel, und das wusste er schon, bevor Sandstein mit einem traurigen Seufzen aufstand und den Kopf schüttelte.

»Leider wissen sie sehr wohl, wie das Zeremoniell auszusehen hat, Mister Garson«, sagte sie. »Kommen Sie.«

Thor erhob sich und folgte ihr zur rückwärtigen Wand der Kammer. Erst als er ihr ganz nahe war, erkannte er, dass sie über und über mit gezackten Linien und Strichen übersät war.

»Sie halten es seit mehr als einem Jahrtausend ab, Mister Garson, jedes Jahr am gleichen Tag.« Sie sah Thor ernst an. »Von heute an gerechnet in drei Tagen werden sie die Feuer auf dem Kraterrand entzünden und sich in den Himmel schwingen. Und wenn der Flug vorüber ist und die stärksten unter ihnen ermittelt sind, werden diese zu den Flammen gehen und eine neue Generation zeugen.«

»Aha«, sagte Thor. Er verstand kein Wort.

»So geschieht es seit mehr als tausend Jahren und es wird auch wieder geschehen. Aber diesmal verlangen sie von mir, dass ich Make-Make anrufe und seinen Segen für die Heimreise erflehe.« Sie seufzte. »Und ich habe, zum Teufel noch mal, nicht die geringste Ahnung, wie ich das tun soll.«

»Dann fragen Sie sie.«

»Sie wissen es nicht«, antwortete Sandstein. »Nur die Mi-Pao-Lo weiß um das Geheimnis, mit Make-Make zu sprechen.«

Sie deutete auf die Wand. »Es ist dort aufgeschrieben, Mister Garson. Sie haben es mir gezeigt. Denn sie sind nicht dumm. Sie wissen, dass ich eine Fremde bin und nichts von ihren Sitten und Gebräuchen weiß. Das Geheimnis steht dort, aufgeschrieben in einer Sprache, die nur die Priester der ersten Generation beherrschten, die diese Insel erreichten – und die Mi-Pao-Lo. Sie glauben, ihr Gott würde mir die Macht geben, die Schrift zu lesen.«

Sie seufzte tief, wandte sich vollends dem Relief zu und ließ ihren Blick über die sonderbaren geometrischen Muster und Linien gleiten. »Aber bis jetzt hat Make-Make geschwiegen, Mister Garson. Ich kann es nicht lesen. Können Sie es?«

Um ein Haar hätte Thor gelacht. Ohne ihre Erklärung hätte er nicht einmal gewusst, dass er eine *Schrift* vor sich hatte.

Auch er betrachtete das Relief, aber nicht sehr lange und mit einem Gefühl wachsenden Unbehagens. Die Linien und Striche hatten etwas genauso Unheimliches und Böses an sich wie diese ganze Insel. Wenn man zu lange auf eine bestimmte Stelle sah, dann schien es, als begänne sich dort etwas zu bewegen und ein grässliches Eigenleben zu entwickeln, als machten sie sich bereit, aus der Wand herauszukriechen und den Betrachter zu verschlingen. Mit einem Ruck wandte er sich ab.

Sandstein sah ihn fragend an, aber Thor antwortete nicht gleich. So närrisch ihr Ansinnen auch war, er verstand sie irgendwie. Es war nicht nur pure Verzweiflung, die aus ihren Worten sprach, sondern auch jene hoffnungslose Fehleinschätzung, die die meisten Menschen der Wissenschaft in einem Jahrhundert entgegenbrachten, in dem die Menschheit gelernt hatte zu fliegen, Schiffe zu bauen, die so groß waren wie Städte, und ihren uralten Feind, die Dunkelheit, mit einem Fingerschnippen zu vertreiben. Nur zu viele begannen die Wissenschaftler für eine Art moderne Zauberer zu halten.

Sie waren es nicht. Obwohl er kein Gelehrter war, hätte Thor ihr erklären können, dass wissenschaftliche Arbeit zum allergrößten Teil aus Schweiß und Mühe bestand und vor allem *Zeit* brauchte, dass es Jahre, wenn nicht Jahrzehnte dauern konnte, diese uralte Schrift an der Wand zu entziffern, und dass es selbst dann nicht einmal sicher war, ob es überhaupt je gelang. Drei Tage? Lächerlich.

Aber irgendetwas warnte ihn. Was immer er jetzt sagte, würde vielleicht über mehr als nur sein Schicksal und das der anderen entscheiden. Er hatte das rote Licht nicht vergessen.

Und auch nicht den Dämon, der im Verborgenen in Adele Sandstein lauerte.

»Drei Tage?«, murmelte er, während er so tat, als studiere er die verworrenen Linien an der Wand. In Wirklichkeit bemühte er sich, möglichst *wenig* von ihnen zu sehen. »Das ist … nicht sehr viel Zeit.«

»Es ist alles, was Sie haben, um Ihr Leben und das Ihrer

Freunde zu retten«, sagte Sandstein ernst. »Und ich warne Sie, Mister Garson. Es wäre töricht, wenn Sie versuchen sollten, sie zu täuschen. Sie erwarten eine Antwort. Wenn ich Make-Make anrufe und nichts geschieht, werden wir alle sterben.«

Thor schwieg. Er hatte sich noch nie im Leben so hilflos und verzweifelt gefühlt wie in diesem Moment.

»Und wenn Sie ihnen erklären, dass dieser Manko-Minko von seinem Volk verlangt, alle Gefangenen freizulassen und ihnen ein Boot zu geben?«

Bei jedem anderen hätte Thor geschworen, dass er diese Frage einzig und allein stellte, um ihn auf den Arm zu nehmen, auch wenn es ein reichlich unpassender Moment war.

Bei Nancy Barlowe war er nicht ganz sicher. Thor sah sie nur eine Sekunde an und beschloss dann, dass es wohl das Klügste war, so zu tun, als hätte er die Frage gar nicht gehört. Er wandte sich wieder Jonas und den anderen zu.

Niemand sagte etwas. Er hatte vor gut zwei Minuten aufgehört zu reden und seither hatte sich tiefes Schweigen in der Kammer breitgemacht. Der Ausdruck auf den Gesichtern der anderen war fast identisch: ein Schwanken zwischen Betroffenheit und Verzweiflung. Wobei die Verzweiflung eindeutig überwog.

Schließlich brach Thor selbst das Schweigen, indem er sich an Ganty wandte. »Ich nehme an, Sie können diese Schrift auch nicht lesen?«

»Ich?« Gantys Erstaunen war ein wenig zu echt, fand Thor. »Wie kommen Sie auf diese Idee?«

Thor zuckte mit den Schultern. »Damals auf Pau-Pau, als ich Ihnen Jonas' Notizbuch zeigte, hatte ich den Eindruck.«

Ganty lächelte. Seine Finger begannen mit kleinen nervösen Bewegungen am Saum seiner Jacke zu spielen, ohne dass ihm das selbst bewusst zu sein schien. »Ich habe die Zeichen *wiedererkannt*«, sagte er. »Das heißt nicht, dass ich sie lesen kann. Niemand kann das. Der Letzte, der diese Schrift entziffern konnte, ist vor gut tausend Jahren gestorben.«

Thor sah ihn weiter scharf an. Ganty erschien ihm fast ein bisschen zu sehr bemüht, allen zu versichern, dass er die Schrift der Langohren auch nicht lesen konnte. Aber vielleicht sah er auch nur Gespenster. Thor machte eine Handbewegung, die das Thema für erledigt erklärte, nahm sich aber trotzdem vor, später noch einmal – und unter vier Augen – mit Ganty darüber zu reden.

»Ich werde versuchen sie hinzuhalten, solange ich es kann«, sagte er. »Aber uns bleiben trotzdem maximal drei Tage, um uns etwas einfallen zu lassen.«

»Wir könnten versuchen einen Tunnel zu graben«, schlug Anthony van Lees vor.

Sein Bruder runzelte die Stirn und sagte deutlich hörbar: »Blödsinn!«, aber Anthony fuhr mit einer Geste auf Ganty fort: »Er hat selbst gesagt, dass dieser Berg wie ein Schweizer Käse ist. Wenn wir uns nach draußen graben –«

»Mit bloßen Händen«, warf sein Bruder ein.

»– erreichen wir vielleicht die Küste –«

»– und schwimmen zweihundert Seemeilen zur nächsten Insel«, schloss Steve den Satz ab. Anthony funkelte ihn an und wollte auffahren, aber Ganty machte eine rasche, besänftigende Geste.

»Die Kraterwände sind nicht besonders dick, das stimmt«, sagte er und Anthonys Gesicht hellte sich so lange auf, bis Ganty mit einem Seufzer fortfuhr: »Aber nicht besonders dick heißt leider nicht dünn. Selbst mit dem entsprechenden Werkzeug hätten wir keine Chance, uns durch fünfundzwanzig Meter Lava zu graben. Nicht einmal in drei Monaten.«

»Ganz abgesehen davon, dass wir uns unter dem Meeresspiegel befinden«, fügte Jonas hinzu. Er machte eine herrische Geste. »Schluss mit dem Unsinn. Wir haben nur eine einzige Chance.« Er deutete auf Thor. »Thor wird versuchen Sandstein so lange wie möglich hinzuhalten, und wir arbeiten in der Zwischenzeit einen Plan aus, wie wir die Wachen überrumpeln und den Kran in unsere Gewalt bringen können.«

»Sind Sie verrückt?«, fragte Anthony van Lees.

»Das ist das erste vernünftige Wort, das ich heute höre«, sagte sein Bruder.

»Sie werden uns einfach in die Lava fallen lassen«, sagte Barlowe düster.

»Und?« Jonas schürzte geringschätzig die Lippen. »Das ist mir immer noch lieber, als in ihrem Kochtopf zu landen.« Er schwieg einige Sekunden, während deren er den bewusstlosen Delano betrachtete, der fiebernd auf seinem Lager vor sich hin stöhnte. »Oder bei lebendigem Leib gegrillt zu werden.«

Er hatte sehr leise gesprochen, aber sie alle hatten die Worte verstanden und wieder breitete sich für Sekunden betretenes Schweigen in der Kammer aus. Jonas selbst war es, der es beendete. Er hatte wohl eingesehen, wie unpassend seine Bemerkung gewesen war.

»Ich schlage vor, wir gehen zu den anderen und beraten uns mit ihnen«, sagte er. »Es sind zwar deutsche Soldaten, aber ein paar von ihnen sind nicht auf den Kopf gefallen. Und wie es aussieht, sitzen wir im Moment wohl alle im selben Boot.«

Niemand hatte irgendwelche Einwände, obwohl Jonas' Vorschlag ebenso sinnlos war wie alles andere, was sie bisher gehört hatten. Wahrscheinlich ging es allen ähnlich: Sie wollten einfach nur hier heraus und dem Gedanken, völlig hilflos zu sein, entfliehen. Über eine unmögliche Flucht zu diskutieren, machte sie nicht möglicher. Aber vielleicht half es wenigstens für eine Weile, den Gedanken an das Ende zu verdrängen.

Thor blieb zurück und er gab auch Ganty mit einem Blick zu verstehen, dass er dableiben solle.

Ganty tat es nicht, aber er kehrte nach kaum einer Minute zurück und blieb mit verschränkten Armen unter der Tür stehen. Seine Haltung war die eines trotzigen Kindes, doch Thor spürte deutlich die Angst, die sich dahinter verbarg.

»Also?«, fragte er.

»Also was?«, fragte Ganty patzig.

Thor seufzte. »Bitte, Ganty«, sagte er müde. »Ich bin erschöpft. Ich bin genauso verzweifelt wie Sie und alle anderen. Ich habe weder den Nerv noch die Kraft für irgendwelche Spielchen!«

Ganty schwieg. Aber er wurde mit jeder Sekunde nervöser.

»Sie können diese Schrift lesen«, sagte Thor geradeheraus.

»Nein«, antwortete Ganty. Sekundenlang rang er sichtbar mit sich. Dann sagte er ganz leise: »Aber ich weiß, was die Inschrift bedeutet, von der Sie erzählt haben. Sie haben es mir gesagt, schon vor langer Zeit. Sie waren einmal meine Freunde.«

Der letzte Satz klang bitter. Thor ignorierte ihn.

»Sie kennen das Zeremoniell?«

»Nein«, erwiderte Ganty. »Sandstein hat die Wahrheit gesagt. Niemand kennt es. Aber sie hat Ihnen eine Kleinigkeit verschwiegen, Garson. Die Legende der Mi-Pao-Lo geht noch weiter.« Er atmete hörbar ein. »Es heißt, dass an dem Tag, an dem die Heimkehr erfolgen soll, Make-Makes Zorn über alle Ungläubigen und den Rest dieser Welt hereinbrechen wird, wenn die Götter falsch oder gar nicht angerufen werden.«

Thor starrte ihn an. Er konnte spüren, wie sich jedes einzelne Haar auf seinem Kopf aufrichtete, als stünde es unter Strom. »Das … das ist doch lächerlich«, sagte er stockend. »Sie glauben doch nicht etwa, dass –«

»Nach allem, was ich am Strand gesehen und erlebt habe, gibt es nicht mehr viel, was ich nicht glaube, Mister Garson«, unterbrach ihn Ganty. »Muss ich Sie wirklich daran erinnern, dass die meisten Sagen und Legenden einen gemeinsamen Ursprung haben? Vielleicht gefällt Ihnen das Wort ›Make-Makes Zorn‹ ja nicht. Was halten Sie von Sodom und Gomorrha? Oder Armageddon?« Sekundenlang starrte er Thor noch aus Augen an, in denen nichts weiter als nackte Panik geschrieben stand.

Dann fuhr er auf dem Absatz herum und stürmte aus der Tür.

Armageddon! Das Jüngste Gericht! Sodom und Gomorrha!

Was für ein Unsinn! Seit es Menschen gab, hatten sie sich allen möglichen Humbug zusammenprophezeit, und wenn es um das Ende der Welt oder andere düstere Untergangsvisionen ging, dann waren sie schon immer ganz besonders eifrig bei der Sache gewesen.

Thor wiederholte den Gedanken immer und immer wieder, als müsse er ihn sich nur oft genug einhämmern, um ihn wahr werden zu lassen. Oder wenigstens selbst daran zu glauben.

Leider geschah weder das eine noch das andere.

Thor war weit davon entfernt, tatsächlich an den bevorstehenden Weltuntergang zu glauben. Aber wer, wenn nicht er sollte wissen, dass nicht alle Legenden nur Märchen waren und dass es sehr wohl Mächte gab, die dem menschlichen Begreifen auf immer entzogen bleiben würden – und dass nur zu viele dieser Mächte grausamer und erbarmungsloser als der biblische Racheengel waren. Die Welt würde nicht untergehen, wenn Make-Makes Zorn über sie kam, wie Ganty es ausgedrückt hatte. Aber es war denkbar, dass sie eine weitere schreckliche Katastrophe erlebte, dass sich zu allen finsteren Mächten dieser Zeit eine weitere zerstörerische Kraft gesellte, und es spielte im Grunde nicht einmal eine Rolle, ob sie nun nur eines oder eine Million unschuldiger Leben auslöschte. Die Kraft, die hier erwacht war, würde mit Sicherheit mehr tun, als nur diese Insel und ihre Bewohner zu verschlingen, wenn sie erst einmal wirklich entfesselt war.

Thor saß lange in düstere Gedanken versunken da, ehe ihm bewusst wurde, dass er nicht allein in der Kammer war. Etwas im Rhythmus von Delanos mühsamen Atemzügen hatte sich verändert.

Er stand auf, ging zu ihm hinüber und setzte sich sehr vorsichtig auf den Rand des Lagers, um ihn nicht zu berühren und ihm keine unnötige Schmerzen zuzufügen. Delanos Augen standen weit offen, aber ihr Blick war leer wie immer. Trotzdem wusste Thor, dass Delano wach war.

»Sie haben alles gehört?«, fragte er.

»Ja«, flüsterte Delano. Seine Stimme war so schwach, dass Thor erschrak. Delanos Gesicht glühte. Die Wunde auf seiner Wange hatte sich entzündet und verströmte einen ekelhaften Gestank. »Es sieht so aus, als … würden Sie mich nicht lange überleben, Mister Garson.«

Thor wusste nicht, was er darauf antworten sollte, daher schwieg er. Nach einer Weile fragte Delano: »Sind wir allein?«

»Natürlich«, sagte Thor. »Warum?«

»Schauen Sie nach«, bat Delano. »Es ist … wichtig. Bitte.« Thor stand gehorsam auf, ging zur Tür und warf einen Blick nach rechts und links, ehe er zu Delano zurückkehrte. »Es ist niemand da.«

»Gut«, flüsterte Delano. Er hob die Hand und tastete blind nach Thors Arm. Thor ergriff seine bandagierten Finger, und obwohl er wusste, welche Pein die Berührung Delano bereiten musste, zog dieser die Hand nicht zurück, sondern hielt Thor im Gegenteil nur noch fester. Wie ein Ertrinkender, der sich verzweifelt an den letzten Halt klammert. Thor schauderte, als er spürte, wie heiß Delanos Haut unter den Verbänden war.

»Hören Sie mir zu, Mister Garson«, flüsterte Delano. »Es gibt noch eine Chance, aber Sie ... Sie dürfen mit keinem der anderen darüber sprechen, das müssen Sie mir versprechen.«

»Selbstverständlich«, sagte Thor, aber das genügte Delano nicht.

»Nicht so«, sagte er. »Versprechen Sie es mir wirklich. Es ist wichtig.«

»Ich verspreche es«, sagte Thor mit fester Stimme. Er meinte es ernst.

»Sie müssen diese Waffe zerstören«, murmelte Delano. »Sie ... darf nicht in die Hände des Militärs fallen. Auf keiner Seite, Garson. Schwören Sie mir, dass Sie es ... verhindern.«

»Ich bin nicht einmal sicher, dass es eine Waffe ist«, antwortete Thor zögernd.

»Ganz egal was es ist, zerstören Sie es, Garson.« Delano richtete sich auf, packte Thor mit beiden Händen bei den Jackenaufschlägen und starrte ihn aus weit aufgerissenen, leeren Augen an. »Versprechen Sie es!«

Es wäre leicht gewesen, Ja zu sagen, und wahrscheinlich auch barmherzig. Aber Thor wusste, dass Delano spüren würde, wenn er ihn belog. Und er wollte es auch nicht. Delano hatte ein Anrecht auf die Wahrheit.

»Ich werde es versuchen«, sagte er.

Delano entspannte sich. Seine Augen fielen zu. Er sank zurück, aber er war noch wach. »Versprechen Sie, dass dieses Ding … weder Ihren noch meinen Leuten in die Hände fällt, und ich sage Ihnen, wie Sie und die anderen hier herauskommen«, flüsterte er. »Es gibt … noch eine Chance. Vielleicht.«

Thor zögerte lange, ehe er antwortete. Die Worte klangen aus Delanos Mund seltsam. Und trotzdem glaubte er ihm. Delano war ein deutscher Soldat, noch dazu ein SS-Offizier, Angehöriger einer Truppe, die dafür bekannt war, ihre Mitglieder nicht unbedingt nach Kriterien wie Menschlichkeit und Nächstenliebe auszuwählen. Vielleicht hatte er erst am eigenen Leib spüren müssen, was es hieß, zu leiden und zu sterben, ehe er begriff, was das Wort Krieg wirklich bedeutete.

Und er selbst? Thor war hin- und hergerissen. Er konnte Delano belügen, aber dann sah er auf dessen verbrannten Körper hinunter, und ganz plötzlich wusste er, warum Delano ihn gebeten hatte, die unbekannte Waffe zu suchen und zu zerstören. Es gab Dinge, die man Menschen nicht antun durfte, niemals und aus keinem Grund. Das rote Licht gehörte dazu.

»Ich verspreche es«, sagte er feierlich.

»Welches Datum haben wir?«, fragte Delano.

Thor rechnete einen Moment lang im Kopf nach, dann sagte er es ihm.

»Dann haben Sie vielleicht eine Chance, Garson«, flüsterte Delano. »Mit ein bisschen Glück wird Franklin in ein oder zwei Tagen mit der HENDERSON hier eintreffen.«

»Franklin?«

»Haben Sie vergessen, dass ich offiziell zu seinem Team gehöre?«, fragte Delano. »Wir haben alle nur denkbaren Möglichkeiten vorauszusehen versucht, auch die, dass wir die Insel finden und –«, er lachte, »– in deutsche Gefangenschaft geraten.«

»Franklin weiß nicht einmal, dass es diese Insel gibt. Geschweige denn, wo sie ist.«

»Sie enttäuschen mich, Garson«, sagte Delano. »Haben Sie so wenig Vertrauen in die Fähigkeiten Ihrer eigenen Leute? Die HENDERSON wird vor dieser Insel erscheinen, Garson, früher oder später. Beten Sie, dass sie nicht zu spät kommt. Sie müssen sie warnen. Der Plan sieht vor, dass Franklin achtundvierzig Stunden abwartet.« Seine Stimme wurde immer leiser, aber er sprach auch immer schneller, als spüre er, dass er nur noch wenig Zeit hatte, weniger als er brauchte, um zu sagen, was nötig war. Thor beugte sich vor und brachte sein Ohr dicht an Delanos Lippen, um ihn überhaupt noch verstehen zu können.

»Nach Ablauf dieser Frist schickt er einen Landungstrupp, Garson. Bewaffnete Männer. Viele Männer. Sie … sie werden sterben wie meine Soldaten. Sie müssen sie warnen. Ein … Signal. Geben Sie … das Signal. Dreimal kurz, viermal lang, einmal kurz. Dann … wissen sie, dass sie … erwartet werden und sind … vorsichtig. Drei, vier … eins. Das … Signal, Garson!«

Und damit starb er.

Es war ganz undramatisch. Kein Aufbäumen, keine Agonie – er hörte einfach auf zu atmen, das war alles, und Thor streckte behutsam die Hand aus und schloss seine Augen.

Länger als eine Stunde saß er neben dem toten Soldaten, ohne sich zu rühren, ohne ein Wort zu sagen, ohne zu reagieren, wenn einer der anderen hereinkam und ihn ansprach. Dann wusste er, was er tun konnte.

Am darauffolgenden Morgen ließ Sandstein ihn wieder zu sich kommen. Wie er Delano (Delano? Er wusste nicht einmal seinen wirklichen Namen, und dieser Gedanke erfüllte ihn mit einem absurden Gefühl von Schuld) versprochen hatte, hatte er keinem der anderen etwas von ihrer letzten Unterhaltung erzählt, sondern sich am Abend mit scheinbarer Begeisterung daran beteiligt, einen Fluchtplan nach dem anderen zu ersinnen und als aussichtslos wieder zu verwerfen. Gleichzeitig und nur für sich selbst war er jedoch damit beschäftigt gewesen, einen noch viel aussichtsloseren Plan zu entwickeln; eine Idee, die so verrückt war, dass sie im Grunde nur in einer Katastrophe enden konnte.

Aber vielleicht würde sie ja gerade deshalb funktionieren.

Sandstein erwartete ihn nicht in ihrer »Bibliothek«, sondern in dem barbarischen Thronsaal, in dem er ihr das erste Mal begegnet war. Eine Anzahl ihrer Krieger umringte sie, gewaltige breitschultrige Gestalten, die die kleinwüchsige Lady fast um das Doppelte überragten, einige sogar, obwohl sie vor ihr knieten. Thor konnte nicht genau erkennen, was sie taten, aber es schien sich um eine Art Zeremonie zu handeln, denn er hörte einen monotonen, an und ab schwellenden Singsang, dessen Rhythmus etwas ungemein Beunruhigendes, aber auch Düsteres hatte. Das flackernde rote Licht einer Fackel verlieh der Szenerie zusätzlich etwas gleichermaßen Unwirkliches wie Albtraumhaftes. Sandstein trug auch jetzt wieder einen prachtvollen Mantel aus Federn, der ihre Gestalt von Kopf bis Fuß verhüllte, aber er war nicht bunt, sondern von blutroter Farbe. Thors Schritte wurden unwillkürlich langsamer, als er sich der Gruppe näherte. Hätten es seine Bewacher zugelassen, wäre er stehen geblieben.

Als Sandstein seine Anwesenheit bemerkte, hielt sie in ihrem Singsang inne, und auch die Polynesier verstummten nach und nach. Etwas von der unheimlichen Atmosphäre der Szene schien zu verschwinden, als die düsteren Töne verklangen.

Etwas, nicht alles.

»Fräulein Adele!«, sagte Thor mit erzwungener Fröhlichkeit. »Schön, Sie –«

Ein Blitzen in Sandsteins Augen hielt ihn davon ab, weiterzusprechen. Sandstein starrte ihn durchdringend an, und erst jetzt wurde Thor klar, dass der Ursprung des flackernden roten Lichtes gar keine Fackel war.

Es war der rote Kristall. Er lag in einer flachen steinernen Schale, die Sandstein in beiden Händen hielt, und wieder fiel Thor auf, wie sehr sein Flackern dem Schlagen eines Herzens ähnelte.

Adele Sandsteins Herzens.

An ihrem mageren, faltigen Hals pulsierte eine Ader. Und sie pochte im gleichen Rhythmus, in dem das rote Licht heller und dunkler wurde. War sie es, die diesem Stein seinen Takt aufzwang – oder waren es die dunklen, mystischen Mächte des Kristalls, die längst Gewalt über die Person erlangt hatten, die einmal Adele Sandstein gewesen war?

Thor fürchtete sich fast vor der Antwort auf diese Frage, aber dann blickte er noch einmal in ihre Augen, und er wusste im selben Moment, dass er nicht mehr Adele Sandstein gegenüberstand, sondern der Mi-Pao-Lo, der düsteren unsterblichen Göttin der Vogelmenschen. In diesem Punkt hatte die Prophezeiung gelogen. Sie hatte nicht erst über das Meer kommen müssen. Sie war all die Jahrhunderte über hier gewesen. Alles, worauf sie gewartet hatte, war ein Körper, dessen sie sich bedienen konnte.

Einer plötzlichen Eingebung folgend, senkte er das Haupt und sagte in demütigem Ton: »Sie haben mich rufen lassen, Mi-Pao-Lo.«

Vielleicht hatte er ein wenig zu dick aufgetragen, denn als er wieder aufsah, wirkte Sandstein keineswegs zufrieden, sondern eher misstrauisch. Sekundenlang starrte sie ihn schweigend an, dann scheuchte sie die vor ihr knienden Langohren mit einer unwilligen Geste davon und kam auf ihn zu. Sie starrte ihn weiter an, und obwohl Thor sie weit überragte und sie den Kopf in den Nacken legen musste, um ihm in die Augen sehen zu können, war er es, der sich nach Sekunden plötzlich klein und vollkommen hilflos fühlte. Er hatte das Gefühl, von einer körperlichen Last befreit zu werden, als sich ihr Blick endlich wieder von ihm löste.

»Sie hatten Zeit, über unser Gespräch nachzudenken«, sagte sie. »Können Sie die Aufgabe lösen?«

Thor überlegte sich seine Worte sehr gründlich. Sandstein war vielleicht verrückt, aber sie war deswegen nicht dumm.

»Ich werde es versuchen«, sagte er. »Die Zeit ist nicht sehr lang, aber ich glaube, ich habe eine gute Chance.«

»Das will ich hoffen, Garson«, sagte Sandstein (Sandstein? Nein: die Mi-Pao-Lo) ernst. »Um Ihret- und all der anderen Narren dort draußen willen.«

Thor fragte sich, wen sie damit wohl gemeint haben mochte – Jonas und die anderen Gefangenen oder den gesamten Rest der Welt –, aber Sandstein fuhr bereits fort: »Sie können gleich mit der Arbeit beginnen, Garson. Doch zuvor möchte ich, dass Sie etwas sehen.«

Sie drehte sich mit einem Ruck um und ging zur anderen Seite des Raumes, und Thor wurde von den Langohren hinter ihr hergestoßen, obgleich er ihr auch freiwillig gefolgt wäre. Er hatte schon lange aufgehört, sich über das Verhalten der Vogelmenschen zu wundern. Ganty hatte ihm erklärt, dass sie ein stolzes, unnahbares Volk wären, aber die Legenden der Osterinsel und das, was Thor selbst erlebte, behaupteten etwas anderes. Sie verachteten jeden, der nicht zu ihnen gehörte. Wahrscheinlich waren er und die anderen Gefangenen in ihren Augen nicht einmal Menschen, sondern nur aufrecht gehende, sprechende Tiere.

Sandstein nahm nicht auf dem gewaltigen Thronsessel Platz, wie er erwartet hatte, sondern steuerte auf eine der schwarzen Kopfstatuen zu, die einen doppelten Ring um das Zentrum der Höhle bildeten. Die Figur war etwas kleiner als die anderen, trotzdem aber noch immer ein Koloss von mehr als drei Metern Höhe, der mindestens zehn Tonnen wiegen musste. Und es gab noch zwei weitere Punkte, in denen sich diese von den übrigen Statuen unterschied: Statt aus schwarzem Fels bestanden ihre Augen aus einem roten Kristall, der zu Tausenden von winzigen, schimmernden Facetten geschliffen war. Und sie bewegte sich.

Im allerersten Moment hatte Thor den ebenso absurden wie erschreckenden Eindruck, dass der steinerne Koloss sich tatsächlich aus eigener Kraft bewegte. Aber natürlich stimmte das nicht. In Wahrheit stand er auf einer hölzernen Plattform, die über ein einfaches, aber höchst wirkungsvolles System von Rollen und Hebeln von einem halben Dutzend Polynesier gelenkt und sichtlich ohne allzu große Anstrengung von der Stelle bewegt werden konnte. Es war die Figur, die er unten am Strand gesehen hatte.

»Kommen Sie, Mister Garson!« Sandstein zeigte mit einer befehlenden Geste auf ihre linke Seite, und Thor beeilte sich, der Aufforderung Folge zu leisten, ehe einer seiner Bewacher dem Befehl mit einem Stoß Nachdruck verleihen würde, sodass er den Weg womöglich auf dem Gesicht über die Lava schlitternd zurücklegen müsste.

»Was haben Sie vor?«, fragte er nervös.

Sandstein lächelte kalt, beantwortete seine Frage aber nicht, sondern gab den Langohren erneut einen Wink. Die

Krieger bildeten rasch und lautlos einen großen, weit auseinandergezogenen Halbkreis, der zum Eingang des Raumes hin offen war.

Einen Augenblick später schwang das Tor auf und zwei weitere Langohren betraten die Halle.

Anders als alle, die Thor bisher gesehen hatte, trugen sie weder Federmantel noch Lendenschurz, sondern waren vollkommen nackt, dafür aber über und über mit blutroten Strichen und Linien bemalt.

Und sie hatten Angst.

Ihre Gesichter waren keine reglosen Masken, wie die der anderen Vogelmenschen, sondern von einem Entsetzen verzerrt, das Thor schaudern ließ. Was immer diese beiden Männer fürchteten, es war schlimmer als der Tod.

»Diese beiden haben mich enttäuscht«, sagte Sandstein. »Sie haben Make-Make enttäuscht und damit ihr Recht verwirkt, in die Heimat zurückzukehren. Sie sind unwürdig, unter uns zu leben!«

Sie hatte den roten Kristall aus der Schale genommen und hielt ihn nun in beiden Händen. Rotes Licht sickerte wie Blut zwischen ihren Fingern hindurch.

Thor ahnte, was folgen würde, aber plötzlich ging alles viel zu schnell, als dass ihm auch nur Zeit für einen erschrockenen Ruf geblieben wäre. Die Augen der Statue leuchteten auf, und im selben Augenblick begann der Kristall in Sandsteins Händen zu glühen wie eine winzige feuerrote Sonne. Eine Woge grellen, blutfarbenen Lichtes schoss auf die beiden Langohren zu und hüllte sie ein, Licht von unvorstellbarer Intensität und einer unglaublich *bösartigen* Farbe.

Thor schloss die Augen, aber es nutzte nichts; das Licht war so intensiv, dass es mühelos durch seine Lider drang und ihm jedes entsetzliche Detail der Szene zeigte. Die Polynesier begannen zu schreien und sich zu winden, und das Licht wurde immer noch heller und heller, bis es ihr Fleisch und ihre Muskeln durchscheinend werden ließ, sodass er das Skelett darunter erkennen konnte. Sie brachen zusammen, doch zuvor begann sich ihr Fleisch einfach aufzulösen, als würde es von dem roten Licht wie von einer leuchtenden Säure verzehrt. Was auf dem Boden aufschlug, das waren nur mehr geschwärzte, ausgeglühte Knochen, die zu Staub und zahllosen winzigen Splittern zerbarsten.

Thor wollte sich vor Entsetzen abwenden, aber seine Bewacher ließen es nicht zu, sondern zwangen ihn Sandstein anzusehen.

Der Anblick ihres Gesichtes entsetzte ihn fast ebenso sehr wie der Tod der beiden Polynesier. Es war eine Grimasse, in die er blickte, das verzerrte Antlitz eines Dämons, in dessen Augen Wahnsinn oder vielleicht etwas noch viel Schlimmeres leuchtete.

»Ich hoffe, Sie haben gut hingesehen, Mister Garson«, sagte sie. »Das ist die Strafe, die Make-Make für alle bereithält, die ihn enttäuschen. Bedenken Sie das, wenn Sie mit Ihrer Arbeit beginnen!«

Sie senkte die Hände. Das rote Pulsieren des Kristalls ließ nach und sank binnen weniger Augenblicke zu einem Glimmen herab, das nach dem grausamen Licht zuvor kaum noch zu sehen war.

Und im selben Moment ging auch mit Sandstein eine fast unheimliche Veränderung vor sich.

Thor konnte sehen, wie alle Kraft aus ihrem Körper wich.

Ihr Gesicht erschlaffte und das Feuer des Dämons in ihren Augen erlosch ebenso wie das Glühen des Kristalls. Sie schwankte, machte aber eine schwache, abweisende Bewegung, als einer der Polynesier sie stützen wollte.

»Gehen Sie jetzt, Mister Garson«, sagte sie leise. Ihre

Stimme klang sehr müde. »Beginnen Sie mit Ihrer Arbeit. Wir haben nicht mehr viel Zeit.«

Während der nächsten drei Tage lernte Thor Adele Sandstein ein halbes Dutzend Mal als sie selbst, aber auch beinahe ebenso oft als Mi-Pao-Lo kennen. Der Unterschied wurde immer krasser. Aus dem reizbaren, misstrauischen alten Weib, in das der Geist Mi-Pao-Los sie verwandelte, wurde eine unberechenbare Furie, die ihn grundlos anschrie und vor der sich selbst die Polynesier zu fürchten begannen, und in gleichem Maße wurde Adele Sandstein schwächer und stiller, als sauge der böse Geist ihr wirkliches Selbst allmählich aus, wenn sie von ihm besessen war.

Es war der Kristall, der diese furchtbare Veränderung bewirkte. Thor traf die Mi-Pao-Lo niemals ohne den roten Feuerkristall an und Adele Sandstein niemals mit ihm. Aber er wagte nicht, sie in den seltener werdenden Stunden, in denen sie sie selbst war, darauf anzusprechen. Er hatte rasch herausgefunden, dass sich Sandstein nicht an das erinnerte, was sie tat oder sagte, wenn sie Mi-Pao-Lo war, und wenn, dann nur schemenhaft und verschwommen. Aber er hatte keine Garantie, dass es umgekehrt ebenso war.

Und außerdem blieb ihm auch gar keine Zeit, sich lange mit einem der beiden Wesen zu unterhalten, die um die Vorherrschaft über Adele Sandsteins Körper stritten.

Er hatte darum gebeten, dass ihm verschiedene Dinge aus dem Wrack der Fregatte geholt würden, und Sandstein erfüllte ihm diesen Wunsch. Schon am Abend des ersten Tages hatte er den Raum, in dem sich die Inschrift befand, in ein heilloses Chaos verwandelt. Papiere, Bücher, Tabellen und Notizzettel bedeckten jeden Quadratzentimeter des Bodens, dazu Rechenschieber, der auseinandergenommene Sextant des Schiffes und buchstäblich Hunderte von Blättern, die er mit endlosen Zahlen- und Buchstabenkolonnen vollgekritzelt hatte, dazu noch einige andere technische Gerätschaften aus dem Schiff, deren Teile er zu neuen (und völlig sinnlosen) Apparaturen kombiniert hatte. Es war ein wirklich beeindruckender Anblick.

Der allerdings auch keinem anderen Zweck diente, als genau diesen Eindruck zu erwecken. Nichts von all dem, was Thor in diesen drei Tagen tat, hatte irgendeinen Sinn, außer dem, Sandstein und vor allem der Mi-Pao-Lo den Eindruck zu vermitteln, dass er wie ein Besessener arbeitete, um die Inschrift an der Wand zu entziffern.

Thor ging trotz allem sehr behutsam zu Werke, und wenn schon für nichts anderes, so hätte er doch am Ende der drei Tage zumindest für seine schauspielerische Leistung eine Auszeichnung verdient. Mehr als einmal machte er bewusst den Eindruck, der Verzweiflung nahe zu sein und aufgeben zu wollen, auch wenn er damit jedes Mal einen Wutausbruch der Mi-Pao-Lo provozierte. Er spielte den Zögernden. Gab sich unentschlossen. Himmelhoch jauchzend, wenn er scheinbar einen Durchbruch erzielt hatte, und im nächsten Moment wie am Boden zerstört, als ob er seinen Irrtum einsähe. Das erste Mal, dass er vorgab zumindest zu *glauben,* er hätte die Bedeutung einiger Schriftzeichen entziffert, war am Mittag des zweiten Tages.

Als er schließlich tat, als könne er nach und nach erste Informationen preisgeben, war er noch vorsichtiger. Er zögerte häufig, beging absichtlich Irrtümer und nahm Anweisungen, auf die er kurz zuvor mit Vehemenz bestanden hatte, wieder zurück. Mi-Pao-Los Krieger errichteten auf Thors Anweisung hin ein zwölf Meter hohes Holzgerüst auf dem Kraterrand, das zwar ganz hübsch aussah, jedoch nicht die mindeste Funktion erfüllte. Sie brauchten zehn Stunden dazu, und als sie fertig waren, erklärte Thor, dass er sich geirrt hätte und sie die Konstruktion in nur anderthalb Metern Größe benötigten; dafür aber zwölf Mal.

Mi-Pao-Lo starrte ihn nur wortlos an, als er seinen »Irrtum« eingestand. Ihrem Blick nach zu urteilen, war sie damit beschäftigt, sich ein paar originelle Todesarten für ihn auszudenken, aber sie ließ kein Wort der Kritik hören, sondern befahl den Langohren, alles zu tun, was er verlangte. Thor bedauerte fast, ihnen nicht aufgetragen zu haben, *zwölfhundert* der kleinen Holzgestelle zu bauen; oder eine Nachbildung des Eiffelturms im Maßstab eins zu eins.

Aber trotz allem fing er an, unter all dem Unsinn, den er die Polynesier vollführen ließ, wirklich wichtige Anweisungen zu verbergen. Er tat es vorsichtig, fast beiläufig, eine Bemerkung hier, ein Wort da, und am Schluss hatte er ein solches Gespinst von Lügen, Halbwahrheiten und völlig unsinnigen Tätigkeiten aufgebaut, dass er selbst kaum mehr durchblickte. Er konnte nur beten, dass die Polynesier all diesen Unsinn tatsächlich für den Willen ihres Gottes hielten und getreulich ausführten.

Am Abend des dritten Tages kam Sandstein noch einmal zu ihm. Sie trug ein prachtvolles Gewand aus Federn, buntem Stoff und Lederschnüren und dazu Schmuck aus vielfarbigen Korallen und Kristallen, der alles in allem einen Zentner wiegen musste und sie zu einem mühsamen Schlurfen zwang. Unter all der barbarischen Pracht war Adele Sandstein kaum noch zu sehen. Zumindest war sie in diesem Moment sie selbst, wie Thor nach einem einzigen Blick in ihr Gesicht erkannte. Sie wirkte unendlich müde und alt. In den acht Tagen, die Thor sie nun kannte, schien sie um mindestens ebenso viele Jahre gealtert zu sein, und in ihren Augen stand ein Ausdruck unendlich tiefer Verzweiflung.

»Haben Sie es geschafft, Mister Garson?«, fragte sie müde.

Thor ließ seinen Blick einige Sekunden lang über die komplizierten Linien und Strichmuster auf der Wand gleiten, die ihm jetzt so wenig sagten wie im allerersten Moment. Eine kurze Zeit hatte er tatsächlich versucht sie zu entziffern, aber er hatte nicht den kleinsten Ansatzpunkt gefunden. Es gab einfach kein System in diesem Durcheinander. Thor war mittlerweile nicht einmal mehr sicher, dass es sich überhaupt um eine Schrift handelte.

Trotzdem nickte er mit gewichtigem Gesicht. »Ich glaube, ja«, sagte er. »Es war schwer, aber ich denke, ich habe es geschafft.«

»Ich hoffe es, Mister Garson«, flüsterte Sandstein. Ihre Stimme klang so müde, wie ihr Gesicht aussah, doch Thor entging trotzdem nicht die Furcht, die darin mitschwang. »Ich weiß nicht, was geschehen wird, wenn das Zeremoniell misslingt, aber es wird etwas Furchtbares sein.«

Thor sah sie ernst an. »Wissen Sie denn überhaupt, was geschieht, wenn es gelingt?«, fragte er leise.

Aus der Furcht in Sandsteins Augen wurde für einen Moment Panik. Aber sie kämpfte sie nieder und zwang sich sogar zu einem Lächeln. »Kommen Sie, Mister Garson. In ein paar Stunden wissen wir die Antwort auf all Ihre Fragen.«

»Jetzt?« Thor war überrascht. Er hatte damit gerechnet, dass man ihn zu den anderen zurückbrachte, um sie dann gemeinsam abzuholen – falls sie überhaupt an dem Fest teilnahmen. Sandstein hatte bisher keine entsprechende Bemerkung gemacht.

»Es gibt keinen Grund, zu warten«, sagte Sandstein. »Alles steht bereit, alle Vorbereitungen sind abgeschlossen und die Feuer brennen.« Sie schien noch mehr sagen zu wollen, aber dann sah sie Thor nur ein paar Sekunden lang schweigend an und deutete schließlich auf die Tür. Doch als er sich herumdrehen und auf die beiden Langohren zugehen wollte, die dort auf ihn warteten, rief sie ihn noch einmal zurück.

»Mister Garson?«

Thor blieb stehen und sah sie an.

»Versprechen Sie mir etwas«, bat Sandstein. Ihre Stimme war ganz leise, aber es war etwas darin, was Thor einen eisigen Schauer über den Rücken laufen ließ. Er sagte noch immer nichts, doch sein Schweigen war Sandstein offensichtlich Antwort genug, denn sie fuhr nach ein paar Sekunden im gleichen fast flüsternden Tonfall fort: »Wenn … dieses *Ding* vollends Gewalt über mich erlangen sollte, Mister Garson, dann müssen Sie mich töten.«

Sie ging mit raschen Schritten an ihm vorbei und aus dem Raum, so schnell, dass er nicht einmal Gelegenheit für eine Antwort fand, und Thor blickte ihr verstört und zutiefst betroffen nach, bis sie zusammen mit ihrer Leibwache verschwunden war.

Es war nicht das letzte Mal, dass er diesen Körper sah. Aber das letzte Mal, dass er Adele Sandstein gehörte.

Die Sonne war bereits untergegangen, als ihn die beiden Vogelmenschen, die zu seiner Bewachung zurückgeblieben waren, wieder ins Freie führten. Trotzdem war es im Inneren des Vulkankraters nicht dunkel geworden. Am Himmel stand ein perfekt gerundeter Vollmond, dessen Licht von keiner Wolke beeinträchtigt wurde. Aus dem Kraterinneren drang das düsterrote Licht der Lava herauf und von seinen Rändern herab beantwortete ein hellerer roter Schein die Glut: das Flackern Hunderter lodernder Feuer, die die Langohren auf dem Kraterrand entzündet hatten. Die Polynesier selbst hatten auf seiner Innenseite Aufstellung genommen, sodass sich ihre Gestalten als tiefenlose schwarze Gestalten vor dem Feuerschein abhoben. Thor erschrak leicht, als er sah, wie viele es waren. Er hatte bisher angenommen, dass es sich um einen Stamm von vielleicht fünfzig oder hundert Kriegern handelte, eher weniger, nach dem Gemetzel am Strand – aber es waren Hunderte, wenn nicht mehr als tausend hünenhafte Krieger, die um den Krater herum Aufstellung genommen hatten, jeder einzelne ein Riese, und jeder einzelne in einen schreiend bunten, prachtvollen Federmantel gehüllt und in voller Bewaffnung. Wie sie so dastanden, erinnerten sie tatsächlich an einen Schwarm gewaltiger Vögel, der sich auf dem Kraterrand niedergelassen hatte, und plötzlich musste Thor wieder an das denken, was Sandstein über diesen Abend gesagt hatte: *Sie werden fliegen.*

Er versuchte sich dagegen zu wehren, aber für einen Moment hatte er die absurde Vorstellung, dass sich all diese riesigen, unheimlichen Krieger gleich in die Luft erheben würden, um mit mächtigen Flügelschlägen über dem Krater zu kreisen.

Natürlich war schon der bloße Gedanke Unsinn. Aber seit sie dieses vergessene Eiland am Ende der Welt betreten hatten, hatte er schon viele Dinge gesehen und erlebt, die er einen Tag vorher noch als »unmöglich« bezeichnet hätte.

Erst als der Bastkorb mit Thor und seinen beiden Bewachern schon weit über den Krater hinausgeschwungen war, fiel ihm auf, dass ihr Ziel diesmal nicht der gegenüberliegende Eingang war. Vielmehr stiegen sie in steilem Winkel in die Höhe und näherten sich einem rechteckigen Plateau, das dicht unterhalb des Gipfels aus der Felsenwand herausgemeißelt worden war. Zwei fünf Meter hohe Kopfstatuen standen wie steinerne Wächter an den Eckpunkten des schmalen, überhängenden Stückes, und eine dritte, etwas kleinere, mit rot glühenden Kristallaugen, erwartete ihn etwa zehn Meter dahinter. Sandstein stand, in einen blutroten Federmantel gehüllt und eine lodernde winzige Sonne in beiden Händen haltend, im Schatten dieser Figur und blickte ihm entgegen. Ein gutes Dutzend besonders großer und wild aussehender Vogelmenschen flankierte sie. Von den anderen Gefangenen war nichts zu sehen.

Thor sprang aus dem Korb, noch ehe der den Boden ganz berührt hatte, und ging auf sie zu. Aber seine Schritte wurden langsamer, je näher er ihr kam, und schließlich blieb er ganz stehen. Die Frau im Schatten der riesigen Figur war nicht mehr Adele Sandstein. Aus ihren Augen starrte ihm der Dämon entgegen.

»Kommen Sie, Mister Garson«, sagte Mi-Pao-Lo lächelnd. »Der große Augenblick ist da. Der Moment, auf den mein Volk seit mehr als tausend Jahren geduldig gewartet hat.« Sie machte eine einladende Geste und signalisierte ihm beinahe gleichzeitig auch, ihr nicht *zu* nahe zu kommen. Thor blieb einen guten Meter von ihr entfernt stehen. Nicht zu nahe, um sie zu beunruhigen, aber nahe genug, um sie mit einem entschlossenen Sprung zu erreichen, sollte es nötig sein.

Sandstein gab ein Zeichen und irgendwo in der Weite des Kraterrandes begann eine Trommel zu schlagen. Die Feuer brannten höher und nach einigen Augenblicken löste sich eine Anzahl der Langohren aus dem Kreis, den die Krieger auf dem Kraterwall bildeten.

Thor musste sich beherrschen, um sich seine Erregung nicht *zu* deutlich anmerken zu lassen; um nicht allzu deutlich hinzusehen, obwohl an seiner Neugier wahrscheinlich nicht einmal etwas Verdächtiges gewesen wäre. Die Feuer brannten nicht gleichmäßig, sondern waren nach einem Muster auf dem Kraterrand verteilt, das zufällig schien, es aber sicher ganz und gar nicht war. Die Krieger, die sich aus dem Kreis gelöst hatten, traten nun mit gemessenen Schritten neben die flackernden Brände und fachten sie zu höherer Glut an, wozu sie große Konstruktionen benutzten, die auf absurde Weise beinahe an Fliegenklatschen erinnerten. Sie hatten sie auf Thors Anweisung hin in den letzten beiden Tagen angefertigt. Die Flammen loderten hell auf, sanken wieder in sich zusammen, loderten wieder auf, sanken erneut zusammen … Es war ein monotoner, langsamer Rhythmus, der etwas Einschläferndes hatte, wenn man zu lange hinsah.

Das Dröhnen der Trommel wurde lauter und schneller, ein hypnotisierender hämmernder Takt, der nach und nach Thors Pulsschlag, seinen Atem und selbst seine Gedanken in seinen Rhythmus zwang, und die Polynesier stimmten einen düsteren, an und ab schwellenden Wechselgesang dazu an, zu dem sie rhythmisch die Oberkörper hin und her zu wiegen begannen. Die Feuer flackerten weiter.

»Der große Moment ist da«, flüsterte Sandstein abermals. »Mein Volk wird wieder den Platz auf dieser Welt einnehmen, der ihm gebührt.« Plötzlich wechselte sie sowohl das Thema als auch die Tonlage. »Sagen Sie, Mister Garson«, fragte sie beinahe spöttisch, »gehören Sie zu den Männern, die ihr Wort halten?«

Es war keine von den Fragen, auf die man eine Antwort erwartet, und Thor sagte auch nichts, sodass Sandstein nach einigen Augenblicken fortfuhr.

»Wenn ja – und ich nehme an, dass es so ist –, dann rate ich Ihnen, zum ersten Mal in Ihrem Leben mit diesem Prinzip zu brechen und das Versprechen nicht einzulösen, das Sie dieser törichten alten Frau gegeben haben.«

Thor war nicht erschrocken – er fühlte sich plötzlich unendlich erleichtert. Die Erinnerungen Sandsteins waren für den Dämon, der sie besessen hielt, kein Geheimnis. Hätte er jedoch auch nur eine Andeutung gemacht, dann wäre alles verloren gewesen.

Hinter ihm erscholl ein lautes Poltern und Rumpeln. Thor drehte sich halb herum und sah, dass sich in der Felswand ein Tor geöffnet hatte, durch das Jonas und die anderen Gefangenen herausgeführt wurden. Sie waren mit dünnen, aber sehr fest angelegten Hanfschnüren an den Händen und auch aneinander gebunden und wurden von einer Anzahl bewaffneter Langohren eskortiert, die sie mit groben Stößen vor sich hertrieben.

»Sehen Sie nur, Garson!«, sagte Sandstein erregt. »Es beginnt. Meine Krieger werden sich zu den Sternen emporschwingen, damit sich die Tapfersten der Tapferen beweisen und ihre Stärke an die nächste Generation weitergeben können!« Thor stockte im wahrsten Sinne des Wortes der Atem, als sein Blick Sandsteins ausgestrecktem Arm folgte.

Die großen Kräne, die den Langohren normalerweise dazu dienten, sich in direkter Linie von einem Stolleneingang zum anderen zu schwingen, ohne jedes Mal den Umweg über den Kraterrand in Kauf nehmen zu müssen, waren jetzt allesamt aufgerichtet und wiesen nach innen. Dutzende von Vogelmenschen, allesamt in prachtvolle Federmäntel gehüllt, waren auf die großen Holzgerüste hinaufgestiegen – und gerade als Thor aufsah, stürzte sich der erste Polynesier mit weit ausgebreiteten Armen in die Tiefe!

Nicht nur Nancy Barlowe schrie gellend auf und schlug sich erschrocken die Hand vor den Mund.

Aber der Polynesier stürzte nicht ab.

Zwanzig, dreißig Meter weit fiel er wie ein Stein in die Tiefe, doch dann breitete er plötzlich die Arme aus, und der bunte Federmantel spannte sich zwischen den Armen und dem Körper, sodass es tatsächlich aussah, als hätte der Mann ein Paar gewaltiger Flügel. Aus dem rasenden Sturz wurde ein rasch langsamer werdendes kreisendes Gleiten, eine abwärtsgerichtete Spirale, bis er das Ende des langen elastischen Seils erreicht hatte, das ihn mit dem hölzernen Gestell auf dem Kraterrand verband. Der Polynesier befand sich jetzt allerhöchstens noch zwanzig Meter über der hellorange glühenden Lava des Kraterinneren. Die Hitze dort unten musste unerträglich sein, aber die aufsteigende glühende Luft fing sich jetzt auch unter den Flügeln des Vogelmenschen und ließ ihn weiter seine majestätischen Kreise ziehen, sodass er tatsächlich wie ein bizarrer Riesenvogel aussah, der über einem Meer von Feuer dahinglitt. Thor fragte sich, wie lange der Polynesier die mörderische Hitze noch aushalten würde.

»Unglaublich«, flüsterte Ganty neben ihm. Wie Thor und alle anderen blickte er in die Tiefe, während sich über ihnen ein zweiter und dritter und dann immer mehr Polynesier dem flammenden Feuersee entgegenstürzten. Hitze und Licht trieben ihm die Tränen in die Augen, aber er sah trotzdem nicht weg, ja, er blinzelte nicht einmal. »Sie … sie *fliegen!*«

»Sie haben das nicht gewusst?«, fragte Thor.

Ganty schüttelte den Kopf, ohne Thor anzusehen. »Nein. Ich … wusste nicht, was ihr Name wirklich bedeutet.«

Immer mehr und mehr Krieger stürzten sich nun auf ihren bunten Riesenschwingen in die Tiefe, wo sie wie ein gewaltiger Schwarm bizarrer, übergroßer Vögel kreisten. Das grelle Licht der Lava, in das Thor blickte, ließ ihre Umrisse verschwimmen und machte die dünnen elastischen Taue, an denen sie hingen, unsichtbar. Sie begannen immer schneller um- und übereinander zu kreisen, sodass Thor sich unwillkürlich fragte, wieso sich die Seile nicht ineinander verhedderten oder sie in der Luft zusammenstießen.

Nach einer Weile begann er ein System in dem nur scheinbar willkürlichen Gleiten und Schweben zu erkennen. Die Vogelmenschen kreisten nicht planlos herum, sondern folgten ganz bestimmten komplizierten Bahnen, auf denen sie sich manchmal so nahe kamen, dass sie beinahe zu kollidieren schienen, sich immer wieder auch in jähen Sturzflügen mit angelegten Schwingen in die Tiefe warfen oder aber mit weit ausgebreiteten Flügeln auf der aufsteigenden heißen Luft nach oben ritten.

Was sie beobachteten, war ein Kampf. Er war allerdings nicht echt, sondern ein stilisiertes Ritual von genau festgelegten Bewegungen, Attacken und Paraden, Ausweich- und Angriffsbewegungen. Ein majestätischer Tanz, der bizarr und anmutig, erschreckend und faszinierend zugleich war.

Eine gute halbe Stunde standen sie schweigend da und sahen dem Tanz der Vogelmenschen zu, der vom an und ab schwellenden Rhythmus der Trommeln untermalt wurde. Manchmal – Gesetzmäßigkeiten folgend, die Thor nicht zu durchschauen vermochte – schied einer der Vogelmenschen aus dem Tanz aus und wurde nach oben gezogen, woraufhin sofort ein anderer seinen Platz übernahm. Die Zahl der Tänzer blieb so immer gleich.

Thor hob verstohlen den Blick und sah zum Kraterrand empor. Die Feuer brannten noch immer und ihr roter Schein zeichnete noch immer das gleiche Muster in den Himmel.

Es war Thor selten so schwer gefallen wie jetzt, Geduld zu beweisen. Natürlich wusste er, dass es viel zu früh war. Selbst *wenn* die HENDERSON dort draußen war und Franklin sein Signal auffing und darauf reagierte, konnten seine Leute noch nicht hier sein.

»Was haben Sie, Garson?«, fragte Ganty neben ihm.

Thor drehte sich zu ihm um, allerdings erst, nachdem er einen raschen, sichernden Blick zu Sandstein hinübergeworfen hatte. Aber die Mi-Pao-Lo war von dem Geschehen unter ihnen ebenso gebannt wie alle anderen und schenkte weder ihm noch den übrigen Gefangenen auch nur die mindeste Beachtung.

»Sie sehen nervös aus«, fuhr Ganty fort. Er sah kurz zum Kraterrand hinauf und lächelte. »Haben Sie Angst vor dem, was passiert, wenn Make-Make nicht antwortet?«

Thor schwieg weiter. Er spürte, dass Ganty auf etwas ganz Bestimmtes hinauswollte, und er ahnte sogar, worauf.

Ganty runzelte die Stirn. Als er weitersprach, klang seine Stimme sehr ernst. »Ich habe eine Menge Hochachtung vor Ihnen, Mister Garson«, sagte er. »Aber Sie können mir trotzdem nicht erzählen, dass es Ihnen gelungen sein soll, in nur drei Tagen diese Schriftzeichen zu entziffern. Was immer sie dort oben tun, sie rufen nicht die Götter an. Aber irgendetwas tun sie. Ich frage mich nur, was das ist.«

Thor zögerte noch eine letzte Sekunde – und dann sagte er es ihm.

Ganty riss verblüfft die Augen auf. »Wie bitte?«

Erschrocken gab ihm Thor ein Zeichen, leiser zu sein.

Ganty senkte zwar gehorsam die Stimme wieder zu einem Flüstern, aber er klang genauso verblüfft und ungläubig, als er weitersprach. »Das … das glaube ich nicht! So blöd können sie gar nicht sein!«

Thor lächelte flüchtig, wurde aber sofort wieder ernst. »Es ist kein Zeichen von Dummheit, auf etwas hereinzufallen, das man nicht kennt, Ganty.«

»Sie sind wahnsinnig, Garson!«, murmelte Ganty. »Wenn sie herausfinden, dass Sie sie betrogen haben, dann –«

»– wird auch nichts anderes geschehen als das, was uns ohnehin bevorsteht«, fiel ihm Thor ins Wort. Er deutete auf Sandstein. »Schauen Sie sie an, Ganty! Glauben Sie wirklich, sie würde auch nur einen von uns lebend hier weglassen?«

Ganty folgte seinem Blick. Er schwieg, aber in seinem

Gesicht arbeitete es. Und selbst Thor erschrak, als er ebenfalls wieder in Sandsteins Richtung sah.

Ihr Gesicht hatte sich vollends in eine Grimasse verwandelt. Aus der sanftmütigen alten Frau war ein Dämon geworden, der kaum mehr menschlich aussah. Thor begriff, dass sie endgültig zur Mi-Pao-Lo geworden war. Adele Sandstein existierte nicht mehr. Ihr Körper war nur noch eine Hülle, die einem uralten, bösen Etwas als Werkzeug diente.

Und dieses Etwas schien seinen Blick zu spüren, denn es wandte sich plötzlich um und starrte ihn aus lodernden roten Augen an. »Der Moment ist nahe, Mister Garson!«, murmelte Sandstein. »Nur eines fehlt noch, um die Beschwörung zu vollziehen.«

Thors Herz begann zu klopfen. Etwas ... stimmte nicht. Plötzlich hatte er das sichere Gefühl, irgendetwas übersehen, etwas Wichtiges vergessen zu haben.

»Ein Leben«, fuhr Sandstein fort. »Die Götter verlangen Blut, wenn sie uns ihr Gehör schenken sollen.« Sie lachte spöttisch, leise und unendlich böse. »Nun, Mister Garson – wer soll es sein?«

Thor verstand nicht gleich. »Wie bitte?«

Sandstein lachte noch einmal und lauter und deutete mit vagen, flatternden Bewegungen auf Thor und die anderen. »Ohne Ihre Hilfe wäre dieser Moment nicht möglich gewesen, Mister Garson«, sagte sie. »Deshalb bin ich in gnädiger Stimmung. Ich überlasse es Ihnen, das Opfer zu bestimmen.«

Ein eisiger Schauer überlief Thor. »Was soll ich?«, fragte er noch einmal, obwohl er im Grunde sehr genau wusste, was Sandsteins Worte bedeuteten. Aber es war eine solche Ungeheuerlichkeit, dass er sich einfach weigerte, es zu glauben.

Das Lächeln in Sandsteins Augen erlosch. »Stellen Sie sich nicht dumm!«, sagte sie ärgerlich. »Sie wissen sehr gut, wovon ich rede, auch wenn Sie so unaufmerksam waren, ausgerechnet diesen Teil der Inschrift *nicht* zu übersetzen. Make-Make verlangt Blut. Wenn Sie nicht bereit sind, das Opfer zu bestimmen, so werde ich es tun.«

Sie blickte ein paar Sekunden nachdenklich von einem zum anderen und deutete dann auf Ganty. »Sie!«

Ganty fuhr entsetzt zusammen. Er wich einen Schritt zurück, aber die Stricke, die ihn mit den anderen verbanden, stoppten seine Bewegung.

»Warum ausgerechnet er?«, fragte Thor.

Sandstein lachte. »Warum nicht? Oh, ich weiß, was Sie für Mister Ganty empfinden, Mister Garson. Aber sehen Sie es einmal so: Mister Ganty hat die Hälfte seines Lebens damit zugebracht, mein Volk zu beschützen. Nun wird er es dafür opfern, es in die Freiheit zurückzuführen. Gibt es denn etwas Schöneres, als für genau das zu sterben, wofür man gelebt hat?«

»Sie sind ja wahnsinnig«, murmelte Thor.

Und sprang vor.

Die Bewegung war so schnell, dass sie ihn beinahe selbst überraschte. Die beiden Langohren, die rechts und links von Sandstein standen, versuchten noch zu reagieren, aber sie kamen viel zu spät. Thor prallte gegen Sandstein, entriss ihr den Kristall, schleuderte sie zu Boden und sprang im selben Augenblick wieder zurück. Drohend hob er den lodernden roten Stein in die Höhe.

Die Polynesier erstarrten. Eine Mischung aus Fassungslosigkeit und Entsetzen breitete sich auf ihren Zügen aus, aber keiner der Krieger wagte es, auch nur einen Schritt in seine Richtung zu tun.

Thor hob den Kristall mit ausgestreckten Armen weiter

in die Höhe, bis er direkt vor seinem Gesicht leuchtete und flammte. Das grelle blutfarbene Licht – und vor allem das Wissen darum, was dieser Stein zu *tun* vermochte – hatte ihn verzehrende Hitze und Glut erwarten lassen, aber was er fühlte, war das genaue Gegenteil. Der Kristall war *kalt*. Seine Finger und seine Hände wurden gefühllos und steif, und die Kälte kroch rasend schnell weiter in seinen Arm empor.

Aber es war nicht nur Kälte.

Der Woge aus eisiger Taubheit folgte etwas anderes, Schlimmeres. Etwas Dunkles und Uraltes, das seit undenklichen Zeiten im Inneren des Kristalls gelauert hatte, etwas, was so alt war wie diese Welt, vielleicht älter, und unvorstellbar *böse*. Aber er spürte auch die Verlockung, die ihm innewohnte, und die unvorstellbare Macht, die ihm zur Verfügung stehen würde, wenn er sich ihr hingäbe.

Wie durch einen roten Schleier hindurch sah er, dass Sandstein wieder aufstand und einen Schritt auf ihn zutrat. »Worauf warten Sie, Mister Garson?«, fragte Sandstein noch einmal. »Sie können es tun! Töten Sie mich! Töten Sie alle hier! Es liegt jetzt allein in Ihrer Macht. Sie können uns alle vernichten und Ihr Leben und das Ihrer Freunde und Ihre Freiheit retten! Es ist ganz leicht. Sie müssen es nur wollen!«

Thor wusste, dass sie die Wahrheit sagte. Ein einziger Gedanke, der bloße Wunsch, und der Kristall würde das rote Feuer, das Delano und seine Männer umgebracht hatte, gegen Sandstein und ihre Krieger schleudern.

Aber er wusste auch, dass er dann verloren war.

Das Ungeheuer war nicht die alte Frau vor ihm.

Es war der Kristall. Es war das böse pochende Herz der Feuerkugel, die er in seinen Händen hielt. Sandstein war bloß ein Werkzeug, und wenn er sich der unvorstellbaren Macht des Kristalls auch nur ein einziges Mal bediente, dann würde er werden wie sie, eine Marionette, die nicht einmal mehr wirklich lebte.

»Tun Sie es, Garson!«, sagte Sandstein. »Retten Sie Ihr Leben!«

Thor begann zu zittern. Stöhnend taumelte er einen unsicheren Schritt auf sie zu, blieb wieder stehen – und ließ die Arme sinken.

Ohne jede Hast nahm Sandstein ihm den Kristall aus den Händen. Sein Pulsieren wurde wieder langsamer, als er sich dem ruhigeren Schlagen ihres Herzens anpasste. Thor atmete hörbar auf. Er hatte den Teufel in Händen gehalten und für einen Moment war er ganz nahe daran gewesen, ihm seine Seele zu verkaufen. Er begann zu schwanken und wäre gestürzt, hätte ihn einer der Langohren nicht auf einen Wink der Mi-Pao-Lo hin aufgefangen.

»Sehen Sie, Garson?« sagte Sandstein lächelnd. »Jetzt haben Sie doch noch selbst die Wahl getroffen.« Sie machte eine befehlende Geste. »Bereitet ihn vor. Und die anderen auch!«

ZWEI MEILEN WESTLICH AUF HOHER SEE
ZUR SELBEN ZEIT

Der Soldat setzte das Fernglas ab und drehte sich um, als er das Dröhnen schwerer Schritte auf dem Metall des Decks vernahm. Das Schiff trieb in völliger Dunkelheit auf dem Meer; aber obwohl er die Gestalt, die sich ihm näherte, nur als Schatten wahrnahm, erkannte er sie sofort. Er machte Anstalten zu salutieren, aber der Kapitän unterbrach ihn mit einer unwilligen Geste.

»Lassen Sie den Unsinn! Wir sind hier nicht auf dem Exerzierplatz.«

»Wie Sie befehlen. Ich habe –«

»Ich weiß, was Sie entdeckt haben, Leutnant«, sagte der Kapitän. Seine Stimme klang deutlich gereizt. Er streckte die Hand nach dem Fernglas des Leutnants aus, führte die Bewegung aber nicht zu Ende.

Das Doppelglas war nicht nötig. Das rote Glühen am Himmel war vermutlich auch noch in fünfzig Seemeilen Entfernung mit bloßem Auge zu erkennen. Es sah aus, als hätte ein Teil des Firmaments Feuer gefangen.

»Das ist … unglaublich. Wie lange geht das schon so?«

»Eine gute halbe Stunde«, antwortete der Leutnant. Es klang sehr nervös; wie jemand, der das, was er sieht, einfach nicht glauben kann. »Zuerst hielt ich es für einen Zufall. Vielleicht ein … ein Vulkan oder ein Feuer. Aber dazu ist es zu regelmäßig.« Er atmete plötzlich erschrocken ein. »Sehen Sie! Da ist es wieder! Immer wieder dasselbe Signal: drei-vier-eins. Dann eine Minute Pause und es beginnt erneut.«

»Ich sehe es«, murmelte der Kapitän. Auch seine Stimme klang fassungslos, beinahe erschüttert.

»Wie um alles in der Welt hat er das gemacht?«, flüsterte

der Leutnant. »Es sieht aus, als ob der ganze Himmel brennt!«

»Ich weiß es nicht«, antwortete der Kapitän. »Und ich fürchte, wir werden es auch nicht mehr erfahren, wenigstens nicht von Delano.« Er schwieg eine Sekunde, dann straffte er sich sichtbar. »Sie wissen, was dieses Signal bedeutet. Schnell jetzt. Wir haben keine Sekunde mehr zu verlieren!«

Der Leutnant salutierte nun doch, dann ging er mit eiligen Schritten davon, während der Kapitän reglos stehen blieb und erschrocken und verwirrt zu dem Vulkankrater hinübersah, der Morsezeichen zum Himmel schickte.

DIE INSEL DER LANGOHREN
IM SELBEN AUGENBLICK

Thor bewegte vorsichtig die Finger und biss dabei die Zähne zusammen, um nicht vor Schmerz aufzustöhnen. Die Fesseln waren so eng angelegt gewesen, dass sie ihm das Blut abgeschnürt hatten. Jetzt kehrte das Leben ganz allmählich in seine tauben Hände zurück; ein Vorgang, der ebenso langsam wie schmerzhaft war. Und er war nicht einmal sicher, ob es sich lohnte, die pochenden Schmerzen zu ertragen. Wahrscheinlich würde er bereits den Moment, in dem sie aufhörten, nicht mehr erleben.

Verstohlen wandte er den Kopf und sah aufs Meer hinaus.

Vom Kraterrand aus hatte er einen ungehinderten Blick bis zum Horizont – jedenfalls *hätte* er ihn gehabt, wäre es nicht so dunkel gewesen, dass er kaum hundert Meter weit sehen konnte, ehe sich sein Blick in vollkommener Finsternis verlor.

Irgendwo dort draußen in der Dunkelheit war die HENDERSON. Vielleicht. Irgendwo dort draußen stand ein Mann mit einem Fernglas, der das Notsignal, das die Langohren ohne ihr eigenes Wissen seit fast einer Stunde abschickten, erkannt und darauf reagiert hatte. Vielleicht. Und vielleicht war jetzt schon ein Boot mit einer Rettungsmannschaft zu ihnen unterwegs.

Thor seufzte tief auf. In ihrem »Plan« waren so viele *Vielleichts,* dass er ihn ebenso gut vergessen konnte. Selbst wenn er aus allen *Vielleichts* ein *Ganz bestimmt* machte, würden sie einfach zu spät kommen.

»Geben Sie sich keinen falschen Hoffnungen hin, Mister Garson«, sagte Sandstein hinter ihm.

Thor drehte sich erschrocken zu ihr herum und Sandstein fuhr fort: »Selbst wenn Ihnen persönlich die Flucht gelänge, kämen Sie niemals von der Insel herunter. Und Ihre Kameraden müssten teuer dafür bezahlen. Also machen Sie lieber keine Dummheiten.«

Thor blickte sie böse an, aber er hatte gleichzeitig auch Mühe, sich seine Erleichterung nicht allzu deutlich anmerken zu lassen. Für eine Sekunde war er fest davon überzeugt gewesen, dass sie alles wusste und das Spiel nur mitgespielt hatte, um ihn zu verhöhnen.

»Worauf warten Sie noch?«, fragte er übertrieben zornig, um seine wahren Gefühle zu verbergen. »Bringen Sie mich doch endlich um!«

Sandstein lachte. »Sie haben es sehr eilig, zu sterben«, sagte sie. »Aber ich will großzügig sein, Mister Garson. Ich gebe Ihnen die Chance, um Ihr Leben und das Ihrer Kameraden zu kämpfen.«

Sie gab ein Zeichen mit der Hand. Zwei Langohren kamen herbei und gleichzeitig bewegte sich einer der großen Kräne knarrend in ihre Richtung. Einer der beiden Polynesier trug einen grellbunten Federmantel über den Armen; der andere schleppte ein ganzes Sammelsurium von Waffen mit sich: Speer, Keule, Axt, Messer. Ein ausgesprochen ungutes Gefühl begann sich in Thor breitzumachen.

»Ich nehme an, Sie haben lange genug zugesehen, um die Regeln zu kennen«, sagte Sandstein. »Sind Sie bereit?«

»Ich … ich soll dort hinunter?«, fragte Thor mit einer ungläubigen Geste in den Vulkan hinab. Erst jetzt fiel ihm auf, dass der zeremonielle Kampf der Langohren zu Ende war. Die letzten Polynesier kletterten in diesem Moment geschickt an den Seilen nach oben.

»Sie haben die Wahl«, sagte Sandstein lächelnd. »Den sicheren Tod für sich und Ihre Begleiter – oder mein Versprechen, in Frieden gehen zu dürfen, wenn Sie den Kampf gegen drei meiner besten Krieger bestehen.«

»Oh«, sagte Thor. »Nur drei.«

»Niemand soll mir nachsagen, ich wäre unfair«, erwiderte Sandstein spöttisch. »Wählen Sie Ihre Waffen.«

»Ganz gleich welche?«

»Sicher.«

»Dann hätte ich gern eine Maschinenpistole«, sagte Thor. »Und wenn es geht, einen Flammenwerfer.«

Sandsteins Gesicht verfinsterte sich. »Strapazieren Sie meine Geduld nicht zu sehr, Garson.«

Thor verbiss sich die Antwort, die ihm auf den Lippen lag, und wandte sich dem Polynesier zu. Er überlegte ein paar Augenblicke, dann nahm er das Messer, schob es unter seinen Gürtel und streckte die Hand nach der Axt aus. Aber er führte die Bewegung nicht zu Ende, sondern drehte sich plötzlich zu Sandstein um. »Könnte ich noch ein zweites Messer haben?«

Sandstein machte eine herrische Handbewegung und ein weiterer Polynesier reichte Thor eine zweite Klinge. Er schob sie neben dem anderen Dolch in den Gürtel. Dann wollte er nach dem Umhang greifen, aber der Polynesier schlug grob seinen Arm beiseite und machte sich allein daran, Thor Garson in einen Vogelmenschen zu verwandeln – was im Übrigen nicht halb so einfach war, wie es im ersten Moment den Anschein hatte. Die beiden Langohren benötigten eine gute Viertelstunde, um den Mantel mit einem komplizierten System aus Stangen und Lederriemen an seinen Schultern und Armen zu befestigen. Das Kleidungsstück erwies sich als erstaunlich schwer und erstaunlich unbequem.

Möglicherweise konnte man darin fliegen, dachte Thor verärgert, aber man konnte kaum darin *gehen.*

Sandstein machte eine einladende Geste auf das Tau zu, das neben ihm hing. »Bitte, Mister Garson.«

Thor sah sich mit übertriebener Geste um. »Und meine ... Partner?«

»Sie haben fünf Minuten zum Üben«, antwortete Sandstein spöttisch. »Es ist nicht leicht, wie ein Vogel zu fliegen, Mister Garson.«

Wortlos drehte sich Thor um und streckte Kopf und Schultern durch die Seilschlaufe. Während die Polynesier das Tau fester zogen und sich von dessen korrektem Sitz überzeugten, sah Thor noch einmal zu den anderen zurück. Die Blicke der anderen Gefangenen waren gebannt auf ihn gerichtet. Er las Furcht und Resignation und Hoffnung darin, aber auch Zorn. Er verstand dieses Gefühl nur zu gut. Für sie alle musste es so ausgesehen haben, als hielte er die Rettung in Händen. Sie hatten nicht gefühlt, was er gefühlt hatte. Der Einzige, in dessen Augen er so etwas wie Verständnis zu lesen glaubte, war Ganty.

»Eine Minute ist bereits um, Mister Garson«, drang Sandsteins Stimme durch seine Gedanken. »Beeilen Sie sich lieber. Die Hoffnungen all Ihrer Freunde ruhen auf Ihnen.«

Mit einem entschlossenen Schritt trat er an den Kraterrand.

Ein Schwall kochender Luft schlug ihm ins Gesicht, als ihm der Vulkan ein glühendes Willkommen entgegenfauchte. Die Glut war so grell, dass sie ihm die Tränen in die Augen trieb. Für einen Moment verließ ihn der Mut. Vielleicht war es wirklich besser, hierzubleiben und einen schnellen Tod unter den Messern der Polynesier in Kauf zu nehmen, als dort unten bei lebendigem Leibe langsam gegrillt zu werden. Aber dann blickte er noch einmal in Sandsteins Gesicht, und er las in ihren Augen, dass es für ihn keinen schnellen Tod geben würde, schon gar keinen schmerzlosen, und er stieß sich, ohne zu zögern, ab.

Abgesehen von der Hitze, die schlimmer war, als er erwartet hatte, war es beinahe leicht. Dem Beispiel der Polynesier folgend breitete er weit die Arme aus, und er spürte schon auf den ersten Metern, wie sich die aufsteigende heiße Luft unter seinen Flügeln fing und den Sturz bremste.

Trotzdem schien ihm das glühende Herz des Vulkans regelrecht entgegenzufliegen. Die Hitze verbrannte sein Gesicht, seine Augenbrauen und Lungen, und als er vorsichtig die Arme bewegte, um seinen Kurs zu korrigieren, wie er es bei den Langohren gesehen hatte, geriet er prompt ins Trudeln und wäre in die Lava gestürzt, hätte ihn das Tau nicht gehalten. Fast eine Minute lang zappelte er hilflos am Ende der Leine herum, bis es ihm gelang, eine halbwegs ruhige Position wiederzugewinnen; von einem gezielten Flug oder gar dem eleganten Gleiten und Schweben, das er bei den Vogelmenschen beobachtet hatte, war keine Rede.

Etwas im Rhythmus der Trommeln änderte sich. Thor hob – sehr vorsichtig, um nicht durch eine unbedachte Bewegung wieder aus dem Gleichgewicht und ins Trudeln zu geraten – den Kopf und sah, wie sich dicht nebeneinander drei Polynesier mit weit ausgebreiteten Schwingen in die Tiefe stürzten. Von unten betrachtet sah es noch eleganter aus als von oben. Und noch tödlicher.

Thor griff nach dem ersten Dolch und zog ihn aus dem Gürtel.

Die drei Polynesier stürzten wie Raubvögel auf ihn herab, einer von rechts, einer von links, der dritte direkt von oben. Offenbar wollten sie die Sache zu einem schnellen Ende bringen.

Thor hatte dasselbe vor, aber er war nicht sicher, ob ihm das gleiche Ergebnis vorschwebte wie den Vogelmenschen.

Er sah die Messer in den Händen der Polynesier, die ihn von den Seiten angriffen, und versuchte sich herumzuwerfen und zugleich an Höhe zu gewinnen. Dabei geriet er prompt ins Trudeln.

Wahrscheinlich rettete ihm seine Ungeschicklichkeit das Leben. Thor überschlug sich am Ende seiner Leine, stürzte ein gutes Stück weit der Lava entgegen und gewann fast gegen seinen Willen in einer bizarren Spirale wieder an Höhe, als er instinktiv die Arme ausbreitete und in die Thermik geriet.

Einer der Polynesier verfehlte ihn nur um Haaresbreite; die beiden anderen schossen plötzlich aufeinander statt auf ihren gemeinsamen Gegner zu und hatten mit einem Mal alle Hände voll zu tun, nicht miteinander zu kollidieren und ihre Taue nicht zu verheddern. Vielleicht hätte er in diesem Moment eine gute Chance gehabt, die Überraschung seiner Gegner auszunutzen und wenigstens einen von ihnen auszuschalten.

Theoretisch.

Praktisch riss die Thermik ebenso plötzlich wieder ab, wie sie ihn in die Höhe katapultiert hatte, und Thor stürzte kopfüber und mit Armen und Beinen strampelnd in die Tiefe.

Eine grün gefiederte Gestalt schoss auf ihn zu. Thor breitete die Arme aus und versuchte wieder in die Thermik zu gelangen, aber er war nicht schnell genug. Der Polynesier glitt kaum eine Handbreit an ihm vorbei und sein Dolch schlitzte Thors Hemd vom Gürtel bis zum Halsausschnitt auf.

Die Haut darunter auch.

Thor keuchte vor Schmerz und versuchte ebenfalls einen Messerhieb anzubringen, doch seine Klinge fetzte nur ein paar Federn aus dem Mantel des Polynesiers. Thor warf sich herum, schlug ungeschickt mit den Flügeln und versuchte ihm zu folgen, wurde jedoch in diesem Moment von den beiden anderen angegriffen. Sie glitten wieder von beiden Seiten auf ihn zu, diesmal aber in unterschiedlicher Höhe, sodass ihn einer von beiden auf jeden Fall erwischen musste, ganz egal, was für ein Ausweichmanöver er vollführte.

Also versuchte er es erst gar nicht.

Stattdessen warf er sich herum und raste direkt auf einen der beiden zu.

Seine Attacke überraschte den Polynesier vollkommen. Sie bewegten sich mit irrsinniger Geschwindigkeit aufeinander zu, und Thor stellte sich dabei so ungeschickt an, dass sein Gegner ihn der Länge nach aufgeschlitzt hätte, wenn er nur das Messer gehoben hätte. Aber er tat es nicht, sondern starrte Thor einfach nur fassungslos an. Thor hackte mit dem Messer nach ihm, erwischte aber auch diesmal nichts als ein paar Federn, und dann waren sie aneinander vorbei. Im nächsten Augenblick begriff Thor schlagartig, warum der Polynesier ihn so fassungslos angestarrt hatte; genauer gesagt: so *entsetzt.*

Ihre Taue begannen sich umeinanderzuwickeln.

Sowohl Thor als auch sein Gegner versuchten eine Ausweichbewegung, aber es war zu spät. Ihre Seile drehten sich umeinander und Thor und der Polynesier begannen einander gegen ihren Willen und immer schneller zu umkreisen. Der Kraterrand und die lodernden Feuer rasten immer schneller und schneller an ihm vorbei.

Der Zusammenstoß war fürchterlich. Das Messer wurde ihm aus der Hand gerissen und flog davon, und aus dem Federmantel seines Gegenübers löste sich ein fast metergroßes Stück, das trudelnd in die Tiefe zu stürzen begann und Feuer fing, noch bevor es die Lava erreichte.

Thor klammerte sich instinktiv am Körper seines Gegners fest. Der andere tat dasselbe; allerdings nur mit einer Hand. Mit der anderen griff er nach Thors Kehle und drückte mit erbarmungsloser Kraft zu.

Thor ließ die Schultern des Langohrs los und begann mit beiden Fäusten auf dessen Gesicht einzuschlagen. Er traf. Blut lief aus Nase und Gesicht des Eingeborenen, doch sein Würgegriff verstärkte sich nur noch. Thors Kräfte ließen bereits nach. Er hämmerte weiter auf seinen Gegner ein, aber seine Schläge waren jetzt kraftlos und hatten so gut wie keine Wirkung mehr.

Ein furchtbarer Ruck ging durch seinen Körper. Thor sah hoch und erkannte voller Entsetzen, dass nur noch einer der beiden Polynesier mit seinen Flügeln über ihnen kreiste. Der andere hatte sich zu den ineinandergedrehten Seilen emporgeschwungen und daran festgeklammert. In der rechten Hand hielt er ein gewaltiges Messer, mit dem er verbissen an den Tauen herumsäbelte.

Dieser Anblick gab Thor noch einmal Kraft. Mit einem verzweifelten Hieb sprengte er den Würgegriff seines Gegners, stieß sich von ihm ab und versuchte irgendwie in die Höhe zu kommen. Augenblicklich begannen sie wieder umeinanderzukreisen, diesmal in entgegengesetzter Richtung.

Wieder spürte er einen Ruck, der ihm sämtliche Knochen im Leib zu brechen schien. Das erste Seil war gerissen. Es war das, an dem sein Gegner hing, aber da ihre Taue sich mindestens dreißig- oder vierzigmal umeinandergedreht hatten, stürzte der Polynesier nicht sofort ab, sondern glitt mit kleinen, harten Rucken in die Tiefe, wobei er gleichzeitig wie besessen mit den Armen ruderte, um in Thors Nähe zu kommen. Der zweite Polynesier säbelte fröhlich weiter am Seil. Es würde nur noch Sekunden halten.

Thor hielt verzweifelt nach dem dritten Vogelmenschen

Ausschau und zog gleichzeitig das zweite Messer aus dem Gürtel. Er entdeckte ihn keine zehn Meter von sich entfernt, warf sich herum und sah aus den Augenwinkeln, wie der Polynesier, mit dem er gerade gekämpft hatte, von unten auf ihn zuglitt. Sein Tau gab ihm jetzt keinen Halt mehr, aber er hatte die Thermik so günstig erwischt, dass er für einen Moment tatsächlich flog.

Was er vorhatte, war klar.

Trotzdem ignorierte ihn Thor und packte das Seil, an dem er hing. Hand über Hand zog er sich mühsam in die Höhe.

Und dann ging alles entsetzlich schnell.

Thors Seil riss. Er spürte, dass er zu fallen begann, gleichzeitig warf er sich herum, erwischte einen Aufwind, der ihn einen knappen Meter in die Höhe trug, und versuchte die strampelnden Beine des Polynesiers zu erreichen.

Er schaffte es im gleichen Moment, in dem sein vorheriger Gegner herangekommen war und seinerseits nach *seinen* Beinen griff. Mit aller Kraft klammerte er sich an Thor fest.

Es gab einen entsetzlichen Ruck, der ihm die Arme aus den Gelenken zu reißen schien, aber sein Vorrat an wundersamen rettenden Fügungen war wohl noch nicht aufgebraucht. Der Polynesier über ihm trat wütend aus, aber die schiere Todesangst – und der Anblick der brodelnden Lava unter sich – gaben Thor fast übermenschliche Kräfte. Obwohl die gut zwei Zentner des anderen Langohrs an seinen Beinen zerrten, kletterte er weiter in die Höhe, krallte sich in die Arme des Polynesiers und griff weiter nach oben.

Der Polynesier rammte ihm das Knie in den Leib. Eine seiner Hände tastete über Thors Gesicht und packte nach seinen Augen. Thor biss ihm in den Daumen, schmeckte

Blut und krümmte sich gleich darauf selbst vor Schmerz, als das Knie des Burschen mit der Wucht eines Hammerschlags in seinem Magen landete. Sein Griff lockerte sich; er begann abzurutschen.

Instinktiv warf er die Arme nach oben und packte, was er zu fassen bekam.

Es waren die Ohren des Vogelmenschen.

Der Polynesier begann hysterisch und schrill zu kreischen, als seine Ohrläppchen plötzlich und brutal zur doppelten Länge gedehnt wurden, nachdem er selbst sie in den letzten zehn oder fünfzehn Jahren sehr behutsam gestreckt hatte. Thor spürte einen weiteren harten Ruck und plötzlich waren seine Hände voller Blut. Verzweifelt krallte er sich in das Gesicht des Polynesiers, glitt weiter ab und fand schließlich an dessen Schultern Halt. Der Polynesier kreischte vor Schmerz und begann sich wild hin und her zu werfen, während er beide Hände auf seine blutenden Ohren presste.

Unter Thor ertönte ein schriller Schrei, und als er den Blick senkte, machte sein Herz einen erschrockenen Hüpfer bis in seinen Hals hinauf.

Der Polynesier, der sich an seine Beine geklammert hatte, stand in Flammen. Sein Tau war in die Lava geraten und das heiße, flüssige Gestein hatte es wie eine Lunte in Brand gesetzt.

Die Flammen hatten bereits den Rand seines Federmantels erreicht und griffen mit rasender Schnelligkeit um sich!

Thor hatte bisher gezögert, aber nun blieb ihm keine andere Wahl mehr: Mit einem entschlossenen Tritt stieß er den Polynesier von sich. Der Eingeborene kreischte, stürzte rücklings in die Tiefe und breitete im Fallen die Arme aus. Wie ein riesiger, brennender Vogel stürzte er in die Lava hinab und verschwand in der brodelnden Masse. Eine gewaltige

Stichflamme schoss in die Höhe und ein Hagel aus winzigen glühenden Lavaspritzern versengte Thors Rücken und seine Beine.

In der Zwischenzeit war jedoch der zweite Polynesier wieder halbswegs zur Besinnung gekommen. Seine zerfetzten Ohrläppchen bluteten noch immer heftig, aber der Ausdruck seiner Augen verriet jetzt viel weniger Schmerz als rasende Wut.

Thor schlang den linken Arm um seinen Nacken, klammerte sich mit aller Kraft daran fest und rammte ihm die rechte Faust in den Leib; einmal, zweimal, dreimal, immer wieder.

Zuerst schien es, als hätten seine Hiebe überhaupt keine Wirkung, aber dann spürte er, dass der Körper seines Gegners allmählich erschlaffte.

Nur um sicherzugehen, schlug er noch einmal zu, dann begann er weiter in die Höhe zu steigen, bis er wie ein Zirkusartist auf den Schultern des bewusstlosen Polynesiers stand und sich mit der linken Hand am Haltetau festklammerte.

Der dritte und letzte Vogelmensch glitt mit weit ausgebreiteten Schwingen heran. In seinen Händen blitzte eine gewaltige Machete, und als Thor seinen Kurs in Gedanken verlängerte, wurde ihm klar, dass er selbst gar nicht das Ziel des Polynesiers war. Der hatte vor, das Tau zu kappen, damit sie beide in die Lava hinabstürzten. Das Leben ihrer eigenen Leute schien den Langohren nicht besonders viel wert zu sein.

Thor zögerte einen Moment. Das Messer in seiner Hand war die einzige Waffe, die ihm noch geblieben war. Nur ein winziger Fehler und er wäre seinem Gegner hilflos ausgeliefert. Trotzdem blieb ihm keine andere Wahl.

Er wartete, bis der Polynesier nur noch knapp drei Meter

von ihm entfernt war, dann schleuderte er das Messer mit aller Kraft. Zielsicher traf die Klinge die Brust des Vogelmannes.

Der Polynesier schrie auf, vermutlich weniger vor Schmerz als vor Schrecken, aber er behielt trotzdem die Nerven. Mit weit ausgebreiteten, reglosen Schwingen glitt er dicht an Thor vorbei, ließ plötzlich seine Machete fallen und ging in einen rasenden Sturzflug über. Als Thor schon glaubte, er würde in der Lava versinken, warf er sich gerade noch herum und nutzte den Schwung seines eigenen Sturzes, um auf der heißen Luft wieder in die Höhe zu reiten. Er hatte keine Chance, den Kraterrand zu erreichen, aber er prallte auf halber Höhe gegen die Böschung, schlitterte ein Stück in die Tiefe und fand schließlich irgendwo Halt.

Sein Umhang schwelte und an einer Stelle züngelten bereits winzige Flammen. Mit fliegenden Fingern schlug er sie aus, riss sich das schwere Kleidungsstück von den Schultern und begann an der Innenseite des Kraters in die Höhe zu klettern. Thor gönnte ihm, dass er es schaffte.

Allerdings sah er nicht weiter zu, sondern blickte zu Sandstein hinauf, die am Rande der steinernen Plattform stand und zu ihm hinunterstarrte. Er konnte ihr Gesicht nur als hellen Fleck erkennen, aber er glaubte ihre fassungslosen Blicke geradezu zu spüren.

»Ich habe die Bedingung erfüllt!«, schrie er. »Jetzt halten Sie Ihr Wort! Ziehen Sie mich rauf!«

Sekundenlang regte sich Sandstein überhaupt nicht, und Thor glaubte schon, sie hätte seine Worte gar nicht verstanden, aber dann hob sie die Hand und winkte befehlend.

Er wurde jedoch nicht in die Höhe gezogen.

Stattdessen beobachtete er voll ungläubigem Entsetzen, wie sich drei weitere Vogelmänner bereit machten, in den Vulkankrater hinabzugleiten!

»Sandstein!«, schrie er. »Ist das Ihre Art, Ihr Wort zu halten?«

»Ich halte mein Wort, Mister Garson!«, schrie Sandstein zurück. »Ich habe Ihnen versprochen, dass Sie Gelegenheit zum Üben erhalten, oder? Nun, Sie haben sie bekommen – und gut genutzt. Jetzt werden Sie gegen drei meiner Krieger kämpfen, die *wirklich* gut sind. Die Versager, die Sie getötet haben, haben nichts anderes verdient!«

»Glauben Sie, dass Ihr Volk einer Göttin vertraut, die ihr Wort bricht, Mi-Pao-Lo?«, fragte Thor.

Sandstein lachte hässlich. »Ein guter Versuch, Mister Garson!«, antwortete sie. »Aber geben Sie sich keine Mühe! Sie verstehen kein Wort Ihrer Sprache, Garson! Wenn Sie diese drei besiegen, dann sind Sie frei!«

Sie gab ein Zeichen und die drei Polynesier stürzten sich nebeneinander in die Tiefe.

Thor fluchte lautlos in sich hinein. Er war ein Narr gewesen, dieser Wahnsinnigen zu vertrauen. Sie würde nie zulassen, dass er oder einer der anderen diese Insel lebend verließ. Selbst dann nicht, wenn er auch mit den nächsten drei Langohren fertig würde.

Was ihm aber sowieso nicht gelingen konnte.

Schon die Art, in der sie auf ihn zuglitten, machte ihm klar, dass *diese* Krieger den Ritt auf der Thermik ungleich besser beherrschten als die drei ersten. Und diesmal besaß er nicht einmal mehr eine Waffe. Nein, er hatte keine Chance.

Trotzdem sah er den dreien entschlossen entgegen. Er wollte sein Leben so teuer verkaufen wie möglich.

Er brauchte es nicht.

Etwas wie ein weit entfernter, sonderbar trockener Donnerschlag wehte vom Meer heran, dann war ein Pfeifen zu hören, hoch und schrill, das immer näher kam und dabei immer lauter wurde. Irgendetwas flog unsichtbar, aber mit einem höllischen Getöse über den Krater hinweg. Für eine Sekunde herrschte eine fast unnatürliche Stille, dann drang das Geräusch einer gewaltigen Explosion aus dem Dschungel. Roter Flammenschein erfüllte den Himmel, und Thor glaubte zu spüren, wie die ganze Insel unter ihnen erzitterte.

Dem Donner der Explosion folgte eine fast unheimliche Stille. Das Dröhnen der Trommeln war verstummt und selbst das Grollen des Vulkans schien für einen Moment auszusetzen.

Auch Thor hielt unwillkürlich den Atem an. Er sah aus den Augenwinkeln, wie die drei Polynesier immer näher kamen; aber ihr Flug war jetzt kein Angriff mehr. Sie wirkten verwirrt und zu Tode erschrocken, und ihre Blicke waren nicht mehr auf ihn gerichtet, sondern in den Himmel.

Ein zweiter Donnerschlag wehte vom Meer heran, und noch bevor das schrille Heulen und Pfeifen wieder einsetzte, sanken die Langohren auf dem Kraterrand einer nach dem anderen auf die Knie und senkten demütig die Häupter. Endlich begriff Thor, was da geschah. Für die Polynesier war das Donnern die Antwort ihres Gottes, den sie mit der Zeremonie angerufen hatten.

Der Irrtum hielt sich allerdings nur wenige Augenblicke, bis er auf grausame Weise richtiggestellt wurde. Das Heulen und Pfeifen setzte wieder ein und kam näher, und Thor fand gerade noch Zeit, sich mit Armen und Beinen an das Tau zu klammern, ehe Make-Makes Antwort, die in Wirklichkeit aus einer 120-mm-Granate bestand, die Insel erreichte und inmitten der betenden Polynesier auf dem Kraterrand explodierte.

Ein rot-orangefarbener Feuerball überstrahlte das Licht der Zeremonienfeuer. Das Krachen der Explosion schien Thors Trommelfelle zu zerreißen, und die Druckwelle fegte ihn von seinem lebenden Halt herunter und wirbelte die drei anderen Vogelmenschen haltlos durcheinander. Einer rutschte aus seinem Haltegeschirr und stürzte in die Lava hinab, die beiden anderen wurden gegen die Kraterwand geschleudert. Thor klammerte sich mit verzweifelter Kraft an das Seil, das ebenfalls wild zu pendeln begonnen hatte. Flammen und glühende Gesteinssplitter regneten auf ihn nieder, und die Lava im Herzen des Vulkans antwortete mit einem wütenden Brodeln und meterhohen Stichflammen. Diesmal war er sicher, dass er sich das Schwanken des Bodens nicht nur einbildete. Der ganze Berg zitterte; und es war nicht nur die Antwort auf den Granateneinschlag.

Sekundenlang, ehe die Granate heulend heranraste, warnte ihn das Dröhnen eines dritten Kanonenschusses. Thor begann verzweifelt in die Höhe zu klettern. Seine Hände waren sogleich aufgeschürft und blutig, und sein Körpergewicht schien sich mit jedem Meter zu verdoppeln, den er sich in die Höhe arbeitete. Trotzdem kletterte er verbissen weiter und seine Entschlossenheit rettete ihm das Leben.

Die dritte Granate traf genau ihr Ziel.

Sie explodierte nicht auf dem Kraterrand, sondern raste weiß glühend an Thor vorbei und verschwand in der Lava. Eine halbe Sekunde lang schien es, als würde gar nichts geschehen, doch dann hörte Thor einen dumpfen, sonderbar gedämpften Knall, und plötzlich flammte der ganze Lavasee in greller Weißglut auf. Eine Woge unvorstellbarer Hitze stieg in die Höhe, und dann brachen an einem Dutzend Stellen gleichzeitig brodelnde Lavageysire aus. Glutflüssiges Gestein spritzte empor, setzte den Mantel des bewusstlosen Polynesiers unter Thor in Brand und verschlang einen der anderen. Thor kletterte mit verzweifelter Kraft weiter, ignorierte die mörderische Hitze, die seine Haut versengte und seine Kleider schwelen ließ, ebenso wie die grausamen Schmerzen in seinen Händen und Schultern. Jedes bisschen

Kraft und Energie, das er noch in sich fand, verwandte er dafür, sich Meter für Meter in die Höhe zu ziehen.

Eine weitere Granate raste heran und explodierte an der Innenseite des Kraters. Der Einschlag lag so weit entfernt, dass er Thor nicht gefährdete, aber er zertrümmerte fast ein Drittel des Kraterrandes. Es war, wie Ganty gesagt hatte: Die Langohren hatten ein Jahrtausend Zeit gehabt, den Berg auszuhöhlen, und er zerbarst unter der Explosion wie ein Ameisenbau unter dem Fußtritt eines Elefanten. Tonnen von Gestein polterten in einer gewaltigen Lawine in die Lava hinab. Der Berg klaffte auseinander. Für Sekunden sah Thor Stollen und Säle, die noch niemals ein Sonnenstrahl berührt hatte, ehe auch sie zusammenbrachen und sich der Felslawine anschlossen, die in die Lava hinunterstürzte. Thor hielt jedoch keine Sekunde inne, sondern kletterte weiter, und irgendwie gelang es ihm, den Rand der Felsplattform zu erreichen, ehe ein weiteres Geschoss heranjagte, das diesmal wieder genau sein Ziel traf und eine weitere brüllende Säule aus geschmolzenem Gestein in die Höhe steigen ließ.

Auf dem steinernen Viereck herrschte nun ein heilloses Chaos.

Kleine Pfützen aus allmählich abkühlender Lava bildeten ein fast regelmäßiges Muster aus dunkelrotem Licht auf dem Felsen. Einige Langohren lagen verletzt oder auch tot auf dem Boden und die restlichen waren in ein verbissenes Handgemenge mit Jonas und den anderen verwickelt.

Thor zog sich mit letzter Kraft über den Rand des Felsens, brach zusammen und vermochte für endlose Sekunden nichts anderes, als keuchend ein- und auszuatmen und darauf zu warten, dass die grausame Hitze nachließ.

Als er die Augen wieder aufschlug, war der Kampf so gut wie entschieden. Der Großteil der Vogelmenschen hatte wohl die Flucht ergriffen, als das Bombardement begann, und auch von Sandstein und ihrem Feuerkristall war nichts mehr zu sehen.

Thor hoffte inständig, dass sie mitsamt dem verfluchten Kristall in den Krater hinabgestürzt war, doch irgendetwas sagte ihm, dass die Lösung nicht so leicht sein würde.

Eine Gestalt kam auf ihn zu, aber Thor erkannte erst, wer es war, als der andere sprach und er die Stimme identifizieren konnte. Es war Jonas.

»Garson! Um Gottes willen, sind Sie in Ordnung?«

Thor fand, dass das die mit Abstand dümmste Frage war, die er seit Wochen gehört hatte, aber alles, was er als Antwort zustande brachte, war ein kaum erkennbares Nicken. Er versuchte aufzustehen, doch es gelang ihm erst, als Jonas ihm dabei half.

»Wo ... ist Sandstein?«, stieß er mühsam hervor. Er konnte immer noch nicht richtig sehen. Seine Augen tränten ununterbrochen; sein Gesicht fühlte sich an, als hätte jemand versucht ihm bei lebendigem Leibe die Haut abzuziehen. Jonas' Blick nach zu schließen schien er auch ungefähr so auszusehen.

»Verschwunden«, antwortete Jonas. Er machte ein abfälliges Geräusch. »Sie war weg wie der Blitz, als die erste Granate im Dschungel einschlug. Eine feine Göttin haben sich diese Wilden da angelacht!«

Thor schüttelte ein paarmal den Kopf, um ihn wieder klar zu bekommen, aber Jonas' Worte weigerten sich einfach, einen Sinn zu ergeben. »Was ... ist passiert?«, murmelte er.

Jonas lachte. »Ich schätze, Ihr Nazi-Freund hat Sie am Ende doch noch aufs Kreuz gelegt.«

»Wie?«, murmelte Thor.

»Delano hat Sie reingelegt«, sagte Jonas. Es klang beinahe

fröhlich. »Verstehen Sie immer noch nicht? Ihr Signal ist angekommen, aber Sie haben nicht um ein Rettungskommando gebeten, sondern einen Feuerbefehl gegeben. Ganty hat mir erzählt, was Sie getan haben. Ganz schön clever, Sie und Ihr Nazi-Freund.«

»Ja«, murmelte Thor. »Wenn er nicht schon tot wäre, dann würde ich ihn jetzt mit Freuden erwürgen.«

Jonas wurde übergangslos ernst. »Ich schätze, die Mühe können Sie sich sparen, Thor. Sieht nicht so aus, als ob wir lebend hier herauskommen.«

Thor sah ihn verwirrt an. Während dieser Worte hatte der Kampf ein Ende gefunden; die wenigen Polynesier, die nicht verletzt oder geflüchtet waren, hatten die anderen Gefangenen überwältigt und mit ihren eigenen Gürteln gefesselt.

Aber das war gar nicht die Gefahr, von der Jonas gesprochen hatte, und es dauerte nur einige Sekunden, bis Thor das begriff. Die Langohren stellten wahrscheinlich das kleinere Problem für sie dar.

Der Beschuss vom Meer aus hatte aufgehört. Thor registrierte erst jetzt, im Nachhinein, dass keine weiteren Granaten mehr vom Himmel gestürzt waren, seit er das Plateau erreicht hatte.

Aber der Boden hatte trotzdem nicht aufgehört zu zittern. Ganz im Gegenteil.

Der Fels unter ihren Füßen wankte und zitterte immer stärker und der Krater spie mehr und heißere Flammen und Glut aus denn je. Die Feuer auf dem Kraterrand waren zum größten Teil erloschen, aber der Himmel glühte noch immer blutrot.

Ein unablässiges Grollen und Dröhnen drang an sein Ohr, durchdrungen von einem Geräusch, als stürzten unter ihren Füßen gewaltige Hohlräume zusammen.

Und ganz genau das geschah auch.

»Großer Gott!«, flüsterte Thor.

»Stimmt«, sagte Jonas trocken. »Diese ganze verdammte Insel fällt auseinander. Ich schätze, in zwei Stunden ist hier nichts mehr als unbewegte See.«

Thor streifte vorsichtig Jonas' Hand ab und versuchte aus eigener Kraft zu stehen. Es gelang ihm nicht. Der Boden schwankte und zitterte mittlerweile so heftig, dass es sogar Jonas und den anderen schwerfiel, sich auf den Füßen zu halten.

Und er selbst hatte sich in der letzten halben Stunde alles abverlangt. Jonas musste ihn stützen, als sie zu den anderen hinüberwankten.

»Garson!«, rief Ganty erschrocken. »Sind Sie verletzt?«

»Nein«, antwortete Thor automatisch. Er versuchte zu lächeln und verbesserte sich: »Jedenfalls nicht schlimm. Wir müssen weg hier, Ganty. Wohin sind Sandstein und die anderen verschwunden?«

Ganty deutete schweigend auf das zweiflügelige Tor aus schwarzem Basalt am Ende des Plateaus. Es war geschlossen.

Thor machte sich nicht einmal die Mühe, sein Gewicht zu schätzen. Es spielte auch keine Rolle. Ohne Werkzeug oder besser noch einige Kisten Dynamit hatten sie keine Chance, es zu öffnen.

»Dann müssen wir klettern«, sagte er schweren Herzens.

»Klettern?« Ganty klang eindeutig entsetzt. Thor blickte an der Felswand in die Höhe und verstand plötzlich den schrillen Klang in der Stimme des Alten. Die Wand war allerhöchstens noch zwanzig Meter hoch, aber sie stieg vollkommen senkrecht in die Höhe, und die Lava war so glatt wie sorgsam poliertes Glas. Kein Wesen, das nicht über Flügel verfügte, kam da hinauf.

Thor blickte nachdenklich auf einen der bewusstlosen

Polynesier hinab. Der Eingeborene trug einen der grünen Federmäntel; vielleicht war er einer von Sandsteins »allerbesten« Männern, die sich schon einmal bereit gemacht hatten – nur für den unwahrscheinlichen Fall, dass er auch mit den drei nächsten Vogelmenschen fertig geworden wäre. Er war schwer verwundet, vielleicht tot. Ein Lavasplitter hatte seinen Hals getroffen und sich tief in sein Fleisch gebrannt. Aber sein Mantel war unversehrt …

Thor kniete neben dem Polynesier nieder und begann mit zitternden Fingern das komplizierte Geschirr aus ledernen Riemen und Stangen zu lösen, das den Polynesier mit seinen künstlichen Flügeln verband.

»Was tun Sie da, Thor?«, fragte Ganty.

Thor antwortete nicht. Schon der bloße Gedanke an das, was er zu tun beabsichtigte, trieb ihm den Angstschweiß auf die Stirn. Aber es war vermutlich die einzige Chance, die sie überhaupt noch hatten. Er arbeitete schneller, schälte den Polynesier aus seinem Mantel und schlüpfte selbst hinein.

»Sind Sie verrückt, Thor?«, keuchte Jonas. »Das schaffen Sie nicht mehr! Sie sind völlig am Ende!« Diese Feststellung hinderte ihn jedoch nicht daran, Thor dabei zu helfen, den Mantel sicher und fest zu verzurren. Gleichzeitig fuhr er fort: »Seien Sie vernünftig, Thor! Sie können ja kaum noch aus eigener Kraft stehen!«

»Das habe ich auch nicht vor«, antwortete Thor. Er lächelte matt und bewegte die Arme, als schlüge er probehalber mit den Flügeln. Jonas wollte antworten, aber Thor ließ ihn nicht zu Wort kommen, sondern deutete mit einer Kopfbewegung zum Kraterrand. »Wir müssen dort hinauf, und ich sehe keinen anderen Weg. Wollen Sie es versuchen?«

Er wartete Jonas' Antwort nicht ab, sondern trat an den Rand des Plateaus und sah in die Tiefe.

Die Hitze war jetzt selbst hier oben schlimmer als vorhin, als er über die Lava geglitten war. Die Luft kochte. Er konnte nicht atmen. Ein glühender Sturmwind peitschte ihm ins Gesicht und trieb ihm die Tränen in die Augen. Hastig trat er wieder einen Schritt vom Rand zurück und sah sich um. »Ich brauche ein Seil.«

Gantys Lippen wurden zu einem schmalen, blutleeren Strich. Thor konnte regelrecht sehen, wie es hinter seiner Stirn arbeitete. Aber er sprach nichts von all dem aus, was in ihm vorgehen mochte, sondern wandte sich schweigend um und kam nach wenigen Augenblicken mit einem zusammengerollten Tau zurück, das er Thor reichte. Thor band sich das eine Ende um die Hüfte und reichte Jonas das andere.

»Versuchen Sie nicht, mich zu halten, wenn ich stürzen sollte«, sagte er, ehe er wieder an die Felskante trat.

Er hatte entsetzliche Angst. Die Lava war weiter gestiegen und schien ihm jetzt näher als vorhin, als er unten im Krater um sein Leben gekämpft hatte. Der Berg zitterte immer stärker.

Von der gegenüberliegenden Seite lösten sich immer wieder kleine und große Felstrümmer und rutschten in die Lava hinab.

Jonas hatte recht, dachte Thor entsetzt. Die ganze Insel brach auseinander.

Er verscheuchte sowohl diesen als auch alle anderen unerfreulichen Gedanken, breitete die Arme aus und stieß sich mit aller Kraft ab. Fast sofort ergriff ihn der glühende Sturmwind und trug ihn in die Höhe; viel schneller, als er erwartet hatte, und vor allem in eine völlig andere Richtung.

Thor unterdrückte im letzten Moment den Impuls, sich herumzuwerfen und die Arme zu bewegen, was zweifellos sein Ende bedeutet hätte, denn er wäre ins Trudeln geraten und wie ein Stein in die Tiefe gestürzt. Stattdessen versuchte er mit weit ausgebreiteten, reglosen Armen auf der Thermik zu schwimmen, um wieder zu seinem Ausgangspunkt zurückzukommen.

Es ging nicht. Das Fliegen selbst war leichter, als er zu hoffen gewagt hatte, denn der kochende Sturm aus der Tiefe hatte eine Geschwindigkeit erreicht, die selbst einen Menschen ohne seine besondere Ausrüstung von den Füßen gerissen hätte.

Aber es war völlig ausgeschlossen, diesen Flug in irgendeiner Weise zu steuern. Statt auf den Kraterrand zu wurde Thor weiter in seine Mitte hineingesogen.

Plötzlich spürte er einen harten Ruck. Thor unterdrückte auch jetzt den Impuls, die Arme zu bewegen, aber er sah an sich hinunter und entdeckte, dass sich das Seil an seiner Taille gespannt hatte. An seinem anderen Ende, winzig klein und absurd tief unter ihm, zappelten Ganty, Jonas und zwei der SS-Soldaten, die sich mit aller Kraft gegen den Boden stemmten und ihn hielten wie einen übergroßen, bizarren Spielzeugdrachen.

Ganz langsam begannen sie ihn zurückzuziehen. Der heiße Wind schlug wie mit unsichtbaren Krallen nach ihm. Sein Federmantel begann zu schwelen, und als versuche der Vulkan mit aller Gewalt sein schon sicher geglaubtes Opfer doch noch zurückzuholen, stieg eine dreißig Meter hohe Lavasäule aus der brodelnden Masse empor. Sie verfehlte ihn, aber die Hitze ließ ihn gequält aufschreien und setzte den Saum seines Federmantels in Brand. Er überschlug sich in der Luft, stürzte ein paar Meter weit und fand in einen trudelnden Sturzflug zurück, als Ganty und die anderen mit aller Kraft am Seil zogen. Langsam glitt er wieder auf den Kraterrand zu und verlor dabei allmählich an Höhe. Sein Mantel brannte weiter. Die Flammen fanden in den Vogelfedern reichlich Nahrung, sodass er eine Schleppe aus Funken und Rauch und brennenden Federn hinter sich herzog, während er sich wie ein brennendes Segelflugzeug dem Kraterrand näherte.

Auf den letzten fünf oder sechs Metern geriet er aus der Thermik und stürzte. Benommen blieb er einen Moment liegen, ehe ihn die Hitze wieder ins Bewusstsein zurückholte. Hastig sprang er hoch, riss sich den brennenden Mantel von den Schultern und schlug die Flammen aus, die an seinen Hosenbeinen züngelten.

Er war genau auf dem Kraterrand aufgeschlagen, zwanzig Meter über und vielleicht fünfzig Meter neben Ganty und den anderen. Rauch nahm ihm die Sicht, während er sich an dem noch immer straff gespannten Seil zurücktastete.

Auch hier oben loderten zahllose Brände. Tote und sterbende Langohren lagen auf dem Kraterrand. Kleine Nester aus rot glühender Lava verwehrten ihm den Weg und zwangen ihn zu einem irren Zickzack, bis er endlich den Kraterrand oberhalb der anderen erreicht hatte. Das Seil von seiner Hüfte zu lösen und an einem Felszacken zu befestigen, überstieg fast seine Kräfte.

Er musste wohl doch das Bewusstsein verloren haben, denn das Nächste, was er wieder wahrnahm, waren Nancy und die beiden Australier, die neben ihm knieten und sich mit vereinten Kräften um ihn bemühten, während Ganty und Jonas am Seil standen und den anderen Gefangenen halfen den Kraterrand zu erreichen.

Die nächste halbe Stunde kam Thor hinterher vor wie ein böser Traum. Sie waren noch knapp zwanzig, als sie die Flanke des Vulkans hinunterstiegen und den Waldrand erreichten.

Ganty hatte die Führung übernommen, da er der Einzige

war, der sich auf der Insel zumindest ein wenig auskannte, aber Thor fragte sich vergeblich, *wohin* er sie eigentlich führen wollte. Die Vulkaninsel ging unter, daran bestand gar kein Zweifel. Die Explosionen hatten die ohnehin brüchige Struktur der Insel so erschüttert, dass sie einfach in Stücke fallen würde.

Und das vielleicht schon in ein paar Stunden. Auch hier im Dschungel schwankte und bebte der Boden jetzt ununterbrochen, und die Erdstöße nahmen an Heftigkeit nicht ab, sondern im Gegenteil noch zu. Krachend und splitternd stürzten Urwaldriesen um, und hier und da schossen Flammen aus dem Dschungel.

Und dabei war das alles wahrscheinlich erst das Vorspiel. Thor dachte schaudernd an das, was Ganty ihm am ersten Tag über diese Insel erzählt hatte: Der Lavasee im Herzen des Vulkans lag ein gutes Stück *unter* dem Meeresspiegel. Wenn die Erdstöße anhielten, dann würde das Gestein früher oder später so geschwächt sein, dass Wasser in die kochende Lava floss. Den Knall, mit dem die Insel dann in die Luft fliegen würde, könnte man vermutlich noch auf Hawaii hören.

Zumindest ließen die Langohren sie in Ruhe. Auf dem ganzen Weg zum Strand hinab sahen sie nicht einen einzigen Eingeborenen. Vermutlich waren sie zusammen mit ihrer Göttin in eine andere Richtung geflohen, um die Insel zu verlassen.

Ganty führte sie nicht zu der Stelle am Strand zurück, an der sie die Insel betreten hatten, sondern nahezu in die entgegengesetzte Richtung. Der Weg wurde nach und nach schwieriger. Zwischen den Bäumen erhoben sich immer öfter scharfkantige Lavafelsen und ein paarmal mussten sie über glasharte Lava hinwegklettern, die ihnen Hände und Füße zerschnitt. Mehrmals gingen sie den Weg zurück, den sie sich gerade mühsam erkämpft hatten, weil vor ihnen Flammen tobten oder der Boden aufgerissen war und Hitze und giftige Dämpfe erbrach.

Schließlich erreichten sie den Strand. Es war allerdings kein weißer Sandstreifen, sondern eine jäh abbrechende Felskante, kaum zwanzig Meter vom Waldrand entfernt und fünf Meter über einer kochenden See, deren weiße Gischt sich brüllend an der Lava brach. Die Steilküste zog sich so weit dahin, wie der Blick reichte.

Thor kämpfte sich zu Ganty durch und ergriff ihn unsanft an der Schulter. »Was soll das hier?«, schrie er über das Tosen der Brandung hinweg. »Wieso haben Sie uns hierhergebracht?«

Anstelle einer direkten Antwort streifte Ganty seine Hand ab und deutete mit dem anderen Arm aufs Meer hinaus. Thors Blick folgte der Geste und erst jetzt sah er, dass der Ozean nicht so leer war, wie er bisher geglaubt hatte: Jenseits der Brandung bewegten sich Dutzende, wenn nicht Hunderte von lang gestreckten schlanken Umrissen auf dem Meer. Es waren Schilfboote wie die, die Gantys Jacht geentert hatten.

»Dort!«, schrie Ganty. »Sehen Sie?« Sein Arm bewegte sich seitwärts und er deutete auf einen Punkt an der Steilküste, vielleicht eine halbe Meile entfernt. Als Thor jetzt genauer hinsah, erkannte er, dass dort der Ursprung der Flotte aus Schilfbooten lag – sie glitten hintereinander und sehr schnell aus einer Höhle heraus, die unter einem überhängenden Felsen verborgen lag; ein perfektes natürliches Versteck.

»Sie fliehen!«, schrie Ganty. »Sie wissen, dass diese Insel zum Untergang verurteilt ist! Vielleicht gelingt es uns, ein paar der Boote zu kapern!«

»Sind Sie verrückt?«, keuchte Jonas. »Sie werden uns auf der Stelle umbringen!«

»Vielleicht auch nicht«, antwortete Thor an Gantys Stelle. »Überlegen Sie doch, Jonas – diese Eingeborenen wissen nicht einmal, was eine Kanone ist. Sie glauben wahrscheinlich, dass Make-Makes Zorn für den Untergang ihrer Heimat verantwortlich ist. Keiner von ihnen hat uns angegriffen, seit der Beschuss begann. Im Gegenteil, sie sind allesamt geflohen!«

Jonas überlegte einen Moment angestrengt. Thor sah ihm deutlich an, dass er ihm gerne glauben wollte – aber er konnte es nicht. »Selbst wenn«, sagte er. »Wir können unmöglich auf diesen Dingern dreihundert Meilen weit zur nächsten Insel paddeln!«

»Das brauchen wir auch nicht«, sagte Thor. Er machte eine Kopfbewegung aufs Meer hinaus. »Die HENDERSON kreuzt dort draußen, Jonas. Vielleicht erreichen wir sie, ehe der ganze Laden hier in die Luft fliegt. Wir haben ohnehin keine andere Wahl.«

Wie um seine Worte zu unterstreichen, erschütterte in diesem Moment ein besonders heftiger Erdstoß den Boden. Thor fuhr erschrocken herum und sah eine gewaltige Feuersäule aus dem Schlund des Vulkans schießen. Glühende Lava regnete meilenweit im Umkreis zu Boden und entfachte Dutzende von neuen Bränden im Dschungel.

Ohne ein weiteres Wort machten sie sich auf den Weg.

Es war nur eine halbe Meile, aber sie brauchten fast eine Stunde für diese Strecke. Die Insel bebte immer stärker und hier und da hatten sich die Brände schon fast bis zum Waldrand durchgefressen, sodass Hitze und brüllende Flammenzungen nach den Flüchtenden schlugen. Immer wieder klafften Erdspalten vor ihnen auf und mehrmals regneten glühende Trümmer vom Himmel. Schließlich schafften sie es.

Aber sie kamen zu spät.

Der Strom aus Schilfbooten versiegte, lange bevor sie das Tor im Felsen erreicht hatten, und unter ihnen lag nichts als eine leere, finstere Höhle.

»Und was jetzt?«, fragte Jonas dumpf.

Thor antwortete nicht. Sein Blick glitt suchend über den finsteren Höhleneingang und das kochende Wasser. Manchmal zerstoben die Brecher mit solcher Gewalt an den Felsen, dass die Gischt bis zu ihnen heraufspritzte. In dieser kochenden See zu schwimmen, daran war nicht einmal zu denken. Und selbst wenn – wohin schon? Die HENDERSON befand sich auf der anderen Seite der Insel, Meilen entfernt, falls Franklin es nicht vorgezogen hatte, sein Schiff in Sicherheit zu bringen, bevor die ganze Insel in die Luft flog.

»Vielleicht … haben sie ein paar Boote zurückgelassen«, sagte Nancy zögernd.

Thor sah sie nur schweigend an und nach einigen Sekunden wandte Nancy fast schuldbewusst den Blick ab. Nach dem, was er vorhin im Krater getan hatte, schien sie wohl der Meinung zu sein, er könne Wunder vollbringen. Vielleicht war das manchmal sogar so. Aber Wandeln auf dem Wasser gehörte nicht zu seinem Repertoire.

»Da draußen ist irgendetwas«, sagte Ganty plötzlich.

Ihre Aufmerksamkeit wandte sich wieder dem Ozean zu. Im Verlauf der letzten Stunde war es merklich dunkler geworden, denn Vulkanasche und Staub verfinsterten den Himmel, sodass es Thor schwerfiel, irgendetwas zu erkennen, was weiter als hundert oder hundertfünfzig Meter entfernt war. Die Flotte aus Schilfbooten war zu einer Ansammlung verschwommener Schemen geworden, gerade noch an der Grenze des überhaupt Sichtbaren; eigentlich erkannte man sie nur noch, wenn man wusste, dass sie da waren.

Und trotzdem glaubte nach einigen Minuten auch er, dort draußen eine Bewegung wahrzunehmen.

Es war nicht so, dass er sie wirklich *sah,* es war eher das *Gefühl,* dass sich irgendetwas Riesiges, Lautloses und Unsichtbares der Insel näherte. Und er war mit diesem Gefühl nicht allein. Außer Ganty und Jonas blickten auch die meisten anderen mit einer Mischung aus Neugier und allmählich immer größer werdender Beunruhigung auf den Ozean hinaus.

»Was ist das?«, flüsterte Nancy. Ihre Stimme zitterte. Aber sie war nicht die Einzige, die Angst hatte, sie war nur die Einzige, der man es so deutlich anmerkte.

Niemand antwortete. Draußen auf dem Meer geschah etwas.

Thor konnte immer noch nicht genau erkennen, was es war, aber einige Schilfboote änderten plötzlich ihren Kurs und begannen in alle Richtungen davonzurudern, wobei sich zwei oder drei der Insel sogar wieder näherten. Was immer dort vom Meer herkam, es musste die Polynesier in helle Panik versetzen.

Plötzlich begann das Wasser zwischen den winzigen Booten zu schäumen. Sprudelnde Luftblasen stiegen auf und darunter wuchs ein kolossaler schwarzer Schatten heran. Augenblicke später durchbrachen der Turm und gleich darauf auch das Deck eines Unterseebootes die Meeresoberfläche.

Thor sog erschrocken die Luft zwischen den Zähnen ein, als er die Hoheitszeichen an dem Turm erkannte. Es war ein Unterseeboot der deutschen Marine!

»Dieser verdammte Hund«, murmelte Ganty.

»Wer?«, fragte Jonas.

»Delano!« Ganty lachte vollkommen humorlos. »Er hat uns alle reingelegt, verstehen Sie nicht? Jonas hat nicht der

HENDERSON Signale gegeben, sondern dem Schiff dort! Wahrscheinlich hat es die ganze Zeit über vor der Insel gelegen und auf ein Zeichen gewartet! Dieser verdammte Hund!«

»Worüber regen Sie sich denn bloß auf?«, fragte Jonas scharf. »Das dort draußen sind wenigstens keine menschenfressenden Wilden.«

»Sind Sie sicher?«, fragte Ganty leise.

Jonas blickte ihn beinahe wütend an, antwortete aber nicht mehr, sondern blickte wieder aufs Meer hinaus.

Die Druckwelle des auftauchenden U-Bootes hatte mehrere Schilfboote kentern lassen. Die Polynesier schwammen in panischer Angst vor dem stählernen Giganten davon, einige auf die Insel zu, andere aber auch direkt in die offene See hinaus, als zögen sie den sicheren Tod in den Wellen der bloßen Nähe des eisernen Ungeheuers vor, das das Meer da ausgespien hatte.

Das U-Boot selbst bewegte sich ganz langsam weiter auf die Insel zu, ohne von den Polynesiern oder der Flotte aus winzigen Schilfbooten Notiz zu nehmen.

»Warum beeilen sie sich nicht?«, murmelte Nancy. »Mein Gott, wir … wir werden alle sterben, ehe sie hier sind!« Ihre Stimme wurde schrill. Thor begriff, dass sie kurz davor stand, hysterisch zu werden.

»Keine Angst«, sagte er beruhigend. »Sie schaffen es schon noch.«

»Wir sollten sie lieber warnen«, fügte Barlowe hinzu. »Es nutzt uns nicht viel, wenn sie auf ein Riff auflaufen und stranden. Mit einem leckgeschlagenen Boot kommen wir nicht von hier fort!«

»Das wird bestimmt nicht passieren«, sagte Jonas überzeugt. »Der Kapitän versteht sein Handwerk.«

»Woher wissen Sie das?«, fragte Thor.

Jonas fuhr ganz leicht zusammen, hatte sich aber sofort wieder in der Gewalt. »Das sagt mir die Logik, Thor«, antwortete er lächelnd. »Nur weil die Deutschen unsere Feinde sind, sind sie nicht automatisch blöd. Würden Sie einem Dummkopf das Kommando über ein Unterseeboot geben?«

»Nein«, erwiderte Thor. »Aber sie haben immerhin einem Dummkopf die Gewalt über ihr ganzes Volk gegeben.«

Die Worte waren eine ganz bewusste Provokation, aber wenn sie wirkte, so hatte sich Jonas derart gut in der Gewalt, dass er sich nichts von seinen wahren Gefühlen anmerken ließ. Er lächelte nur und sagte: »Ich würde Hitler nicht unbedingt als Dummkopf bezeichnen. Er ist vielleicht verrückt, aber kein Narr.«

Thor ersparte sich eine Antwort. Er war nicht sicher, ob er nach allem nicht allmählich anfing Gespenster zu sehen. Aber er nahm sich auf jeden Fall vor, Jonas ein wenig gründlicher im Auge zu behalten als bisher.

Das Turmluk des Unterseebootes wurde geöffnet. Eine Gestalt erschien hinter der Turmverkleidung, und Augenblicke später flammte ein starker Scheinwerfer auf und tauchte die Steilküste in fast unangenehme Helligkeit. Eine Stimme rief etwas und nach einigen Augenblicken begann sich das Deck des Bootes mit Gestalten zu füllen. Schlauchboote wurden herangeschafft und in aller Hast aufgeblasen.

Der Vulkan brüllte den Eindringlingen ein zorniges Willkommen entgegen und spie Flammen und Rauch. Glühende Trümmer regneten rings um das Unterseeboot vom Himmel und ließen das Wasser aufspritzen wie Granatenschläge. Die Soldaten auf dem Deck des U-Bootes duckten sich erschrocken, und auch Thor und die anderen sahen sich instinktiv nach einer Deckung um.

Einer der SS-Soldaten verlor die Nerven und sprang ins

Wasser. Die brüllende Gischt verschlang ihn. Er tauchte nicht wieder auf.

Und plötzlich hörte Thor einen Laut, der ihm das Blut in den Adern gerinnen ließ. Entsetzt fuhr er herum und schrie auf, als er den Krater sah.

Der Berg schleuderte noch immer Funken und geschmolzenes Gestein gegen den Himmel, aber inmitten dieses lodernden Infernos wälzte sich auch eine gewaltige grauweiße Dampfwolke empor, und das fürchterliche Zischen, das Thor gehört hatte, wurde immer lauter.

»Das Wasser dringt ein!«, schrie Ganty mit überschnappender Stimme. »Das ist das Ende! Um Gottes willen – springt!« Thor begriff einen Sekundenbruchteil zu spät, was Ganty vorhatte. Er versuchte ihn zurückzuhalten, aber er kam zu spät.

Ganty nahm zwei Schritte Anlauf, stieß sich mit aller Kraft ab und sprang ins Wasser hinab.

Wie der SS-Soldat vor ihm ging er auf der Stelle unter und Thor war überzeugt, dass auch er nie wieder auftauchen würde. Aber er hatte entweder mehr Glück oder seine Position besser gewählt: statt in die Tiefe gezogen oder von der Brandung gegen die Felsen geworfen und zerschmettert zu werden, tauchte er nach einigen Augenblicken wieder auf und begann mit kräftigen Stößen auf das U-Boot zuzuschwimmen. Schließlich begriff Thor, was ihn gerettet hatte: Aus der Höhle, in der der unterirdische »Hafen« der Langohren lag, ergoss sich eine starke Unterströmung ins Meer, die Ganty nutzte, um der Brandung zu entkommen. Er näherte sich sehr schnell dem Unterseeboot und kletterte mithilfe eines Seiles, das ihm entgegengeworfen wurde, auf das Deck hinauf.

Ein furchtbarer Erdstoß riss Thor von den Füßen. Er stürzte, wälzte sich blitzschnell auf den Rücken und keuchte vor Entsetzen. Der Vulkan schien hinter ihnen regelrecht zu explodieren. Häusergroße Trümmerstücke flogen in den Himmel hinauf und der Kampf zwischen Flammen und Dampf war zu einem Inferno geworden. Die Insel brach auseinander. Nicht irgendwann, nicht in einer Stunde, sondern *jetzt.*

»Springt!«, schrie er. »Schwimmt zum Boot!«

Seine Stimme ging im Brüllen des Vulkans einfach unter, aber auch die anderen hatten gesehen, was Ganty getan hatte, und folgten seinem Beispiel. Einer nach dem anderen riskierte den Sprung in die kochenden Fluten hinab; immerhin eine winzige Chance gegen den sicheren Tod, der sie hier erwartete.

Auch der Kommandant des Unterseebootes schien die Gefahr begriffen zu haben, in der sein Schiff schwebte. Die Soldaten hatten aufgehört an ihren Schlauchbooten herumzubasteln und warfen stattdessen Taue und Rettungsringe ins Wasser, während sich das Schiff bereits langsam von der Insel zu entfernen begann.

Thor, Jonas und einer der Soldaten waren die Letzten, die sich dem Punkt über dem Höhleneingang näherten, von dem aus Ganty gesprungen war, und Thor drehte sich noch einmal um und blickte zum Dschungel zurück.

Er wünschte sich fast, es nicht getan zu haben.

Der Waldrand war nicht mehr leer.

Mindestens fünfzig Langohren waren aus dem Unterholz aufgetaucht und bildeten eine wie mit dem Lineal gezogene Linie vor dem Dschungel. Und in der Mitte dieser Kette, überragt von einem drei Meter hohen Koloss aus schwarzem Basalt, stand Sandstein. In den Händen hielt sie den Feuerkristall.

Sie waren die ganze Zeit über da gewesen, das begriff Thor plötzlich. Sie hatten sich eingebildet, ihnen entkommen zu sein, aber das stimmte nicht. Es hatte keine einzige Sekunde gestimmt. Sandstein und ihre Krieger mussten ihnen vom ersten Augenblick an gefolgt sein, und Thor wusste jetzt auch, warum. Wenn schon nicht die Langohren selbst, so hatte doch ihre Herrin begriffen, dass es keineswegs der Zorn ihres Gottes war, der ihrer Insel den Untergang brachte, und sie war gekommen, um Rache zu üben. Das Höllenfeuer, das im Takt ihres Herzschlags im Inneren des Kristalls pulsierte, würde das Unterseeboot treffen und ebenso zerstören wie Delanos Kanonenboot.

Sandstein lachte; es war ein schriller, fast dämonischer Laut, der nichts Menschliches mehr an sich hatte. Dann trat sie einen Schritt vor und hob den glühenden Kristall mit beiden Händen in die Höhe.

Die Kanone des Unterseebootes stieß eine meterlange Feuerzunge aus. Die Granate heulte so dich über Thor hinweg, dass er die Hitze des Geschosses spüren konnte, traf den steinernen Riesen hinter Sandstein und riss ihn und ein halbes Dutzend Langohren und Adele Sandstein selbst in Stücke. Der Kristall flog in hohem Bogen davon und fiel zu Boden. Das pulsierende rote Licht in seinem Herzen erlosch.

Und Jonas rannte los.

»Jonas – *nein*!«, brüllte Thor. Er ahnte, was Jonas vorhatte, und er wusste auch, dass er selbst zu spät kommen würde. Trotzdem stürzte er hinter ihm her, sammelte all seine verbliebene Kraft zu einem gewaltigen Hechtsprung – und verfehlte ihn.

Seine weit vorgestreckten Hände griffen ins Leere. Er fiel schwer zu Boden, versuchte wieder in die Höhe zu kommen und stöhnte vor Schmerz auf, als er seinen linken Arm belastete. Sein Handgelenk war verstaucht, wenn nicht gebrochen.

»Jonas, tun Sie es nicht!«, schrie er verzweifelt. »Um Gottes willen – *rühren Sie ihn nicht an!«*

Aber es war zu spät. Jonas hatte den Feuerkristall erreicht, bückte sich mit einer hastigen Bewegung und hob ihn auf. Im Inneren des blutroten Balles begann ein düsteres Licht zu pulsieren.

Vielleicht wäre es auch jetzt noch nicht zu spät gewesen, hätten sich in diesem Augenblick nicht einige der überlebenden Polynesier-Krieger umgewandt, um sich auf Jonas zu werfen und ihm ihr Heiligtum zu entreißen. Pfeile und Speere flogen in seine Richtung. Eines der Geschosse traf seine Schulter und schleuderte ihn zu Boden. Doch auch bei diesem Sturz ließ er den Kristall nicht los.

Thor schloss im letzten Moment die Augen, aber es war wie unten in der Höhle – das Licht drang mühelos durch seine geschlossenen Lider, sodass er trotzdem jedes noch so winzige Detail der furchtbaren Szene sah. Ein roter, pulsierender Strahl brach aus dem Kristall in Jonas' Händen, traf die heranstürmenden Langohren und verbrannte sie zu Asche.

Aber es blieb nicht bei diesem einen Blitz. Jonas kam torkelnd auf die Füße. Er schrie wie von Sinnen und hielt den Kristall hoch über seinem Kopf. Blitz auf Blitz züngelte aus dem Kristall. Der rote Tod fuhr wie eine Sense aus Licht unter die Polynesier, als sich diese in heller Panik zur Flucht wandten, und tötete jeden einzelnen Mann, als wäre Jonas in einen Blutrausch geraten, in dem er kein Halten mehr kannte.

Selbst als es keine lebenden Ziele mehr für ihn gab, spie der Kristall immer weiter Flammen und Licht, die den Waldrand auf mehr als hundert Meter Länge in Brand setzten.

»Jonas!«, stöhnte Thor. »Hören Sie auf!«

Jonas erstarrte. Die Flut bösen roten Lichtes versiegte, während er sich ganz langsam zu Thor herumdrehte. Sein Gesicht war verzerrt. In seinen Augen brannte ein Feuer, das kaum weniger verzehrend und höllisch war wie die Blitze des Feuerkristalls. Das Gesicht, in das Thor blickte, war das Gesicht eines Wahnsinnigen.

Trotzdem versuchte er noch einmal mit ihm zu reden. »Jonas!«, sagte er beschwörend. »Werfen Sie ihn weg! Wehren Sie sich! Sie können es!«

Jonas stöhnte. Sein Blick flackerte, und für einen winzigen Moment wich das höllische Feuer darin einem Ausdruck abgrundtiefen Entsetzens und Schreckens, einem Gefühl von der gleichen Tiefe und dem Grauen, wie es auch Thor verspürt hatte, als er den Kristall in Händen hielt.

»Kämpfen Sie!«, sagte er beschwörend. »Kämpfen Sie dagegen, Jonas! Werfen Sie dieses verdammte Ding ins Meer!«

Er konnte den qualvollen Kampf, der sich hinter Jonas' Stirn abspielte, beinahe sehen. Jonas wimmerte wie unter unerträglichen Schmerzen, begann zu schwanken und krümmte sich.

Und er verlor den Kampf.

Thor war auf die Füße gesprungen und lief auf ihn zu. Der Ausdruck von Schmerz und Qual in Jonas' Augen erlosch eine Sekunde, ehe Thor ihn erreichte. Von einem Herzschlag auf den anderen blickte er in die Augen eines Wesens, das nur noch wie ein Mensch aussah, aber keiner mehr war.

Der Kristall in Jonas' Händen begann zu pulsieren. Ein blutrotes, düsteres Licht glühte im Rhythmus seines Herzschlags in seinem Inneren auf, und Thor war fast sicher, dass nun er an der Reihe war, von dem roten Licht verzehrt zu werden.

Doch Jonas tötete ihn nicht. Thor erfuhr nie, warum er

sein Leben verschonte, aber er tat es. Statt ihn mit einem Blitz niederzustrecken, beschränkte sich Jonas darauf, Thor den Kristall mit solcher Wucht gegen die Schläfe zu schmettern, dass er auf der Stelle das Bewusstsein verlor.

DREISSIG METER UNTER DEM MEER
EINE STUNDE SPÄTER

Er kam wieder zu sich, als man ihn an Bord des U-Bootes brachte, aber Thor erinnerte sich an das, was in der darauffolgenden Stunde geschah, nur wie an einen Traum: schemenhaft und verschwommen. Das Boot war sofort in See gegangen und wohl auch getaucht, denn er erinnerte sich, nicht lange danach ein unheimliches Grollen und Dröhnen vernommen zu haben, gefolgt von einer Erschütterung, die das Boot wild hin und her warf und den stählernen Rumpf wie ein lebendes Wesen, das Schmerzen litt, aufstöhnen ließ. Danach war der Bootsrumpf lange Zeit vom Schrillen der Alarmglocken und aufgeregten Stimmen und den Geräuschen rennender Menschen erfüllt gewesen, aber schließlich war wieder Ruhe eingekehrt, und erst dann hatte Thor wirklich verstanden, was geschehen war: Die Insel der Langohren existierte nicht mehr.

Thor fand erst richtig ins Bewusstsein zurück, als die Tür geöffnet wurde und irgendjemand die winzige Kabine betrat, in der er sich befand. Ganz flüchtig schoss ihm durch den Kopf, welchen Luxus die »Einzelzelle« darstellte, in die man ihn gebracht hatte. Mit all den zusätzlichen Passagieren und Gefangenen musste in dem Unterseeboot eine geradezu unerträgliche Enge herrschen.

Er öffnete die Augen. Im ersten Moment sah er nichts als bunte Schlieren und Bewegung, aber dann gewahrte er einen hellen Fleck über sich, der rasch zum Gesicht eines dunkelhaarigen Mannes gerann, den er nicht kannte. Einen Augenblick später konnte er auch die Uniform erkennen, die der Unbekannte trug.

»Oh«, murmelte er schwach. »So schnell?«

Der andere runzelte die Stirn. »So schnell, was?«, fragte er.

»Das Erschießungskommando«, sagte Thor. »Ich dachte, ich hätte noch ein bisschen mehr Zeit.«

Der Fremde machte ein Gesicht, als wüsste er nicht ganz, ob er lachen oder zornig werden sollte, und entschloss sich schließlich zu einer Miene, die irgendwo dazwischenlag. »Man hat mich vor Ihrem etwas skurrilen Humor gewarnt, Garson«, sagte er. »Ich bin Dr. Müller, der Schiffsarzt. Ich soll mich um Sie kümmern.« Er musterte Thor mit einem sehr langen, prüfenden Blick, zog eine Grimasse und fügte hinzu: »Sieht so aus, als hätten Sie es nötig.«

Thor setzte sich behutsam auf der schmalen Liege auf und biss die Zähne zusammen, als Müller routiniert, aber alles andere als sanft seine diversen Verletzungen zu untersuchen begann.

»Ich wusste gar nicht, dass die Nazis ihre Gefangenen foltern, ehe sie sie erschießen«, stöhnte er.

Müller blickte kurz hoch. In seinen Augen blitzte es amüsiert, aber sein Gesicht blieb völlig ausdruckslos. »Tun wir gar nicht«, sagte er und beugte sich wieder über Thors Oberkörper. »Sie erschießen, meine ich. Gewöhnlich nageln wir sie ans Kreuz.«

Thor konnte nicht sehen, was er genau tat, aber es fühlte sich zumindest an, als träfe er schon gewisse Vorbereitungen, seine Worte in die Tat umzusetzen.

»Ich hoffe doch, standesgemäß an ein Hakenkreuz«, sagte Thor gepresst.

»Sicher«, antwortete Müller. »Das Problem ist nur, dass wir ihnen vorher Arme und Beine brechen müssen, damit sie auch passen.«

Thor grinste und sog eine Sekunde später vor Schmerz hörbar die Luft ein, als Müller unsanft auf sein Handgelenk drückte. »Au!«

»Gebrochen ist jedenfalls nichts«, sagte Müller fröhlich. Er schüttelte den Kopf. »Sie sind entweder der zäheste Bursche, der mir je untergekommen ist, oder Sie haben geradezu unverschämtes Glück gehabt. Was haben Sie getan, Garson? Versucht, den Weltrekord im Hundertmeterkraulen in kochender Lava zu brechen?«

»Nein. Ich fürchte, ich bin zu tief darüber hinweggeflogen«, antwortete Thor.

Müller blinzelte, sah ihn einen Moment verwirrt an, zuckte dann aber nur mit den Schultern. »Eigentlich gehören Sie für mindestens vierzehn Tage ins Krankenhaus«, sagte er. »Trotzdem: Können Sie laufen?«

»Ich denke schon«, antwortete Thor. »Wieso? Ich dachte, dieses Schiff hat eine Maschine.«

»Zwei sogar«, erwiderte Müller. »Der Kommandant möchte Sie sprechen. Fühlen Sie sich kräftig genug dazu?«

»Was passiert, wenn ich Nein sage?«, erkundigte sich Thor.

Müller lächelte nur, trat zurück und machte eine einladende Geste, und Thor stemmte sich mühsam in die Höhe und folgte ihm.

Seine Vermutungen über die Enge an Bord des Schiffes waren offensichtlich falsch gewesen. Es war nicht so schlimm, wie er geglaubt hatte. Es war schlimmer.

Das Schiff barst vor Menschen geradezu aus den Nähten. Außer der normalen Besatzung, den Gefangenen und den Überlebenden von Delanos Gruppe hielt sich noch eine erstaunlich große Anzahl Marinesoldaten an Bord auf, sodass sie im wahrsten Sinne des Wortes über die Männer hinwegsteigen mussten, um sich ihren Weg zum Kommandoraum zu bahnen. Auch in der Zentrale herrschte drückende Enge. Thor verstand so gut wie nichts von Unterseebooten, aber er schätzte, dass dieses Schiff mindestens das Dreifache seiner normalen Besatzung an Bord hatte. Wenn seine Vermutung stimmte und das Boot tatsächlich zu Delanos kleiner Flotte gehört hatte, dann mussten die Stunden, die es vor der Insel gelegen und gewartet hatte, für die Männer hier drinnen die Hölle gewesen sein.

Müller deutete auf einen Mann, der mit dem Rücken zur Tür am Periskop stand. Obwohl er kein Wort sagte, schien er ihre Anwesenheit zu spüren, denn er drehte sich um, als Thor ihm auf zwei Schritte nahe gekommen war, und musterte ihn einige Sekunden lang mit undeutbarem Ausdruck. Thor schätzte sein Alter auf vielleicht fünfzig Jahre, eher etwas jünger. Er sah aus wie ein Mann, der sehr hart sein konnte. Trotzdem wirkte er nicht unsympathisch.

»Mister Garson, nehme ich an«, sagte er. »Ich bin Kapitänleutnant Brenner. Willkommen an Bord.«

»Oh, ich bitte Sie«, sagte Thor. »Die Freude ist ganz auf meiner Seite.«

Brenner entging der sarkastische Unterton in Thors Stimme keineswegs, aber er reagierte nicht darauf. Erst jetzt fiel Thor auf, dass er nicht nur ebenso erschöpft und müde wie alle anderen hier aussah, sondern auch sehr besorgt.

»Wo sind die anderen?«, fragte Thor. »Ganty und die Barlowes und –«

»Ihren Freunden geht es gut«, unterbrach ihn Brenner. »Mrs Barlowe hat sich eine leichte Verletzung zugezogen, aber das ist kein Grund zur Besorgnis. Sie können später mit ihnen reden.«

Er legte eine winzige Pause ein, in der er Thor auf sonderbar abschätzende Art musterte, dann seufzte er und gab sich offensichtlich einen Ruck.

»Ich will ganz offen mit Ihnen sein, Mister Garson, denn wir haben wenig Zeit. Wir haben … ein Problem.«

»Wie erfreulich«, sagte Thor. »Sinkt Ihr Boot?«

Brenner sah ihn zornig an, beherrschte sich aber. »Ihre

Verbitterung ist verständlich, Mister Garson«, sagte er. »Aber sie nutzt im Moment weder Ihnen noch uns etwas. Ich bin nicht sicher, ob wir im Augenblick wirklich noch Feinde sind.«

»Wie meinen Sie das?«, fragte Thor alarmiert.

Statt zu antworten, trat Brenner einen Schritt zur Seite und zeigte mit einer einladenden Geste auf das Sehrohr. Thor zögerte eine Sekunde, in der er Brenner nur verwirrt anstarrte, aber dann trat er gehorsam an das Periskop und presste die Augen gegen das Okular.

Draußen herrschte noch immer tiefste Nacht und es dauerte eine Weile, bis sich seine Augen an das schwache Licht gewöhnt hatten. Aber dann begriff er, was Brenner meinte. Das Meer war voller Schiffe.

Hunderte von kleinen, schlanken Schilfbooten bedeckten den Ozean.

»Sie folgen uns, seit wir die Insel verlassen haben«, sagte Brenner. »Fragen Sie mich nicht, wie sie das machen. Wir sind die ganze Zeit getaucht gewesen, aber irgendwie haben sie unsere Spur aufgenommen. Und es werden immer mehr. Die Flutwelle hat sie kräftig durcheinandergewirbelt, doch diese Dinger scheinen unsinkbar zu sein.«

»Und ziemlich schnell«, sagte Thor, ohne den Blick von der gespenstischen Flotte zu wenden. Es waren nicht einfach nur einige Polynesier-Krieger, die ihnen gefolgt waren. Es war das gesamte Volk der Langohren, das seine untergehende Insel verlassen hatte, um die gleiche schier endlose Reise anzutreten wie schon einmal vor mehr als tausend Jahren.

»Nein«, gestand Brenner nach einem fühlbaren Zögern. »Ich fürchte, wir sind so langsam.«

Thor löste nun doch den Blick vom Okular und sah ihn fragend an.

»Das Schiff ist beschädigt«, erklärte Brenner. »Die Druckwelle hat uns ziemlich übel mitgespielt. Wir machen kaum noch Fahrt, und mein Erster Offizier behauptet, dass wir allerhöchstem noch eine Stunde auf Tauchstation bleiben können.«

»Dann fürchten Sie, dass sie angreifen, wenn Ihr Boot auftaucht?«

»Genau das will ich ja von Ihnen wissen, Mister Garson«, antwortete Brenner ernst. »Verstehen Sie mich nicht falsch – ich glaube nicht, dass sie uns wirklich gefährlich werden könnten. Aber einmal haben wir nicht genug Torpedos an Bord, um sie alle zu versenken, vor allem aber widerstrebt es mir, ein sinnloses Blutbad unter diesen Wilden anzurichten. Außerdem sind meine Männer völlig erschöpft.«

»Und unsere Vorräte so gut wie aufgebraucht«, fügte Müller hinzu. »Der Treibstoff übrigens auch. Wir kreuzen jetzt schon seit zwei Wochen vor dieser verdammten Insel. Diese Wilden können uns einfach belagern und aushungern, wenn sie das wollen.«

Brenners ärgerlicher Blick bewies, dass diese Information nicht unbedingt für Thors Ohren bestimmt gewesen war.

Aber er beherrschte sich auch weiter. »Das ist unsere momentane Situation, Mister Garson«, sagte er.

»Und Sie möchten von mir wissen, was Sie tun sollen«, vermutete Thor. »Ich fürchte, ich muss Sie enttäuschen, Herr Kapitänleutnant. Ich weiß über diese Einge–«

»Ich will von Ihnen wissen, was auf der Insel geschehen ist, Garson«, unterbrach ihn Brenner. »Sehen Sie, diese Wilden da draußen sind nur ein Teil unseres Problems. Die andere Hälfte –«

Er brach mitten im Satz ab. Aber es war auch nicht nötig, dass er fortfuhr, denn die andere (und wahrscheinlich weit größere) Hälfte seines Problems betrat im selben Moment die Zentrale.

Es war Jonas.

Thor war nicht einmal besonders überrascht, ihn frei zu sehen, statt eingesperrt wie die anderen Überlebenden. Ebenso wenig überraschte ihn die dunkelgraue Wehrmachtsuniform, die Jonas nun anstelle seiner zerrissenen Kleider trug. Er hatte es geahnt, spätestens seit ihrem Gespräch am Strand.

Aber er erschrak zutiefst, als er in Jonas' Gesicht sah. Jonas war nicht mehr er selbst.

Er sah aus wie zuvor, er bewegte sich so, und als er sprach, war seine Stimme die von Jonas, aber der Rest war nur noch Fassade. Das Wesen, dem er gegenüberstand, war … kein Mensch mehr. Es war etwas anderes, etwas Böses und Finsteres, das aus einem längst vergangenen Zeitalter stammte; ja, vielleicht nicht einmal von dieser Welt.

Und er war nicht der Einzige, der das fühlte. Die Männer in Jonas' Nähe wichen instinktiv vor ihm zurück, und auch Brenner zeigte Anzeichen von Nervosität, vielleicht sogar Angst.

»Mister Garson!«, begann Jonas mit einem Lächeln, das keines war. »Wie schön, dass Sie schon wieder auf den Beinen sind. Ich hatte schon Angst, ich hätte Sie ernsthaft verletzt.«

»So schnell geht das nicht«, antwortete Thor kühl. Er maß Jonas mit einem langen, bewusst abfälligen Blick. »Wie ich sehe, geht es Ihnen ja auch schon wieder besser. Aber Sie sollten den Schneider wechseln.«

Jonas lachte, dann salutierte er übertrieben spöttisch vor Thor. »Gestatten Sie, dass ich mich korrekt vorstelle, wenn auch mit einiger Verspätung? Obersturmbannführer Heinrich, verantwortlicher Leiter der Operation Phönix.« Er griff in die Tasche und zog ein verschmutztes Blatt Papier hervor. »Bitte.«

Thor griff nach dem Zettel, faltete ihn auseinander und warf einen flüchtigen Blick darauf. Der Zettel sagte ihm gar nichts. Er enthielt nichts weiter als Kolonnen von Zahlen und Buchstaben. Fragend sah er Jonas an.

»Behalten Sie es ruhig«, sagte Jonas/Heinrich grinsend. »Deswegen sind Sie doch schließlich gekommen, oder? Auf dieser Liste sind die Positionen aller geheimen U-Boot-Basen der deutschen Marine verzeichnet, die der Agent Jonas herausfinden konnte. Ich fürchte bloß, sie ist ein kleines bisschen unzuverlässig. Mit genauen Längen- und Breitenangaben hatte ich schon immer meine Schwierigkeiten.«

»Was soll der Unsinn?«, fragte Thor. Wütend knüllte er das Blatt zusammen und warf es auf den Boden.

Heinrich lachte. »Der deutsche Geheimdienst hielt es für eine gute Idee«, sagte er. »Und ich ehrlich gesagt auch. Finden Sie die Vorstellung nicht auch spaßig, dass die Amerikaner ihre besten Leute und etliche Millionen Dollar darauf verschwenden, nach U-Boot-Häfen zu suchen, die es gar nicht gibt?«

»Nicht im Geringsten«, sagte Thor.

»Wie bedauerlich.« Heinrich seufzte, zuckte mit den Schultern und sein Lächeln erlosch, als sei es abgeschaltet worden.

»Vermutlich haben Sie sogar recht«, sagte er. »Aber das spielt ja jetzt keine Rolle mehr, nicht wahr?«

Wahrscheinlich war Thor der Einzige hier im Raum, der wirklich verstand, was Heinrich damit meinte. Und vermutlich war er auch der Einzige, der wusste, wem er wirklich gegenüberstand.

Für endlose Sekunden starrten sie sich wortlos an, dann drehte sich Heinrich/Jonas/Mi-Pao-Lo mit einem Ruck um und deutete auf das Periskop. »Sie folgen uns immer noch?«

Brenner nickte. »Es sind mehr geworden«, antwortete er.

»So wie es im Moment aussieht, haben wir keine Chance, ihnen zu entkommen.«

»Höre ich da eine Spur von Angst in Ihrer Stimme, mein Lieber?«, fragte Heinrich spöttisch. »Sie werden sich doch nicht vor ein paar wenigen dieser unzivilisierten Wilden fürchten, oder?«

Brenner schwieg. Heinrich musterte ihn noch einige Sekunden lang spöttisch, dann drehte er sich mit einem Ruck um und ging. »Rufen Sie mich, wenn sich etwas ändert«, sagte er im Hinausgehen.

»Ich glaube, ich verstehe jetzt, was Sie meinen«, murmelte Thor, als Jonas/Heinrich außer Hörweite war.

Brenner sah ihn ernst und sehr lange an. »Was ist bloß auf der Insel geschehen, Mister Garson?«, fragte er noch einmal.

Thor begann mit seinem Bericht.

Brenner hatte Wort gehalten und ihn zu den anderen Gefangenen bringen lassen, nachdem ihre Unterredung beendet war.

Das Wort »Gefangene« bekam an Bord dieses Schiffes eine neue Qualität – Ganty, die Barlowes und die beiden Australier waren in einem kleinen Lagerraum im Heck eingesperrt, der vielleicht acht Quadratmeter hatte und so niedrig war, dass sie nicht aufrecht stehen konnten. Trotzdem hatten sie mehr Platz zur Verfügung als irgendein anderer an Bord, den Kommandanten und die Offiziere eingeschlossen.

Ganty und die anderen waren offensichtlich ehrlich erfreut, ihn lebend wiederzusehen. Aber ihre Erleichterung hielt nicht sehr lange vor. Als Thor erzählte, was er durch das Periskop beobachtet hatte, wurde es sehr still in der winzigen Kammer.

Vor allem Ganty wirkte mehr als erschrocken. Er war eindeutig *entsetzt.*

Trotzdem war nicht er es, sondern Nancy Barlowe, die schließlich das immer bedrückender werdende Schweigen brach. »Aber sie können uns doch nichts tun, oder?«, fragte sie ängstlich. Als ihr niemand antwortete, fuhr sie mit zitternder Stimme fort. »Ich meine … das hier ist ein U-Boot. Es … es ist bewaffnet und … und aus Stahl, und sie haben nur ein paar Messer und Speere!«

»Darum geht es nicht«, antwortete Thor sanft. Obgleich er vor dem Gedanken zurückschreckte, hatte er auch diese Variante schon für sich durchgespielt. Wahrscheinlich waren Brenners Soldaten mit ihren Maschinenpistolen und Granaten durchaus in der Lage, die gesamte Flotte der Langohren zu vernichten. Aber das würde für die Polynesier weit mehr bedeuten als einen weiteren Kampf. Es hieße nichts weniger, als dass ein ganzes Volk ausgelöscht würde.

Außerdem war er nicht einmal sicher, dass es damit vorbei sein würde. Wahrscheinlich war es wirklich so, wie Brenner gesagt hatte, und die Langohren waren ihr kleinstes Problem.

»Worum denn dann?«, fragte Nancy.

»Jonas«, murmelte Thor. »Er hat den Kristall.«

»Aber dann … dann ist doch alles in Ordnung«, antwortete Nancy. »Er … er kann uns helfen. Dieser Kristall ist doch eine Waffe und –«

»Jonas ist nicht wirklich Jonas, Nancy«, unterbrach sie Ganty sanft. »Er ist ein Nazi-Agent, verstehen Sie doch.«

»Ich fürchte, er ist nicht einmal mehr das«, fügte Thor hinzu. »Sie haben nicht verstanden, was ich erzählt habe. Jonas hat den Kristall *benutzt*. Er ist jetzt nicht mehr er selbst.«

»Was für ein Unsinn!«, widersprach Nancy. Sie lachte, schrill und nervös und viel zu laut. »Ich habe ihn doch genau erkannt, als sie ihn an Bord getragen haben!«

»Erinnern Sie sich an die Situation, als ich den Kristall für einen Moment in den Händen gehalten habe?«, fragte Thor sanft. Nancy starrte ihn aus großen angstvollen Augen an, und Thor fuhr fort: »Ich habe ihn nicht benutzt, weil ich seine Macht gefühlt habe, Nancy. Ich habe gespürt, was er wirklich ist. Er ergreift Besitz von jedem, der sich seiner Macht bedient. Heinrich/Jonas sieht nur noch so aus wie der Mann, der er einmal war. Aber er ist es nicht mehr, glauben Sie mir. Was mit Sandstein geschehen ist, das ist auch ihm passiert. Nur schneller. Und schlimmer.«

»Dann sollte man ihn töten«, sagte einer der beiden Australier. Sein Bruder nickte. Zum ersten Mal im Leben waren die beiden einer Meinung.

Thor schwieg. Er war nicht einmal mehr sicher, ob es überhaupt noch möglich war, Jonas – oder wie immer er auch heißen mochte – zu töten. Außerdem war das nicht wirklich das Problem.

»Es geht nicht um ihn«, sagte er nach einer Weile. »Es ist dieser Stein. Ich weiß nicht, was er ist, aber er ist … *mehr* als ein Kristall.«

Mit Ausnahme von Ganty sahen ihn alle einfach nur verständnislos an. Ganty schien der Einzige zu sein, der wirklich begriffen hatte, was Thor meinte. Er wirkte immer noch entsetzt.

»Jetzt übertreiben Sie aber, Mister Garson«, sagte Barlowe. Er lachte, aber es klang nervös und wenig überzeugend. »Ich meine, dieses Ding ist … gefährlich, sicher. Eine schreckliche Waffe, aber trotzdem doch wohl nicht mehr als das. Sandstein hat sie letztendlich nichts genutzt und Jonas –«

»Was immer es ist, es hat zwei Monate gebraucht, um Sandstein zu verändern«, unterbrach ihn Thor. »Bei Jonas genügten wenige Stunden.«

»Vielleicht wird es stärker«, murmelte Ganty. »Mit jedem Leben, das es nimmt.«

Ja, dachte Thor schaudernd. Und vielleicht war alles, was sie bisher erlebt hatten, erst der Anfang. Vielleicht begann der Kristall gerade erst zu erwachen …

Doch da war noch etwas. Irgendeine Information, die er bereits hatte, die er aber nicht richtig einzuordnen vermochte. Etwas, was er gesehen oder gehört oder erlebt hatte. Und das wichtig war, ungeheuer wichtig sogar. Aber er wusste einfach nicht, was.

Ihre Diskussion drehte sich eine gute Stunde weiter im Kreis, ohne zu irgendeinem Ergebnis zu führen. Dann wurde die Tür wieder geöffnet und zwei von Brenners Männern erschienen, um Thor abzuholen.

Wie das erste Mal, als Thor den Kommandoraum betreten hatte, stand Kapitänleutnant Brenner am Periskop. Er sah jetzt noch besorgter aus, als er sich zu Thor herumdrehte und ihn ansah.

»Neue Probleme?«, fragte Thor direkt.

Brenner deutete wortlos auf das Sehrohr.

Über dem Meer brach der Tag heran. Die Dunkelheit hatte einem grauen Zwielicht Platz gemacht, in dem die Konturen der Dinge zu verschwimmen schienen wie in treibendem Nebel.

Die Polynesier-Flotte war nicht näher gekommen, aber größer geworden. Es mussten an die fünfhundert Schilfboote sein, die das Meer in weitem Umkreis bedeckten.

»Fünf Grad weiter westlich«, sagte Brenner.

Thor drehte das Periskop in die falsche Richtung, lächelte entschuldigend und korrigierte seinen Fehler hastig. Der Horizont und die Flotte der Polynesierboote huschten als verschwommene Schatten vorbei. Dann sah er, was Brenner meinte. Ein gewaltiger Schatten näherte sich der Position des U-Bootes.

»O ja, das sieht nach Problemen aus«, sagte Thor. Er trat vom Periskop zurück und wandte sich zu Brenner um. »Eins von euren?«

»Ich fürchte, nein«, antwortete Brenner. »Aber um diese Frage zu beantworten, habe ich Sie holen lassen.«

»Sie glauben, das könnte eins von unseren sein?« Thor zuckte mit den Schultern. »Ich bezweifle, dass ich Ihnen da helfen kann. Und um ehrlich zu sein, ich bezweifle auch, dass ich es *will*«, fügte er nach kurzem Zögern hinzu. »Das da draußen ist *Ihr* Problem, Herr Kapitänleutnant.«

»Wenn sie uns angreifen und versenken, ist es wahrscheinlich auch Ihres, Mister Garson«, erwiderte Brenner kühl. »Außerdem hatte ich vorhin das Gefühl, dass Ihnen daran gelegen ist, unnötiges Blutvergießen zu vermeiden.«

Thor schwieg einige Augenblicke. »Entschuldigen Sie«, sagte er dann hörbar verlegen. »Ich wollte nicht –«

»Schon gut«, Brenner unterbrach ihn mit einer hastigen Geste. »Vergessen Sie es einfach. Sie kennen dieses Schiff nicht?«

Thor warf einen weiteren und diesmal sehr viel aufmerksameren Blick durch das Periskop. »Es könnte die HENDERSON sein«, vermutete er.

»Der Gedanke liegt nahe, nicht wahr?«

Thor fuhr unmerklich zusammen, als er die Stimme erkannte. Es war nicht die von Brenner oder dem Schiffsarzt. Mit erzwungener Ruhe drehte er sich um. Die Hände ließ er weiter auf den Handgriffen des Sehrohres liegen, damit man nicht bemerkte, wie sie zitterten. Jonas/Heinrich stand neben dem Kommandanten des U-Bootes und sah ihn mit einem Lächeln ohne eine Spur von Gefühl an. »Sie und der angebliche Mister Delano sind seit einer ganzen Weile überfällig. Und bei der Wichtigkeit Ihrer Mission ist es doch nur logisch, dass man sich Gedanken um Sie macht und Sie sucht. Oder?«

»Wir sind Hunderte von Seemeilen von Pau-Pau entfernt«, sagte Thor.

Jonas lächelte abfällig. Sein Lächeln wurde vollends zur Grimasse. »Mister Garson, ich bitte Sie«, sagte er. Er schüttelte den Kopf. »Ihr Amerikaner werdet es *nie* begreifen, und in dieser Hinsicht haben auch Sie sich den Bewohnern Ihrer neuen Heimat schon vollendet angepasst. Ihr seid ein großes Volk, das wirklich gute Männer und gute Ideen hervorgebracht hat, aber ihr habt einen gewaltigen Fehler – ihr neigt dazu, eure Feinde zu unterschätzen. Wir nicht.« Er wies auf das Sehrohr. »Wäre ich der Kommandant bei so einer Mission, dann hätte ich schon vor Tagen angefangen nach Ihnen und Delano zu suchen. Immerhin wussten sie, dass Sie Pau-Pau mit Gantys Boot verlassen haben.«

»Und dann haben sie uns hier rein zufällig gefunden, wie?«

Thor versuchte seiner Stimme einen möglichst spöttischen Klang zu verleihen, aber der Ausdruck auf Jonas' Gesicht blieb unverändert.

»Kaum«, antwortete er mit kühler Stimme. »Aber sie müssten schon blind sein, wenn sie den Vulkanausbruch nicht bemerkt haben. Und diese kleine Armada da oben ist auch nicht zu übersehen.«

Natürlich hatte er recht. Die gleichen Überlegungen waren auch Thor durch den Kopf geschossen, als er zum zweiten Mal durch das Periskop geblickt und den Umriss des Schiffes studiert hatte. Er hatte es nicht erkannt, aber das besagte gar nichts.

»Wenn es wirklich die HENDERSON ist«, sagte er nach

einer Weile, »dann … sind Sie tatsächlich in Schwierigkeiten.«

Wieder war es Jonas, der antwortete, und nicht Kapitänleutnant Brenner. »Ich fürchte, Sie haben den guten Herrn Kapitän nicht ganz verstanden, Mister Garson«, sagte er mit einem spöttischen Seitenblick auf den Offizier. »Sollte es zum Kampf zwischen Ihren und unseren Leuten kommen, dann werden wir vielleicht sterben, vielleicht in Gefangenschaft geraten oder sogar gewinnen.« Er zuckte mit den Schultern. »Was Sie und Ihre Freunde aber angeht, Mister Garson, so sieht die Sache anders aus. Ich werde höchstpersönlich für jeden Schuss, den die HENDERSON auf uns abgibt, einen von Ihnen hinrichten.«

»Das werden Sie ganz bestimmt *nicht*«, sagte Brenner. »Mister Garson und seine Freunde sind Zivilisten.«

»Im Moment sind sie unsere Gefangenen«, sagte Jonas.

»Und als solche werde ich sie behandeln«, fügte Brenner entschlossen hinzu. »Auf meinem Schiff wird niemand umgebracht! «

Jonas machte sich nicht einmal die Mühe, ihm zu antworten.

Er lächelte nur, aber es war etwas in diesem Lächeln, das Thor einen eisigen Schauer über den Rücken laufen ließ. Auf diesem U-Boot hatte Jonas im selben Moment, in dem er es betreten hatte, das Kommando übernommen, und Brenner wusste das ganz genau.

»Was wollen Sie von mir?«

Die Frage war an niemand Bestimmten gerichtet, und im ersten Moment antworteten weder Jonas noch Brenner; dann – nach einem raschen, fast angstvollen Seitenblick auf Jonas – sagte der Kapitänleutnant: »Sie haben es ganz richtig erkannt, Mister Garson – wir haben Probleme. Unsere Treibstoffvorräte sind so gut wie erschöpft. Wir *können* nicht vor diesem Schiff davonlaufen. Und wir können auch nicht mehr länger getaucht bleiben.«

»Aber wir könnten es torpedieren«, fügte Jonas mit einem bösen Lächeln hinzu.

Brenner ignorierte ihn. »Wir müssen auftauchen, Mister Garson. Wenn wir das tun und wenn es zu einem Gefecht zwischen uns und diesem Schiff kommt – können Sie sich vorstellen, was geschieht?«

Das konnte Thor in der Tat. Die HENDERSON war keineswegs wehrlos, aber längst nicht schwer genug bewaffnet, um das Unterseeboot mit einer einzigen Salve zu versenken. Wenn es zu einem Gefecht zwischen den beiden Schiffen hier auf offener See kam, dann war nicht nur dessen Ausgang ungewiss, wahrscheinlich würde es auch unter den Polynesiern, die in ihren Schilfbooten dort oben auf dem Meer trieben, zahlreiche Opfer geben.

»Wir werden jetzt auftauchen, Mister Garson«, sagte Jonas, »und Sie werden mit diesem Schiff und seinem Kapitän Kontakt aufnehmen und dafür sorgen, dass man uns in Ruhe lässt.«

»Wie kommen Sie auf die Idee, dass ich das könnte?«, fragte Thor.

»Sie werden es tun müssen«, antwortete Jonas gelassen. »Denn wenn nicht, dann sind Ihre Freunde die Ersten, die sterben, darauf gebe ich Ihnen mein Wort.«

»Und wenn mir das gleich wäre?«

Jonas lachte nur. »Versuchen Sie nicht, mir etwas vorzuspielen, Mister Garson«, sagte er. »Ich weiß zu viel über Sie. Sie sind nicht der Mann, der ein Menschenleben opfert, weil es zu seinem Vorteil sein könnte.«

Thor widersprach nicht mehr. Es war auch sinnlos, denn Jonas hatte recht. Er hätte mit Sicherheit sein eigenes Leben riskiert, um den Kristall und die böse, uralte Macht, die ihm innewohnte, unschädlich zu machen. Aber es ging eben nicht um *sein* Leben.

Jonas wandte sich mit einer Geste an Brenner. »Tauchen Sie auf. Mister Garson wird tun, was wir von ihm verlangen. Wenn nicht, lassen Sie einen der Gefangenen exekutieren. Am besten fangen Sie mit dem alten Mann an.«

Brenner maß ihn mit einem eisigen Blick, aber er widersprach nicht mehr, sondern sah schweigend und mit ausdruckslosem Gesicht zu, wie Jonas die schmale Eisenleiter zum Turm hinaufzuklettern begann.

Es war empfindlich kalt, als Thor hinter Jonas auf den Turm hinaustrat. Vom Meer stieg ein eisiger Hauch empor und die graue Dämmerung hatte sich aufgehellt, obwohl es noch nicht Tag war. Trotzdem konnte Thor erkennen, dass Jonas mit seiner Vermutung recht gehabt hatte: Das Schiff, das sich ihnen näherte, *war* die HENDERSON. Auch das angebliche Forschungsschiff hatte seine Fahrt gedrosselt und bewegte sich kaum wahrnehmbar von der Stelle, was aber wohl weniger am plötzlichen Auftauchen des U-Bootes lag als vielmehr an der Flotte der Schilfboote, die das Meer bedeckten, soweit das Auge reichte. Die Polynesier taten ihr Bestes, dem stählernen Giganten auszuweichen, aber die kleinen Boote, die nur von Paddeln angetrieben wurden, hatten alle Mühe, überhaupt von der Stelle zu kommen. Im Nachhinein kam es Thor immer mehr wie ein reines Wunder vor, dass es ihnen überhaupt gelungen war, mit dem Unterseeboot mitzuhalten.

Aber vielleicht war das gar kein Zufall. Er hatte Jonas unauffällig von der Seite beobachtet, seit sie auf den Turm hinausgestiegen waren. Jonas hatte der HENDERSON nur einen flüchtigen Blick gegönnt und seine Aufmerksamkeit dann voll und ganz der Polynesier-Flotte zugewandt. Und ob er nun von einem fremden Geist besessen war oder nicht – sein Mienenspiel und vor allem der Ausdruck seiner Augen blieben die eines Menschen. Was Thor in seinen Augen sah, das war keine Furcht vor den Polynesiern. Auch kein Erstaunen, sie so weit draußen auf dem Meer und in so großer Zahl zu treffen. Es war etwas, wie … es fiel Thor im ersten Moment schwer, seinen Eindruck in Worte zu fassen. War das Stolz? Nein. Die Art, wie Jonas die Langohren ansah, war die, wie ein Heerführer seine Armee betrachten mochte. Eine Armee, die er im Grunde verachtete; die er einsetzen und bei Bedarf auch opfern würde wie ein Schachspieler seine Figuren, deren Macht er aber auch bewusst in sein Kalkül einbezog.

Thors Blick löste sich von Jonas' Gesicht und glitt wieder auf das Meer hinaus. Den meisten Schilfbooten, die auf dem Kurs der HENDERSON lagen, war es mittlerweile gelungen, einen sicheren Abstand zu gewinnen. Aber nicht allen. Und nicht alle *versuchten* es überhaupt. Eine Anzahl der kleinen Schiffchen – nicht viele, aber doch genug, dass es auffiel – bewegte sich parallel zu dem hundertmal größeren Schiff, und eine noch kleiner Anzahl steuerte gar direkt darauf zu.

Und endlich erkannte Thor die Absicht.

»Das wollen Sie doch nicht wirklich!«, rief er erschrocken.

Jonas drehte sich ganz langsam zu ihm herum und lächelte. »Was?«

»Sie … Sie wollen, dass sie dieses Schiff *angreifen?*«, stieß er ungläubig hervor. Er wies mit einer Geste auf die HENDERSON. »Die Soldaten dort drüben werden Ihre Krieger abschlachten, Jonas! Sie haben nicht die geringste Chance!«

Jonas' Lächeln wurde noch eine Spur breiter. »Es liegt allein an Ihnen, ob es zu einem Blutband kommt oder nicht, Mister Garson«, sagte er in einem Tonfall, der so freundlich war, dass Thor ihm allein dafür alle Zähne hätte einschlagen mögen. Er wies zum Bug, wo zwei von Brenners Soldaten damit beschäftigt waren, ein Schlauchboot zu Wasser zu lassen. »Das Boot ist bereit. Fahren Sie hinüber und fordern Sie Kapitän Franklin auf, zu kapitulieren, und es wird kein Tropfen Blut fließen. Weder auf Ihrer noch auf unserer Seite.«

»Sie sind völlig verrückt!«, erklärte Thor. »Selbst wenn ich tue, was Sie verlangen, glauben Sie doch nicht wirklich, dass Franklin sich darauf einlässt.«

»Er wird es müssen«, antwortete Jonas in unverändert freundlichem Ton. »Und es wäre wirklich besser, wenn Sie ihn dazu brächten, es zu tun, Mister Garson. Denn wenn er es nicht tut, dann bleibt mir keine andere Wahl, als sein Schiff und ihn und alle seine Männer zu vernichten. Sie wissen, wie einfach ich das kann.«

Thors Blick wanderte nervös von Jonas zu den beiden Männern auf dem Vordeck und wieder zurück. Das Schlauchboot war fast einsatzbereit. Er hatte nur noch ein paar Sekunden, um eine Entscheidung zu treffen, deren Tragweite er nicht einmal abschätzen konnte.

Die Entscheidung wurde ihm abgenommen. Ein dumpfes Krachen wehte vom Bug der HENDERSON zu ihnen herüber, und eine Sekunde später schoss zehn Meter vor dem Bug des U-Bootes eine dreißig Meter hohe weiße Wassersäule von der Meeresoberfläche empor. Jonas fuhr herum und starrte die langsam auseinanderstiebende Gischtwolke einige Augenblicke völlig fassungslos an, dann verzerrte sich sein Gesicht vor Wut. Mit einem Ruck trat er von der Turmverkleidung zurück und griff in die Tasche. Als seine Hand wieder erschien, lag der dunkelrote Feuerkristall darin.

»Diese verdammten Narren!«, sagte er gepresst. »Aber gut – wenn sie eine Demonstration meiner Macht wollen, die können sie haben!«

Er hielt den Kristall in die Höhe. Das düstere rote Licht im *Inneren* des Steines begann schneller zu pulsieren und an Leuchtkraft zu gewinnen, und Thor glaubte ein unheimliches elektrisches Knistern zu spüren, ein Gefühl wie während eines Gewitters, wenn der Blitz in unmittelbarer Nähe eingeschlagen hat.

»Nein!«, rief er entsetzt.

Jonas starrte ihn an. In seinen Augen flackerte ein Feuer, das schlimmer war als das im Herzen des Kristalls.

»Tun Sie es nicht«, sagte Thor. »Ich … ich werde tun, was Sie verlangen. Ich fahre hinüber und rede mit Franklin. Es wird mir bestimmt gelingen, ihn zu überzeugen.«

Jonas schwieg. Zu dem unstillbaren, unmenschlichen Hass in seinen Augen gesellte sich Misstrauen. Der Kristall pulsierte, und Thor konnte sehen, wie an Jonas' Hals eine Ader zu zucken begann, schnell und hektisch und im gleichen Takt wie das unheimliche Feuer im Inneren des Steins.

»Sie haben gewonnen«, sagte er. »Ich gebe auf.«

Endlose, quälend lange Sekunden vergingen. Das glühende Licht im Herzen des Kristalls pulsierte weiter, und Thor glaubte die unvorstellbare Kraft zu spüren, die sich darin sammelte, die hinauswollte wie etwas Gieriges, etwas Lebendiges.

Aber dann senkte Jonas ganz langsam, zögernd und beinahe widerwillig, seine Arme wieder.

»Also gut«, sagte er leise. »Gehen Sie.«

Thor verließ den Turm, balancierte über das schwankende Deck des U-Bootes zum Bug und näherte sich den beiden Soldaten und dem Schlauchboot. Auch die beiden Männer waren bleich und wirkten erschrocken und unsicher. Sie hatten das Licht in Jonas' Händen gesehen, und obwohl sie nicht wissen konnten, was es bedeutete, so schienen sie das Fremde, unaussprechlich Böse, das von Jonas Besitz ergriffen hatte und sich wie eine schleichende Krankheit allmählich über dieses ganze Boot ausbreitete, doch zu spüren. Und es war der Ausdruck in ihren Augen, der Thor begreifen ließ, dass er recht gehabt hatte mit seinen Grübeleien vorhin unten im Lagerraum.

Es *war* erst der Anfang. Die Macht des Kristalls begann gerade erst zu erwachen. Sie hatte geschlafen, ein Jahrtausend lang. Und was er mit Sandstein erlebt hatte, jenes Höllenfeuer, das Delanos Schiff und seine Männer verbrannt hatte, das böse Lodern in Jonas' Augen, das alles war erst der Beginn. Es wurde stärker mit jeder Sekunde und vielleicht würde es unaufhörlich an Macht gewinnen. Er musste verhindern, dass dieses »Etwas« sich auf der Welt verbreitete, die doch keine Ahnung von seiner Existenz und keine Möglichkeit zur Gegenwehr hatte. Er musste das verhindern, ganz egal, welchen Preis er dafür bezahlen würde.

Er ging zwischen den beiden Soldaten hindurch, wartete ab, bis sich das U-Boot unter dem Anprall einer neuen Welle leicht auf die Seite legte, und tat so, als verliere er das Gleichgewicht.

Die beiden Männer reagierten so, wie er erwartet hatte: Sie versuchten ihm zu helfen. Thor packte einen Arm, der nach ihm griff, stolperte absichtlich einen weiteren Schritt zurück und riss den Mann mit sich, sodass dieser das Gleichgewicht verlor. Er stieß einen überraschten Schrei aus und fiel, und Thor ließ sich rücklings mit ihm auf das Deck fallen, riss ihm die Pistole aus dem Gürtel und schlug ihm den Griff über den Schädel. Der Soldat verdrehte die Augen und verlor das Bewusstsein. Sein Kamerad, den sie im Fallen umgerissen hatten, richtete sich mit einem erschrockenen

Keuchen wieder auf und wollte seine eigene Waffe ziehen. Thor trat ihm die Beine unter dem Leib weg, versetzte ihm noch im Fallen einen zweiten Stoß, der ihn hilflos mit den Armen rudernd nach hinten taumeln und über Bord stürzen ließ, und sprang auf die Füße.

Jonas stand hoch aufgerichtet im Turm und sah zu ihm herunter. Er hatte sich nicht gerührt und er bewegte sich auch jetzt nicht, sondern stand einfach da und starrte Thor an, während Thor die Pistole mit beiden Händen ergriff, auf ihn zielte – und abdrückte.

Er traf. Er konnte sehen, dass Jonas wie unter einem Fausthieb zurücktaumelte und die Beine spreizte, um sein Gleichgewicht zu halten. Ein dunkler, rasch größer werdender Fleck breitete sich auf seiner Uniform aus. Aber er schien die Verletzung nicht einmal zu spüren. Langsam trat er wieder vor, blickte aus hasserfüllten Augen auf Thor und hob den Kristall. Das rote Pulsieren in dessen Innerem war zu einem rasenden Flackern geworden, das sich in Jonas' Augen brach und sie in einem dämonischen Licht glänzen ließ.

»Also gut, Mister Garson!«, schrie er. »Sie haben es nicht anders gewollt!«

Thor drückte zum zweiten Mal ab. Die Kugel traf Jonas in die Schulter, aber diesmal schwankte er nicht einmal mehr unter dem Aufprall, sondern drehte sich mit einem höhnischen Lachen herum und hob den Feuerkristall höher.

Das Licht und der letzte entsetzliche Schmerz, auf die Thor wartete, kamen nicht. Der Feuerkristall stieß eine blendende blutfarbene Woge aus Licht aus, aber sie bewegte sich nicht auf ihn zu – sondern auf die HENDERSON.

Thor sah, wie der Bug des Schiffes in einer Feuerwolke

verschwand. Das dumpfe Donnern einer Explosion wehte über das Meer heran, dann Schreie und das Wimmern einer Sirene, die nach wenigen Sekunden wieder verstummte. Flammen tobten über das Vorschiff der HENDERSON – und erloschen.

Jonas stieß ein ärgerliches Knurren aus und starrte auf das Schiff. Der Blitz war ungleich heftiger gewesen als der, der die beiden Polynesier oder auch Delanos Männer am Strand getötet hatte, aber die HENDERSON war kein kleines Kanonenboot, sondern ein gewaltiges Kriegsschiff. Ein Teil ihrer Reling und etliche Quadratmeter der Panzerplatten am Bug glühten in einem düsteren Rot, aber der Blitz hatte nicht so viel Kraft gehabt, sie zu vernichten oder auch nur ernsthaft zu beschädigen. Und sosehr dieser unerwartete Angriff die Besatzung auch überrascht haben mochte, Franklin und seine Männer reagierten augenblicklich. Das große Geschütz im Bug der HENDERSON stieß eine brüllende Feuerzunge aus und Thor begriff beinahe zu spät, in welcher Gefahr er sich befand.

In einer hastigen Bewegung warf er sich entsetzt herum und flach auf das Deck.

Die Granate explodierte am Vorschiff des U-Bootes, riss dort das Bordgeschütz in Stücke und hinterließ ein riesiges, glühendes Loch in den Panzerplatten. Ein gewaltiger Schlag schleuderte Thor über das Deck, als ihn die Druckwelle traf. Er prallte gegen den Turm, suchte verzweifelt irgendwo nach Halt und klammerte sich fest. Seine Fingernägel brachen ab. Blut lief über seine Hände und wurde weggespült, als eine zweite Granate unmittelbar neben dem Rumpf des U-Bootes explodierte und kochende Gischt das Deck überflutete. Diesmal hatte er nicht mehr die Kraft, sich zu halten. Er wurde ins Wasser geschleudert, tauchte unter und kämpfte sich verzweifelt wieder an die Oberfläche zurück.

Ein drittes Geschoss heulte heran, verfehlte den Turm um Haaresbreite und detonierte etliche Dutzend Meter entfernt im Meer. Die Druckwelle schleuderte Thor gegen den Bootsrumpf und raubte ihm fast das Bewusstsein. Instinktiv griff er nach oben, konnte dort irgendetwas fassen und klammerte sich mit verzweifelter Kraft daran fest. Das Unterseeboot zitterte wie ein waidwundes Tier. Er sah Flammen und Gestalten, die hin und her rannten, über sich und spürte, wie die Dieselmaschinen im Rumpf des Schiffes anliefen, obwohl die Männer dort drinnen wissen mussten, wie sinnlos jeder Fluchtversuch war. Dann verschlang ein rotes, flackerndes Licht den Himmel und Thor wandte mit einem Stöhnen den Blick ab und presste die Augen zu.

Sekunden vergingen, in denen er hilflos und fast blind an den Rumpf des U-Bootes geklammert hing und auf das Ende wartete. Aber die Kanonen der HENDERSON schwiegen.

Überrascht und von einer furchtbaren Vorahnung erfüllt, hob Thor den Kopf und sah zu dem Kriegsschiff hinüber. Die HENDERSON hatte eine zweite Narbe bekommen; ein scheunentorgroßes Stück ihrer Panzerplatten war schwarz verkohlt und in dessen Mitte glühte es dunkelrot. Trotzdem war es nicht mehr als ein Nadelstich, der diesem Riesen vielleicht wehtat, ihn aber im Grunde nur umso wütender machen musste. Wieso schossen sie nicht zurück?

Als Thor zum Turm hinaufblickte, wusste er die Antwort.

Jonas war nicht mehr allein. Brenner und zwei seiner Offiziere waren neben ihm auf dem Turm erschienen und versuchten gemeinsam ihn niederzuringen.

Es gelang ihnen nicht. Jonas war rücklings gegen die Turmverkleidung getaumelt. Er blutete aus den beiden Wunden, die Thor ihm zugefügt hatte, aber er schien die Verletzungen nicht einmal zu spüren. Er hielt den Kristall in hoch erhobenen Händen über den Kopf. Rotes Feuer floss träge wie leuchtender Nebel aus dem pulsierenden Stein, ergriff einen der Männer und ließ ihn schreiend und lichterloh brennend zurücktaumeln und zu Boden stürzen. Brenner und der zweite Offizier ließen von ihm ab, und Thor sah, dass es in den Händen des Kapitänleutnants zweimal kurz hintereinander aufblitzte, als er aus unmittelbarer Nähe auf Jonas schoss. Er traf. Aber die Kugeln richteten keinen sichtbaren Schaden an. Irgendetwas schützte Jonas und bewahrte seinen Körper, der zu einem Werkzeug geworden war, vor allzu großem Schaden, weil er noch gebraucht wurde.

Auf dem Deck der HENDERSON begann ein Maschinengewehr zu hämmern. Thor zog instinktiv den Kopf zwischen die Schultern, als die Geschosse eine Funken sprühende Spur über den Bootsrumpf zogen und sich dem Turm näherten. Drüben auf der HENDERSON hatte man offenbar gesehen, was geschah, und die richtigen Schlüsse daraus gezogen. Aber es war zu spät. Die Geschossspur erreichte den Turm, raste Funken sprühend daran empor – und brach ab! Ein Geräusch wie das Zischen von Wassertropfen auf einer glühenden Herdplatte erklang, als die MG-Kugeln von einer unsichtbaren Macht aufgehalten wurden und zu Asche verbrannten.

Jonas lachte; es war ein schriller, unmenschlicher Laut, der wie Hohngelächter in Thors Ohren widerhallte. Hoch aufgerichtet und blutüberströmt stand er auf dem Turm, eine Gestalt wie der Dämon aus einem Albtraum, der Wirklichkeit geworden war, und der Stein in seinen Händen pulsierte in einem unerträglich hellen, gleißend roten Licht.

Das Bordgeschütz der HENDERSON feuerte. Das Geschoss explodierte zwanzig Meter vor dem Turm des Unterseeboots und ließ Feuer und glühende Metallsplitter auf das

Meer und die Polynesier-Flotte herabregnen. Jonas lachte wieder. Der Stein in seinen Händen pulsierte heller und rascher, aber der vernichtende Lichtblitz kam immer noch nicht. Thor konnte regelrecht spüren, wie die Kraft im Inneren des Feuerkristalls wuchs und wuchs, wie sich Energie von unvorstellbarer Stärke sammelte. Ein heller, vibrierender Laut lag plötzlich in der Luft und hellblaue elektrische Funken liefen über den Stahl des Bootsrumpfes.

Endlich gelang es Thor, sich wieder auf das Deck hinaufzuziehen. Das Deck schwankte. Ringsum schien das Meer Feuer gefangen zu haben, als das Bordgeschütz der HENDERSON Schuss auf Schuss abfeuerte und die Granaten an der unsichtbaren Wand explodierten, die das U-Boot jetzt schützte. Viele Polynesier-Boote waren in Brand geraten. Tote und verletzte Krieger trieben auf dem Wasser, und ein paar der kleinen Schiffe, die dem U-Boot und dem Kristall in Jonas' Händen zu nahe gekommen waren, begannen zu schwelen.

Thor taumelte weiter, erreichte den Turm und begann Hand über Hand die schmale Eisenleiter hinaufzuklettern. Jonas musste ihn bemerkt haben, aber er ignorierte ihn, ebenso wie er Brenner und dessen Soldaten zu übersehen schien.

Thor erschrak trotz allem bis ins Mark, als er den Turm erreichte und Jonas aus der Nähe sah.

Es war unvorstellbar, dass er noch am Leben war. Seine Uniformjacke war schwarz von Blut und seine Hände brannten.

Die Finger, die den Kristall hielten, waren schwarz verkohlt, das Fleisch war zu brüchiger Schlacke geworden, und das Licht im Inneren des Kristalls war so intensiv, dass Thor die Knochen darunter wie auf einer Röntgenaufnahme sehen konnte.

Jonas stieß noch immer dieses irre, unmenschliche Lachen aus, einen Laut, der gar kein Lachen war, sondern der triumphierende Schrei einer Kreatur, die nach einem Jahrtausend der Gefangenschaft endlich aus ihrem Kerker entkommen war. Thor dachte nicht mehr an die Gefahr, in der er schwebte. Er wusste, dass sein Vorhaben ihn das Leben kosten würde, aber das war ihm gleich. Mit aller Kraft, die ihm verblieben war, sprang er vor und warf sich mit weit ausgebreiteten Armen auf Jonas.

Er erreichte ihn nicht. Eine unsichtbare Faust traf ihn mitten im Sprung und schleuderte ihn mit solcher Wucht gegen die Turmverkleidung zurück, dass er spürte, wie eine seiner Rippen brach und er halb bewusstlos zu Boden sank.

Jonas drehte sich zu ihm herum und starrte ihn an. Seine Augen brannten und sein Gesicht war zu einer höhnischen Grimasse verzerrt. Es war das bleiche, eingefallene Gesicht eines Toten, der sich wider alle Naturgesetze noch bewegt, von etwas beseelt, das kein Leben, sondern etwas unbeschreiblich Fremdes und Feindseliges war. Etwas, das nicht von dieser Welt war und das sie vernichten würde, wenn es *endgültig* frei war.

»Sie haben es nicht anders gewollt, Garson!«, keuchte Jonas.

Auch seine Stimme war nicht mehr erkennbar. Es war nicht mehr die Stimme eines Menschen, es war ein Klang, wie ihn Thor nie zuvor im Leben gehört hatte und nie wieder hören sollte. »Jetzt werden Sie die wahre Macht der Götter erfahren!«

»Ach?« Thor versuchte zu lachen, aber das ging in ein qualvolles Husten über. Er bekam kaum noch Luft. Ein glühender Dolch schien sich in seine Brust zu bohren. Trotzdem fuhr er fort: »Nicht einmal *Sie* können diesem Schiff Schaden zufügen. Das ist kein Spielzeugboot wie der Kahn von Delano.« Jonas' Gesicht verzerrte sich zu einer hasserfüllten Grimasse und Thor setzte hinzu: »Mit Ihrem Hokuspokus beeindrucken Sie vielleicht diese Wilden dort draußen, aber kein Kriegsschiff der amerikanischen *Navy*.«

Jonas versetzte ihm einen Tritt, der zielsicher seine gebrochene Rippe traf und ihn vor Schmerz aufschreien ließ. Zornig wirbelte er herum, wandte sich der HENDERSON zu und hielt den Feuerkristall an ausgestreckten Armen in deren Richtung.

Das Licht in seinem Inneren wurde so intensiv, dass Thor vor Schmerz aufstöhnte, obwohl er die Augen geschlossen und das Gesicht abgewandt hatte. Aus dem Pulsieren war ein ununterbrochenes grellrotes Glühen geworden, und der unheimliche singende Laut war wieder zu hören. Blaue Funken und knisterndes elektrisches Feuer hüllten den stählernen Rumpf des U-Bootes in ein Netz aus Licht und das Wasser ringsum schien zu kochen.

Jonas schrie auf und riss die Arme in die Höhe. Thor konnte spüren, wie sich die unvorstellbare Energie im Inneren des Kristalls bereit machte, endgültig hervorzubrechen.

Jonas' Hände flammten auf wie trocknes Holz und zerfielen zu Asche. Schreiend taumelte er zurück und betrachtete seine schwarz verkohlten Armstümpfe. Der Kristall hatte sich in eine pulsierende Lichtkugel verwandelt, fiel über die Brüstung des Turmes, prallte wie ein Ball vom Metall des Schiffsrumpfes ab und versank im Meer.

TE PITO O TE HENUA
DER NABEL DER WELT – DIE OSTERINSEL
DREI TAGE SPÄTER

Obwohl die Sonne im Zenit stand und selbst der Wind, der von der See her über die Küste wehte, warm war, fröstelte Thor, als er neben Franklin aus dem Boot stieg und mit langsamen Schritten auf die Gestalt zuging, die unweit des Strandes neben einer frisch aufgeworfenen Grube hockte. Der Anblick erinnerte ihn zu sehr an die Insel der Langohren, obwohl er eigentlich wenig mit ihr gemein hatte. Hinter dem schmalen, beinahe weißen Sandstrand erstreckte sich flaches Grasland, auf dem nur einige Sträucher und wenige Bäume Halt gefunden hatten. Nur wenige Meilen entfernt, aber in der Hitze der Mittagsstunde verschwimmend, erhoben sich Berge, deren Hänge grün bewaldet waren. Statt eines unheimlichen Lavasees unter der Meeresoberfläche gab es hier zwei erloschene Vulkane, deren Krater sich schon vor Jahrhunderten mit Wasser gefüllt hatten, und statt einer Armee langohriger, schweigsamer Riesen nur ein paar zum Aussterben verurteilter, mitleiderregender Eingeborener, die das Schicksal vieler Naturvölker teilten, die dem segensreichen Einfluss der sogenannten zivilisierten Welt ausgesetzt waren: In wenigen Jahrzehnten würde es sie nicht mehr geben.

Nein – *äußerlich* hatten die Osterinsel nichts mit der versunkenen Welt der Vogelmenschen gemein. Was ihn schaudern ließ, was ihn mit dem Gefühl erfüllte, einen Schritt in eine kalte, ablehnende Welt zu tun, die eigentlich nur noch so aussah, als lebe sie, das war wohl das *Wissen* darum, was einmal hier geschehen war. Was einmal hier *gewesen* war. Für einen Moment glaubte er die Anwesenheit des Feuerkristalls zu fühlen, als wäre etwas von ihm noch immer da, als hätte sein bloßes *Hiersein,* auch wenn das mehr als tausend Jahre zurücklag, irgendetwas aus diesem Stück der Welt herausgebrannt und dieses Eiland zu einem Teil der Schöpfung gemacht, in dem Menschen besser nicht leben sollten.

Thor verscheuchte den Gedanken. Die Kargheit der Landschaft, die er sah, war das Werk von Menschen; die Naturkatastrophe, die ein Überleben auf diesen Inseln nur noch für eine sehr begrenzte Anzahl von Menschen möglich machte, die Folge des zügellosen Raubbaus, den die früheren Bewohner dieser Insel mit ihrer Heimat betrieben hatten.

Der wirkliche Grund für Thors Unbehagen war ein anderer. Den größten Teil seines bisheriges Leben hatte er der Aufgabe gewidmet, die Geheimnisse versunkener Kulturen zu lösen, die Rätsel vergessener Zivilisationen zu ergründen, den manchmal gar nicht so feinen Staub der Jahrtausende wegzuschaufeln, der sich über die Vergangenheit gelegt hatte. Aber vielleicht war es nicht immer gut, in den Geheimnissen der Vergangenheit herumzustochern, selbst wenn er den größten Teil dieser Geheimnisse für sich behielt, statt ihn seinen Lesern mitzuteilen, und vielleicht hatten die Mächte, die das Schicksal lenkten, manchmal gute Gründe, etwas in Vergessenheit geraten zu lassen.

»Ist das Professor Hensley da vorne?«, drang Franklins Stimme in seine Gedanken.

Thor nickte, ohne zu der gebeugten Gestalt fünfzig Schritte entfernt mehr als einen flüchtigen Blick hinüberzuwerfen. Hensley schien sie bisher nicht bemerkt zu haben, obwohl das halbe Dutzend Eingeborene, das um die Ausgrabungsstelle herumstand, die Arbeit niedergelegt hatte und ihnen neugierig entgegensah.

»Ich weiß, dass es wahrscheinlich überflüssig ist«, begann Franklin in beinahe verlegenem Tonfall, »aber trotzdem. Sie wissen, dass alles –«

»– was ich gesehen und erlebt habe, streng geheim ist«, unterbrach ihn Thor. Die Verlegenheit auf Franklins Gesicht vertiefte sich und Thor lächelte matt. »Keine Sorge, ich werde *niemandem* auch nur ein Sterbenswörtchen verraten. Ganz davon abgesehen, dass mir ohnehin keiner glauben würde.«

Franklin sagte dazu nichts, aber Thor spürte, dass ihn diese Worte mit ungeheurer Erleichterung erfüllten. Er fragte sich, ob Franklin wohl *wirklich* begriffen hatte, welcher Gefahr sie gegenübergestanden hatten. Wahrscheinlich nicht. Und wahrscheinlich war das auch gut so. In kurzer Zeit schon würde er anfangen das Erlebte zu vergessen, und spätestens in ein paar Jahren, das wusste Thor, würde er jeden Eid schwören, dass er und seine Mannschaft tatsächlich nichts anderem als einer Verschwörung der Nazis auf die Spur gekommen waren und eine in aller Stille entwickelte Geheimwaffe ausgeschaltet hatten. Der menschliche Geist verfügt über eine erstaunliche Fähigkeit, Dinge zu verändern, die er nicht begriffen hat oder nicht begreifen wollte.

»Aber etwas müssen Sie mir dafür versprechen, Franklin«, sagte er.

Franklin sah ihn fragend an. Er schwieg.

»Kümmern Sie sich um Ganty und die Eingeborenen.«

Franklin antwortete immer noch nicht, aber nach einigen Sekunden nickte er und Thor wusste, dass keine weiteren Worte nötig waren. Keiner von ihnen hatte wirklich herausbekommen, wie es Ganty gelungen war, das Vertrauen der Langohren zurückzugewinnen. Aber er hatte es geschafft, und er war noch am selben Abend mit einem Beiboot der HENDERSON in See gestochen, um der Flotte aus Schilfbooten zu folgen und sie in eine neue Heimat zu führen. Nicht *hierher.* Ohne die magischen Kräfte des Kristalls, der unerreichbar tief auf dem Meeresgrund lag, hätten die zerbrechlichen Schilfboote keine Chance gehabt, die Distanz von mehreren hundert Seemeilen zu überwinden. Aber es gab eine Anzahl kleiner unbewohnter Inseln, die auf keiner Seekarte verzeichnet waren und die in Reichweite der Flotte lagen. Thor war überzeugt davon, dass es Ganty gelingen würde, das heimatlose Volk zu einer dieser Inseln zu bringen. Seine Bitte, sich um ihn zu kümmern, bedeutete nicht, dass Franklin sich auf die Suche nach dieser Insel machen sollte; ganz im Gegenteil. Er würde vor allem dafür sorgen, dass auch niemand anders dies tat.

»Ich verspreche es«, sagte Franklin nach einigen Sekunden doch noch. »Aber dafür müssen *Sie* mir eine Frage beantworten, über die ich schon seit drei Tagen nachdenke, Mister Garson.«

»Ja?«

»Versprechen Sie, sie *ehrlich* zu beantworten?«

»Wenn ich es kann.«

»Woher haben Sie eigentlich gewusst, dass er die HENDERSON nicht wirklich zerstören konnte?«

Jetzt war es Thor, der einige Sekunden schwieg und an Franklin vorbei ins Leere starrte. Seine Frage überraschte ihn nicht. Auch er hatte in den letzten Tagen oft darüber nachgedacht, ohne zu einer wirklich befriedigenden Antwort zu kommen. »Ich habe es nicht wirklich gewusst«, gestand er schließlich.

»Sie meinen also, Sie haben mein Schiff und seine Besatzung ganz bewusst aufs Spiel gesetzt.« Was er in Franklins Stimme hörte und in seinen Augen sah, das war kein Zorn, nicht einmal ein Vorwurf.

Thor lächelte matt. »Im Grunde war es Nancy Barlowe,

die mich darauf gebracht hat«, sagte er. »Sie hat erzählt, wie man Jonas an Bord des U-Bootes gebracht hat.«

»Und?«

»Wörtlich hat sie gesagt, man hätte ihn an Bord *getragen*«, fuhr Thor fort. »Sandstein war jedes Mal zu Tode erschöpft, wenn sie den Kristall benutzte. Wissen Sie, Franklin, was immer dieses Ding wirklich war, ich glaube nicht, dass es *lebendig* in dem Sinne war, in dem wir das Wort benutzen. Es hat dem, der es benutzte, gewaltige Macht verliehen, aber es hat ihn auch aufgezehrt.«

Franklin schwieg eine geraume Weile und es war ein sehr erschrockenes Schweigen. »Und wenn Sie sich geirrt hätten?«

»Dann wären wir beide jetzt nicht hier«, antwortete Thor ganz leise und ernst. »Und vielleicht gäbe es dann dieses *Hier* schon gar nicht mehr.«

Franklin lachte nervös. »Jetzt übertreiben Sie.«

Darauf antwortete Thor nicht mehr. Mit einem vieldeutigen Lächeln wandte er sich um und ging.

Die Gestalt, die über der flachen Grube am Strand hockte, war tatsächlich Hensley. Als Thor ihm auf zwei Schritte nahe gekommen war, blickte er endlich von seinem Fund auf, wandte den Kopf, und ein halb überraschter, zugleich erfreuter wie auch ein wenig zorniger Ausdruck erschien auf seinem Gesicht. »Mister Garson!«, rief er. »Ich hatte die Hoffnung schon aufgegeben, Sie jemals wiederzusehen! Wo um alles in der Welt haben Sie sich herumgetrieben?«

Er sprang aufgeregt auf die Füße und gab Thor nicht einmal Gelegenheit zu antworten, sondern redete weiter, wobei er mit aufgeregten Gesten auf das Loch hinter sich zeigte und seine Stimme vor Entdeckerfreude und Stolz zitterte: »Wissen Sie, Garson, während Sie sich irgendwo herumgetrieben haben, ist mir eine wichtige wissenschaftliche Entdeckung gelungen.«

»So?«, fragte Thor.

Hensley nickte heftig. »Ja. Ich bin noch nicht ganz sicher, aber ich glaube, wir haben ein Grab gefunden. Ein sehr sonderbares Grab.«

Thor ging an ihm vorbei und beugte sich neugierig vor. Die Grube war knietief, anderthalb Meter breit und knapp drei Meter lang, und alles, was er entdecken konnte, waren feuchte Erde und ein paar weiße Knochensplitter. Fragend sah er Hensley an. »Wir müssen den Fund natürlich noch genauer untersuchen und im Labor analysieren«, fuhr Hensley fort, »aber wenn es sich dabei tatsächlich um ein menschliches Skelett handelt, dann müssen die Ureinwohner dieser Insel völlig anders ausgesehen haben als diese Menschen dort.« Er deutete auf die Eingeborenen hinter sich. »Ich weiß, es ist eine gewagte Theorie, aber ich glaube beinahe, dass sie nicht von hier stammten, sondern aus einem ganz anderen Teil der Welt gekommen sind.« Seine Stimme wurde genauso wie das Glitzern in seinen Augen immer aufgeregter. »Stellen Sie sich nur vor, Mister Garson – vielleicht lösen wir sogar das Geheimnis der Osterinsel.«

»Ganz bestimmt nicht«, murmelte Thor. »Jedenfalls nicht, solange ich es verhindern kann.«

Aber das sagte er ganz leise. So leise, dass Hensley es nicht hören konnte.

Wolfgang Hohlbein

THOR GARSON

Der Dämonengott

Thor Garson wird von seinem sterbenden Freund ein Amulett anvertraut – es zeigt Quetzalcoatl, den gefiederten Schlangengott der Maya. Von zwielichtigen Gestalten verfolgt entdeckt Thor bald, was in dem besonderen Schmuckstück steckt, denn einer alten Legende zufolge kann es den Schlangengott wieder zum Leben erwecken. Thor stürzt sich in ein turbulentes Abenteuer und versucht eine Katastrophe zu verhindern.

Großes Abenteuer mit Wolfgang Hohlbein!

ISBN 978-3-8000-5353-7

UEBERREUTER

Wolfgang Hohlbein

THOR GARSON

Das Totenschiff

Ein riesiger schwimmender Eisberg und ein wahnsinnig gewordener Wissenschaftler, der ein mystisches Wikingerschiff bewacht – Thor Garson bricht auf, um das Geheimnis zu ergründen. Zu spät erkennt er, dass die Mission keineswegs nur wissenschaftlichen Zwecken dient, und es beginnt ein erbitterter Kampf um Naglfar, das Totenschiff des Göttervaters Odin.

Großes Abenteuer mit Wolfgang Hohlbein!

ISBN 978-3-8000-5352-0

UEBERREUTER

Wolfgang Hohlbein

THOR GARSON

Der Fluch des Goldes

Neue Bewährungsprobe für Thor Garson:
Im Dschungel Boliviens wird ein Talkessel voller Gold entdeckt und sofort wittern zahlreiche Gangster ihre Chance. Thor macht sich auf, das Geheimnis des Tals, bei dem es sich nur um den legendären Schatz von El Dorado handeln kann, zu lösen.
Doch auf dem Gold liegt ein Fluch:
Jeder, der damit in Berührung kommt, stirbt einen qualvollen Tod.

Großes Abenteuer mit Wolfgang Hohlbein!

ISBN 978-3-8000-5354-4

UEBERREUTER